斯特拉奇与"新传记"

——历史与文化的透视

Lytton Strachey and "the New Biography":
A Study from the Historical Perspective

唐岫敏 著

山西出版集团
山西人民出版社

图书在版编目（CIP）数据

斯特拉奇与"新传记"：历史与文化的透视／唐岫敏
著. —太原：山西人民出版社，2010. 12
ISBN 978 - 7 - 203 - 06506 - 7

Ⅰ.①斯… Ⅱ.①唐… Ⅲ.传记文学—文学研究—英国—现
代 Ⅳ. I561. 075

中国版本图书馆 CIP 数据核字（2009）第 096923 号

斯特拉奇与"新传记"：历史与文化的透视

著　　者：唐岫敏
封面油画：《利顿·斯特拉奇》，作者：Henry Lamb
责任编辑：孔庆萍
助理编辑：孙冰洁
装帧设计：清晨阳光（谢成）工作室

出 版 者：山西出版集团·山西人民出版社
地　　址：太原市建设南路 21 号
邮　　编：030012
发行营销：0351 - 4922220　4955996　4956039
　　　　　0351 - 4922127（传真）　　4956038（邮购）
E - mail：sxskcb@ 163. com　发行部
　　　　　sxskcb@ 126. com　总编室
网　　址：www. sxskcb. com

经 销 者：山西出版集团·山西人民出版社
承 印 者：山西出版集团·山西新华印业有限公司

开　　本：890mm×1240mm　　1/32
印　　张：8
字　　数：240 千字
印　　数：1 - 1 500 册
版　　次：2010 年 12 月第 1 版
印　　次：2010 年 12 月第 1 次印刷
书　　号：ISBN 978 - 7 - 203 - 06506 - 7
定　　价：28. 00 元

如有印装质量问题请与本社联系调换

目　录

序

杨正润

本世纪初,岫敏考入南京大学攻读比较文学与世界文学专业的博士学位。在那批博士生当中,她是年龄最大的一位。但我很快发现,岫敏的心态很年轻,她兴趣广泛,有强烈的求知欲和探索的热情,她非常珍惜这个机会,学习认真刻苦。她为人妻为人母,家务负担很重,却选听了许多课程,校内外有什么学术会议以及讲演、展览、演出之类,总是挤出时间、不辞辛劳赶去参加,我在校园里见到的她,总是提着书包来去匆匆。

岫敏好学的精神在她的博士论文中得到了收获。论文研究的对象是利顿·斯特拉奇。斯特拉奇在英国文学界享有盛名,对中国读者来说也不算太过陌生,他去世后,梁遇春和朱东润都曾予以评论或推介,其后卞之琳也把他的《维多利亚女王传》翻译出版。但是半个多世纪过去了,中文世界还没有出现过一部深入研究这位传记家的专著,有关论文也极少见。这同斯特拉奇的历史地位很不相称。

如果说,鲍斯威尔的《约翰生传》是英国和西方现代传记诞

1

生的标志和伟大代表，那么从 1920 年代开始，斯特拉奇以及法国的安德烈·莫洛亚、奥地利的斯梯芬·茨威格、德国的埃米尔·路德维希等人的出现，则标志着西方现代传记的成熟。这些被称为"新传记"的作家们进行了一场"传记革命"，他们一方面承续了 18 世纪以来西方传记的经验以及文学和历史学的成就，另一方面又追随当代学术、特别是心理学的发展，创建了新的传记流派，体现了时代精神，也在一定程度上预示了传记发展的方向，至今发挥着影响。

研究斯特拉奇也有强烈的现实意义。中国传记正进入一个发展的黄金期，出现了大量作品，其数量已经超过小说，传记已经成为一个重要文类。但是传记在发展过程中也存在许多需要认真解决的问题，应当对传记理论进行深入的探讨、对中外传记史的成败得失进行科学的总结。对"新传记"的研究是其中不可或缺的一项任务。今天的中国读者不会像当年英国人那样去追捧斯特拉奇，但是这位传记家在鲜明的个人风格中把历史科学的严谨和文学的生动结合起来的写作方法，可以给中国传记许多启示。

岫敏选择了一个很有价值的课题。岫敏凭借她出色的英语能力和在英国剑桥大学访学一年的机会，为写作这篇论文收集和阅读了大量第一手文献资料（其中包括英美有关斯特拉奇和"新传记"的博士论文），这使她的研究得到了一个坚实的基础，能够站在国际学术研究的前沿、同西方学界进行对话。岫敏从历史和文化的视角出发，首先考察了"新传记"赖以产生的历史语境和所汲取的思想资源，其后分析"新传记"所体现的价值观和所使用的话语，揭示了它对维多利亚时代的反叛性，最后从

"新传记"所采用的传记方法着手,剖析它的艺术试验和创新。这是我国学术界迄今为止对斯特拉奇为代表的"新传记"所做的最全面和最深入的专题研究。

岫敏以这篇《斯特拉奇与英国新传记》一文取得博士学位,但是她并没有止步于此,她的研究在不断深化,并且扩展到整个英国传记史,还得到了国家社会科学基金的资助。写到这里,我想起了斯特拉奇在写作他的第一部作品《维多利亚时代名人传》的时候,曾经这样评说自己:"他航行于材料的大海,在这里或那里放下一只小桶,从大海深处捞起一些独具特色的东西,在阳光下细心而又满怀好奇地考察一番。"正是这样,对斯特拉奇以及他那些布鲁姆斯伯里文化圈里的朋友们来说,无论文学、艺术还是传记,都是一种不计功利的诗性的探索或创造,这多么让人羡慕和神往!于是,我也想起了岫敏,眼前又出现了她提着书包、来去匆匆的身影。

2009 年 4 月 于秦淮河畔

"新传记"再也不新了。如果我们重新阅读《维多利亚时代名人传》(*Eminent Victorians*,1918)，就会发现当年这本书所产生的巨大影响几乎不是因为它同英国传记传统断然决裂，而是因为它胆大包天的态度和立场——对传主不恭不敬，甚至不尊重，而这些传主正是读者的父辈。俄狄浦斯情结恬不知耻地代表一代人发出了反抗老一辈人的声音。而那些老一代人曾经何等傲慢，曾经迫使子女们对他们何等敬畏。《维多利亚时代名人传》给斯特拉奇那一代人制造了轰动，但在我们今天产生不了当年的那种效应，因为我们已经学会用更加同情的眼光看待维多利亚时代的人。也许《维多利亚时代名人传》产生的兴趣主要是历史性的，其最精彩的发现可能是它那个具有讽刺性的题目和1918年这一恰逢其时的时间。

　　　　　　　　　　——米莉森特·贝尔(Millicent Bell 53)

导　论

对于国内外研究者而言,传记向来处于"门外热闹,门里冷清"的境地。以英国 1990 年的图书统计数字为例,当年上市的各类传记多达 2164 部,平均每周出版 40 部。(Law and Hughes 1)但是传记的理论与研究却与如此火热的场面不成比例。且不说传记研究领域至今没有像亚里士多德或诺斯罗普·弗莱这样的理论大家,就是在学术界,系统有序、大规模地研究传记也是在 2000 年之后。(Leavell 1)一些学者不屑研究传记,认为传记"研究价值不大,主观性太强,过多地利用其他文类的艺术手段,虚构过多,是纯文本的腐蚀剂,或许还滋生学术腐败"(Holmes 7)。传记和传记研究长时期被认为是文学研究中的"灰姑娘"。①在 20 世纪 60 年代到 80 年代各种文学理论纷呈西方学术舞台之时,传记因为既不可否认作者的存在,也不能去除"事实"之本,无法适用"作者之死"、或新历史主义理论进行解构,而成为"未被理论污染的净土"。然而,在后现代社会的语境之中,传记还是在理论相对匮乏的状态中迅猛向前发展,以至其面貌发生了巨大变化。先是小说家到传记领域里

---

① 例如 Michael Benton 的论文《文学家传记：文学研究中的灰姑娘》("Literary Biography: The Cinderella of Literary Studies")对此现象做了深入研究。

跃跃欲试。英国作家朱力安·巴恩斯(Julian Barnes)的《福楼拜的鹦鹉》(*Flaubert's Parrot*, 1984)、A.S.拜厄特(A. S. Byatt)的《占有》(*Possession*, 1990)和《一位传记作家的故事》(*A Biographer's Tale*, 2001)等使用真实的传记材料建构虚构的小说主人公传记作家,用小说形式探讨传记问题。后是传记作家到虚构地界跃跃欲试。一个极端的例子是当代美国传记作家艾德蒙·莫瑞斯(Edmund Morris)的《荷兰人:罗纳德·里根回忆录》(*Dutch: A Memoir of Ronald Reagan*, 1999)。作者在书中把自己编织进传记文本之中,将自己虚构成一个鲍斯韦尔式的青年人,与里根总统面对面进行长谈,为其撰写回忆录。莫瑞斯为此遭到评论界严厉批评。评家愤怒指出,"《荷兰人》创下了历史——它傲然蔑视历史撰写的根本标准"(Walter 334)。

当代西方传记除了随时准备破坏传统传记作家承诺的"纪实"誓言之外,另一个倾向是从过去写英雄变成当代写名人,过去写壮举变成今天写琐事。按照著名传记研究学者贾斯汀·卡普兰(Justin Kaplan)的文章《传记文化》("A Culture of Biography")所观察,当代西方人分不清新闻、娱乐、绯闻、谣言、或琐事之间的差别,传记已经成了当代西方人的"一种文化"——"国内外大事和各种思想难以影响我们的日常话语,能够产生影响的是名人、名家和趣闻轶事"(Kaplan 1)。显然在后现代理论思潮的影响下,当代西方传记无论是在观念上,还是在形式上都活跃在纪实与虚构、传统与发展的边缘上。

然而正如英国作家戴斯蒙德·麦卡西(Desmond MacCarthy, 1878–1952)的名言所说,"传记作家是发过誓的艺术家"(Garraty, 1964:19),包括美国文学理论家斯坦利·费希(Stanley Fish)在内的当代人不认可后现代社会中过分实验的传记形式自有其道理。①所

---

①斯坦利·费希在《纽约时报》上撰文《发表而已:毫无意义的琐事》("Just

谓传记作家的誓言，就是传记必须保证以事实为本，展示真相，而不是编造故事。与此同时，传记作家又必须是艺术家，必须保证其传记叙事同时具有真实性和艺术性的魅力，即实现英国作家伍尔夫（Virginia Woolf, 1882-1941）所比喻的"大理石与彩虹"的组合——传记中的事实当如大理石般不可动摇，艺术性地写作当使传记如彩虹般美丽夺目。反之，传记如果失去大理石般的真实，或彩虹般的艺术，传记的魅力就会受到损害，作为一种文类的传记将濒于死亡。

当代传记实验的步子迈得如此之大，人们对待英雄传主的观点发生了如此的变化，无论对这种现状持赞美态度，还是强烈反对的态度，追溯影响这种潮流的原因和源头时，学者们除了探讨其社会和文化的原因①，在传记艺术的层面上，人们往往把目光指向了在英国发生在两次世界大战之间、漫延至欧美的"新传记"，其代表人物是英国传记作家利顿·斯特拉奇（Lytton Strachey, 1880-1932）。

1918年利顿·斯特拉奇发表了《维多利亚时代名人传》。时值第一次世界大战刚刚结束，此传一出即引发出一场波及西欧和美

Published: Minutiae Without Meaning"）称，自传作者无论如何巧舌如簧，能言善辩，以假乱真，至少反映了他／她本人的真实性格和特点；而传记作家因为材料不足、个人水平有限等原因，只会错误百出，一谎再谎，或拿自己的故事顶替传主的故事，因而实无真实性可言。见 Fish A23.

①法兰克福文化批评理论家列昂·罗文瑟尔（Leo Lowenthal）曾经发表过两篇颇有影响的文化研究文章《流行传记》（"Biographical Fashion"）和《通俗杂志中的传记》（"Biographies in Popular Magazines"）。文章认为，传记随社会的发展而变化。资本主义社会处于集团资本时代时，传记歌颂"生产英雄"，歌唱自力更生、白手起家的精神；传记具有政治教育的功能。资本主义进入消费时代后，传记也变成了消费文化，转而聚焦球星、影星、名人、名流，传记变成娱乐大众的工具。见 Martin Jay, ed. *An Unmastered Past: The Autobiographical Reflections of Leo Lowenthal.*

国的传记革命,小说家伍尔夫将斯特拉奇式的传记称作"新传记";斯特拉奇以及他的传记被誉为英国传记发展史上的第二个里程碑,英国传记从此进入"现代"的第二个阶段。①粗略而言,"新传记"的主要特征是"反叛性"和"实验性",在思想上反抗维多利亚时代虚假伪善的价值观,在形式上反抗维多利亚时代歌功颂德式的旧传记。几十年来,关于斯特拉奇和"新传记"及与"新传记"相关的社会学、历史学、哲学、文学、神学等方面的评论一直是西方知识界讨论的热点之一。20世纪文学理论的不断扩展也为"新传记"的讨论提供了新的视角,国外学术界关于斯特拉奇和"新传记"的认识不断深化。本文认为,人们对于"新传记"的评价固然已定型在思想的"反叛性"(iconoclast)和形式的"实验性"(experimental)两个方面,但对于"反叛性"与"实验性"之间的关系,以及形成"反叛性"与"实验性"的成因尚没有得到足够的挖掘。自然,这方面的探讨往往需要有足够的时间距离才看得清楚,往往需要相关理论视角的逐步丰富才看得全面。为此,本论文试图通过考察"新传记"的纵向历史语境和对"新传记"产生直接影响的横向思想环境,从历时与共时两个维度探讨"新传记"的"反叛性"(价值观的反抗)与"实验性"(传记艺术的探求),希望借此比较透彻地理解"新传记"的本真形态及其价值,同时为我国的传记写作与传记研究提供一个观察另一种风景的窗口。

---

①英国传记在鲍斯威尔(James Boswell, 1740-1795)之后进入"现代"。鲍斯威尔的传记以刻画生动活泼的人性化传主为特点,与先前的以道德说教为目的的刻板的圣徒传形成鲜明对比。斯特拉奇的传记在鲍斯威尔传记的基础上,以刻画传主的性格为主要目的,强调作者对传主的阐释,和对传主的心理分析。因此,杨正润先生与余斌先生认为,从"现代"的意义上说,鲍斯威尔代表了英国现代传记的第一个阶段,斯特拉奇代表了英国现代传记的第二个阶段。笔者采取这一观点。

第一节　定义与范围

曾任牛津大学校长的诗歌教授乔治·格登（George Gordon，1881-1942）在1932年BBC的一次广播讲演中评价十多年来英国文学方面的成就时说：

> 我们生活在一个对文学极为不满的时代。在文学的所有较高层次上——诗歌与散文——是一片革新的声音。……如果有人要问我在过去的十年、二十年间，哪类作家的革新最为成功——比如激发起了最为诚实的思考、鼓动起了最为健康的愤怒、给人带来了最为有益的快乐——我想我应当说，是传记作家。
>
> 而在两块大陆上，现代传记作家的骄子、领袖与大师当是利顿·斯特拉奇。（Gordon 12）

这就是说，在英国的20世纪20年代前后，传记也和其他文类一样进入了现代主义时期，并且在革新的浪潮中成功地完成了创新的使命。不难看出，思想性与趣味性是这一时期传记的标志，是斯特拉奇等现代人追求的传记目标。它们不仅将传记与其他正在革新的文类区分开来，也将维多利亚时代的传记甩在身后，被戴维·西塞尔（David Cecil）称为现代文学中"唯一的新形式"（Marcus 195）。平视、甚至俯视传主的传记观，轻喜剧的叙事风格以及入木三分的心理分析，加之第一次世界大战后的读者接受氛围，使得由《维多利亚时代名人传》引发的现代传记潮流迅速越出英国，波及欧洲大陆，甚至影响了美国。

在格登的通篇演说中，他所指的现代传记正是伍尔夫所称的"新传记"。在一篇评论哈罗德·尼柯尔森（Harold Nicolson，1886-1968）

的传记新作《某些人》(*Some People*, 1927)的书评中，伍尔夫首次使用"新传记"一词。《某些人》虽然以半实半虚的形式回忆了作者往事中的人物，但从写作形式到思想内容上都明显承袭了《维多利亚时代名人传》的传记套路，因此，伍尔夫在书评里将与维多利亚时代传记截然不同的斯特拉奇式传记称作"新"传记，"新传记"从此得名。

从传记研究角度看，"新传记"称不上是一个严格的批评术语。无论是在反叛维多利亚时代的价值观方面，还是在传记艺术的技巧方法上，这一用语都缺乏明确的界限范围与目标指向。这也是为什么许多传记研究中虽开辟篇幅专门论述"新传记"，但却对其定义闪烁其词，或避而不谈，而直接将"新传记"作为一个固定术语加以使用。①1989年版的《大英百科全书》"传记类文学"(biographical literature)词条中没有专论"新传记"，斯特拉奇是作为第一次世界大战之后的现象被提及——

> 第一次世界大战之后，斯特拉奇像当年的鲍斯威尔一样在领导传记"革命"上发挥了类似的作用。《维多利亚时代名人传》、《维多利亚女王传》和后来的《伊丽莎白与埃塞克斯》三部传记以艺术的选材、闪亮的文体和入木三分的讽刺手法，对(20世纪)20年代和30年代产生了几

---

① 例如以下几部传记研究经典著作中的相关章节都没有对"新传记"作出明确界定。John A Garraty, "The 'New' Biography and the Modern Synthesis," *The Nature of Biography* (New York: Vintage Books, 1957) 121–154; Ruth Hoberman, *Modernizing Lives: Experiments in English Biographies*, 1918–1939 (Carbondal and Edwardsville: S Illinois UP, 1987) 6–7; Laura Marcus, "Chapter 3: Bringing the Corpse to Life: Woolf, Strachey and the Discourse of the "New Biography", *Auto/biographical Discourse* (Manchester and NY: Manchester UP, 1994) 90–134.

乎是迷狂性的影响。①

　　而先前1973年版的《大英百科全书》第二卷中的"传记"词条也没有提及"新传记"，《维多利亚时代名人传》被评论为现代揭丑传记的典型。②

　　这一现象说明对"新传记"下一个准确明晰的定义具有一定的难度。从《大英百科全书》的释义我们还可以看出，定义的难度来自对斯特拉奇在传记史或文学史中历史地位的评价。作为一名"新传记"作家，局中人伍尔夫强调现代派们之"新"与维多利亚时代人之"旧"的迥然不同；而《大英百科全书》的释义者作为局外人，一方面站在纵观传记历史的高度，另一方面对维多利亚时代持当代人的同情态度，因而对斯特拉奇的传记做出另外一种评价。不仅如此，即使在传记的内部研究中，学者们对于"新传记"的内容范围也各有所见。美国学者葛拉提（John A. Garraty）在《传记的本质》（*The Nature of Biography*，1957）里用"新传记"指两次世界大战期间在英国出现的一切实验性传记，即，不仅包括斯特拉奇式的传记，也包括揭丑传记、传记体小说（biographical novel）和心理传记。（Garraty，1964:121–54）美国学者鲁斯·霍伯曼（Ruth Hoberman）则将英国两次大战期间出现的现代派传记拆解在"小说化传记"、"中介性传记"、"女权主义传记"和"社会心理传记"四个范畴中加以考察。但

---

　　①*The New Encyclopedia Britanica*, Vol. 2.（Chicago: Encyclopedia Britanica Inc. 1989）222.

　　②这一词条的释义认为，传记最初因为纪念目的而产生，因而使得传记倾向于歌功颂德；同时也正因为如此，传记创造了自己的对立面，揭丑传记应运而生。斯特拉奇继承了西方揭丑传记的传统。*The New Encyclopedia Britanica*, Vol. 2. 15th ed.（Chicago: Encyclopedia Britanica Inc. 1973）1013.

是霍伯曼所讨论的传记作品,无论是尼柯尔森的小说化传记《某些人》,还是伍尔夫的女权主义实验传记《奥兰多传》(*Orlando: A Biography*, 1928)或《弗拉狮传》(*Flush: A Biography*, 1933),或社会心理传记《罗杰·弗莱传》,和西蒙斯(A. J. A. Symons)的中性传记《寻找考弗》(*The Quest for Corvo*, 1934),或者是斯特拉奇本人的心理分析传记《伊丽莎白与埃塞克斯:一部悲剧史》(*Elizabeth and Essex: A Tragic History*, 1928)其实都是集合在"思想性与趣味性统一、反叛性与实验性相长"的"新传记"大旗之下。因此,霍伯曼所讨论的所有传记作家在杨正润先生的《传记文学史纲》中被统一归在"新传记"的大类之中。

定义的难点还在于,"新传记"不只限于其不同于维多利亚时代传记的形式。按照霍伯曼的观点,"新传记"指的不是纯粹意义上的传记形式,而是一种传记现象。(Hoberman 14)"新传记"既包括了两次大战期间迥异于旧的维多利亚时代传记的写作形式,也包括这期间蓬勃发展的传记理论。

尽管如此,本文将在以下定义范围内讨论"新传记":

"新传记"是在英国两次大战期间发生、发展、消亡的一种传记。①在思想上,"新传记"采用"揭露"手法,展示传主的亮点,揭示

---

①"新传记"自斯特拉奇1918年发表的《维多利亚时代名人传》开始,后来发展成揭丑传记和牵强附会的心理传记,进而在第二次世界大战之前消亡。虽然斯特拉奇的传记对今天的西方传记作家仍然产生影响,但从20世纪40年代起就没有人再写实验性很强、思想性过激的"新传记"。《大英百科全书》的"传记文学"词条这样评价:到第二次世界大战,人们不再相信这种传记了。这个时候,"斯特拉奇巧妙的超然性、他的文学技巧作为他的真实价值得到认可,但不包括他极具危险性的阐释方法;自此以后,传记虽然形式多样,但成为稳定的文学形式"。*The New Encyclopedia Britanica*, Vol. 2. 15th ed. (Chicago: Encyclopedia Britanica Inc. 1973)1013.

传主的暗处,挖掘传主(往往是不光彩)的心理动机,因而破坏了维多利亚时代传记把传主当作历史的符码的立传秩序,打击了维多利亚时期所宣扬的以基督教教义为基础的种种虚假伪善的价值观,如英雄主义、男子沙文主义等等,还原"神化"的英雄以凡人形象。在传记艺术的表层上,"新传记"主张缩短传记篇幅,变旧传记的人物肖像为个性化人物素描。在传记艺术的深层上,它主张吸纳各种艺术手段与技巧刻画传主的性格,设计叙事策略,改变旧传记资料员式地机械堆砌传主生平资料。心理分析因此受到格外重视。小说、戏剧、甚至绘画中的许多技巧成为"新传记"实现刻画性格目的的工具。

阅读"新传记",人们不难发现,其思想性颇具哲学色彩和伦理关怀,这是因为"新传记"汲取的思想资源首先是以 G.E.穆尔等为代表的抽象型哲学家和伦理学家的著述。这是"新传记"思想性深刻新颖,得以激发读者诚实地去思考,并点燃读者愤怒情感的主要原因。然而,如此的思想性与趣味性共存必定存在一定困难;况且现代传记中的思想性所导致的"愤怒"情感与以"快乐"情感为特征的趣味性也颇具矛盾性。事实上,所谓趣味性的快乐是相对现代传记的文体层面而言,而思想性的愤怒则相对现代传记的阐释层面而言。反叛的冲动与理念不仅弥漫于"新传记"中颠覆性的内容,也统领着"新传记"文体形式的开拓创新。本来存有矛盾的思想性和趣味性恰是在反叛的理念上得到了和谐统一。现代传记不拘一格,大量吸收各种其他艺术形式的表现手法,扩大了传记的形象领域,拓展了传记的思想空间。我们在这种传记中不仅可以看到浓墨重彩,也可以听到内心独白。现代传记一改维多利亚时代大部头传记一脸严肃道貌岸然的肖像形象,而变成或是简单加工的素描,或是夸张幽默的漫画。"新传记"的文体革新帮助作家们有效地完成了质疑维多利亚时代的神话、还原历史本真的任务,重新解释了刚刚过去的历史,"新传记"因此在传记界乃至整个文学领域,从内容和形式上,吹起一股新颖之风。

我们不妨细察一下"新传记"代表人物利顿·斯特拉奇如何在传记中完成思想性与趣味性的统一。斯特拉奇并不高产,但他生前留下的三部中长篇传记都是现代传记的经典文本。这些传记贯穿着一个主旨,即大胆质疑维多利亚时代的历史,试图在貌似轻松的讽刺烟幕下完成去魅、去俗、揭露真相的任务。这样的立传目的在出发点上就与维多利亚时代传记歌功颂德的立传宗旨大相径庭,昭示出强烈的反叛性。斯特拉奇的传记在讲述传主正面故事的同时,追问传主英雄事迹和高贵品质背后的隐秘,向世人揭示被维多利亚时代树为精神偶像的名人们的英雄行为与真实动机之间的关系。例如,许多历史著作都会提及英国 19 世纪末那场震惊全国的大罢工。已是迟暮之年的红衣大主教曼宁不顾个人安危,连夜到码头慰问与资方僵持不下的罢工工人,解决了政府、资本家和工会都不曾解决的大罢工问题。但斯特拉奇要追问的是,曼宁英雄壮举背后的真实动机是什么?他感兴趣的是,护士先驱南丁格尔果真是定格在英国人心目中的那位手持灯盏的白衣天使吗?教育改革家汤姆斯·阿诺德博士的真实面目是什么?那位南征北战的戈登将军,他是卫国英雄,还是蹂躏其他民族,双手沾满鲜血、罪恶累累的殖民者?斯特拉奇在《维多利亚女王传》(Queen Victoria,1921)中提出的大胆疑问让英国人瞠目:在维多利亚女王执政的半个多世纪里,谁是真正的王者?是她的夫君阿尔伯特?是阿尔伯特去世后的几任首相?还是她的贴身仆人?身为女人的四海之王为什么竭力反对妇女拥有选举权?维多利亚时代的辉煌是真实坚固的,还是建筑在虚假伪善基础上,颇具欺骗性的幻影?在《伊丽莎白与埃塞克斯》中,斯特拉奇责问尊贵威严的伊丽莎白女王,人生中究竟什么最为宝贵,是切身的爱,还是冷酷的权力?人生的终极目标是什么?《伊丽

莎白与埃塞克斯》也杖责埃塞克斯,告诫后人:滥用所爱、蔑视人的
真实情感必然会受到应有的惩罚。

可以想见,斯特拉奇的传记用"揭露"和"展示"的方法戳破了
曾经激励维多利亚社会征战四方,所向无敌的英雄神话,重创了支
撑着维多利亚时代精神的传统观念,不仅使持旧观念的人因为斯
特拉奇的"反叛"精神而愤怒,也引起年青一代人因蒙受维多利亚
时代价值观的欺骗而愤怒。《维多利亚时代名人传》刚出版,《时事
评论》(Current Opinion)一篇题为《有文学普鲁士主义的威胁吗?》
的文章就指责斯特拉奇在传记中使用了敌对国德国人对待敌人的
方法来对付自己的先辈,用意恶毒,居心叵测。(Sanders 214)差不
多在八十年之后,当代英国历史学家保罗·约翰逊(Paul Johnson)
还痛心疾首地指出,《维多利亚时代名人传》"对英国古老价值观所
造成的破坏是任何强大的敌人都无法做到的"(约翰逊,上册
188)。鉴于此,一些人认为如此摧毁传统观念的传记竟然能够大获
成功[1],这完全是时代成就了斯特拉奇,因为那是一个"耍小聪明、
缺乏恭敬、玩世不恭的时代。在那样的时代里,传记比小说受欢迎;
人们喜欢看到中小学校长、将军、红衣大主教、和皇家贵族被剥光
衣服"(弗埃斯语,Claude W. Fuess)(Sanders 340–342)。另一方面,
在年青人看来,他们自己是现代人,维多利亚时代的人[2]就是他们
的父辈;正是那些人将他们的儿子送往第一次世界大战的战场,用
儿子们的无谓牺牲满足了他们自己的虚荣、自大和狂妄。于是,在
大批的斯特拉奇追随者中,愤怒的情绪演变成漫画、揭丑和丑化的

---

[1]不仅《维多利亚时代名人传》在短期内一版再版,这种直接批判维多利
亚时代的传记形式还迅速波及西欧、以至美国,形成"新传记"潮流。

[2]Victorians 既指生活在维多利亚时代的人,也指具有维多利亚时代流行
观念的人。

不恭行为,丑化名人的讽刺传记、挖掘名人丑闻的揭丑传记和用病案阐释传主行为的心理传记一度蔚然成风。

20世纪30年代,斯特拉奇的批评者笛夫托(Bernard DeVoto)宣称,是"上帝帮助了那个对历史一无所知,却急于知道历史真相的人走向了斯特拉奇"(Hoberman 6)。然而,假如事情果真如此,接下来的问题是,这个历史无知者为什么没有从斯特拉奇身边走开,转向其他不同类型的传记作家? 如果不是斯氏传记中的强烈反叛精神吸引了他,那么一定就是斯特拉奇传记中的可读性吸引了他。

诚然,斯特拉奇的传记写作汲取哲学、伦理学、心理学的思想资源,意在挖掘传主行为的主观动机,但他的传记更接近艺术品,而非抽象的思想诘问,或政治檄文,更不是只重事实的罗列、没有对事实进行艺术安排的枯燥无味的维多利亚式传记。斯特拉奇博采多种艺术形式的表达手段,使主题得以充分展开。在他的叙事策略中,既有西方文化论辩术中的设问修辞法,又有小说式的紧张场面描写;既有按照原始资料构建的人物对话,也有漫画式变形手法;既有戏剧冲突,也有意识流的运用。所以,斯特拉奇的传记与维多利亚时代传记形成强大反差。它是一种由多种艺术手段编织而成的、具有更高意义的艺术形态。可以说,艺术是斯式传记的生命线。比如,斯氏传记中采取了一种典型的二元对立法,体现为几乎每个传主的身边都有一个与其性格、思想和命运相反的人物,形成一个剑拔弩张的张力结构,而传主历史上每一个事件,或每一次转折都是这个张力结构展开冲突的一次契机。曼宁主教对纽曼主教、南丁格尔对潘缪尔伯爵、戈登将军对巴伦爵士、维多利亚女王对她的夫君阿尔伯特等等,都在宗教改革的牛津运动、克里米亚战场上接连不断的噩耗、非洲大地上异教徒的围困、国事与家事等等的冲突事件中凸显出扣人心弦的紧张戏剧冲突场面。"人生大舞台"的意义在斯氏传记里得到了充分的体现。

　　另外比喻的使用也反映出斯特拉奇传记法的独具匠心。当代英国小说批评家戴维·洛奇（David Lodge）通过研究发现，文学现代主义的一个标志是比喻代替了实指。现代主义作家们更加关心的不是外部世界是什么，而是内心世界如何理解和表述外部世界，因此比喻受到现代派艺术家们的青睐。斯氏传记即在多处借用比喻的方法折射出"人的世界是一个自然小宇宙"的道理。在他的比喻中，人与动物同属弱肉强食的动物世界，潘缪尔伯爵是冲劲十足的"野牛"，纽曼主教是一只温和的和平鸽，伊丽莎白女王的皇袍是她在腥风血雨的政治斗争中掩盖内心真实活动的防御盔甲。如果说比喻是内心世界表述外部世界的方法之一，那么意识流技巧就是内心世界展现自身活动的有效方法。例如《维多利亚女王传》里的女王临终场面描写，意识流技巧将女王的一生升华至戏剧的高潮，在一幕幕往事的回想之中，庄严高贵的悲剧帷幕徐徐落下。（QV 269）

　　毫无疑问，多姿多彩的艺术手段的运用极大地丰富了斯氏传记的趣味性。但我们不免要问，传记可以如此大刀阔斧地借用或摹仿其他艺术形式的技巧吗？例如斯特拉奇在传记中大胆借用现代小说中的意识流技巧。传记作家如何能够钻进传主的头脑中查看他/她的思想活动，而同时保持客观超然的主体叙事视角？在由讽刺构建的文字幽默漫画中，传记作家需要掌握什么样的度才能使传记不致因过度夸张而走形、失真？戏剧高潮固然扣人心弦，但传主的生活中都会有戏剧性冲突的蓝本以供传记作家日后立传吗？对于这些问题，斯特拉奇本人没有给出确凿无疑的答案。读者能够看得出斯特拉奇本人在传记中不时露出蹩脚的努力，例如为了说明南丁格尔的成长历程，他甚至编造一段南丁格尔童年为布娃娃包扎断腿的情节。然而，如伍尔夫所描述，维多利亚时代的"文学规范矫揉造作。软弱的人都可能会被激怒，坚强的人干脆想摧毁那个文学根基和条条框框"。这种情况使得包括斯特拉奇在内的现代派作家的作品"明显透着反文学主流,逆时代主流而上所费的力气,显出许多不成熟或者晦涩之处"(Woolf,1928:21,22)。也就是说,虽然斯特拉奇的传记大获成功,但他关于其他艺术技巧在传记中的运用还处于实验之中,实验性为传记探索了广阔的可能性空间,也毫无疑问彰显了斯氏传记的不成熟。

此外"新传记"之所以"新"是相对于"旧"或"老"而言。为了进一步说明问题,我们不妨考察一下"旧"传记模式。在斯特拉奇、伍尔夫、尼柯尔森等现代派作家看来,在刚刚过去的那个时代——维多利亚时代——流行的传记模式即是"旧"传记。回顾维多利亚时期的传记发展,这是一个传记艺术无所建树的时代。18世纪鲍斯威尔开创的传记文学新风在这个时期被毫无声息、死气沉沉的歌功颂德式传记所淹没。维多利亚时代的传记模式因为强调传记的英雄崇拜和树碑立传的道德功能而窒息了传记的活力,但此种传记却被称为无损传主形象的"雅传"(polite biography)。(Hoberman 122)受福音派基督教绝对理念的影响,传记在维多利亚时代被看做是历史,英国19世纪著名的史学家卡莱尔的名言"世界的历史就是伟人的传记"(Carlyle 12)是这一观点的典型代表。因此,个人沦落为历史的注脚,传记简化为树立榜样的道德工具。围绕这个目的,传主必须是威严的神像英雄,传记只可突出传主的事迹(action),不得报道传主的弱点或负面。对于传主的一手资料,凡是有利展示其形象的,必须严格尊重,不得有半点改动,书信即以书信形式发表,日记即以日记形式入传;传记作家(如伍尔夫所称)是跟在传主身后亦步亦趋的奴仆,只能负责搜集和整理工作,而没有自主精神和话语权。故而,在此基础上完成的传记往往浩浩两卷之厚,貌似充满事实真相,却令人感到"巨大的铺张"和"艺术的谬误",而无从真正把握传主的实际形象。(Woolf,1967:231)简而言之,维多利亚时代的传记是这样一种传记形式:传记被视作历史的分支;传主是至高无上的英雄,传记作家是传主的奴仆。他必须尊重传主的生平资料,以时间为序进行流水账式的记录;英雄的负面不可以入传。

把"新传记"与维多利亚时代的传记相比较,"新传记"的革命性不言而喻。首先是传记观念的转变。"新传记"认为,传记不是静止的、没有关联的历史纪录的堆砌,而是传记作家按照他/她个人的理解而表述的文学形象。其次是写作方向的改变。"新传记"提倡的是形象工程,而不是所谓的原始记录。不单纯是传主的行动(action,即传主的业绩)应当是传记摹写的目标,传主的性格尤其应为传记摹写的重点。第三是写作方法的改变。传记应当写性格,塑形象,因此"新传记"主张"传记作者的重点放在艺术设计、小说形式、心理解释和戏剧连续性上"(Winslow 43)。

"新传记"解放了传记作家,传记不再是传记作家没有发言权的资料汇编,而是传记作家具有相当阐释权的文学艺术形式。评家们一致认为,虽然约翰生(Samuel Johnson,1709–1784)在 18 世纪就把传记看做是文学的一支[1],但维多利亚时代再次把传记变为没有生气,千人一面的道德说教工具,是斯特拉奇使传记重新回到了文学艺术的行列。1929 年版《简明牛津英语词典》"传记"条目的新释义首次明确将传记归为文学的一个分支。[2]英国文人爱德蒙·高

---

[1]约翰生曾经说过,"我最喜欢的是文学当中传记的部分"。见 Justin Kaplan, "Biography." *Microsoft Encarta Reference Library* 2004, CD–ROM(Microsoft Corporation, 1993–2003).

[2]1929 年版《简明牛津当代英语词典》中的"传记"条目如下定义:传记:一个人的书面生平;是叙述关于人的一生的文学分支。*The Concise Oxford Dictionary of Current English*, adap. H. W. fowler and F. G. Fowler from *The Oxford Dictionary*, new ed. rev. H. W. Fowler(Oxford: Clarendon Press, 1929).

斯（Edmund Gosse[①], 1849–1928）评价天才时认为，天才往往具有与众不同的怪癖性格，光彩夺目的另一面是令人难以忍受的阴暗面。（Gosse, 1962:118）"新传记"也有同样情况。"新传记"使人们重新思考传主以及传主生活的那个时代，在思想上和形式上解放了传记作家和传记写作模式，但与此同时也留下了可能导致这种传记死亡的隐患。比如在传记作家地位上升，与传主平起平坐时，他所操作的"艺术设计、小说形式、心理解释和戏剧连续性"等写作技巧的最大边界在什么地方？如何保证传记在大胆创新与保持文类身份之间取得理想的平衡状态？尼采有言：没有事实，只有阐释。这句名言几乎成了口号。它固然解除了绝对观念的束缚，但如同一把双刃剑，它也带来另外一个问题：阐释的依据是什么？有多少？阐释与可信度之间是怎样一种关系？显然这是一个难以划定清晰界限的问题。所以，也有人从另外一种角度评价"新传记"的特征，贬称"新传记"为"爵士乐时代传记"；认为"这种传记充满丰富多彩的个人生活细节，想象中的场景、根据传主书信演义出来的心理分析，或经不起推敲的传说、臆想的秘闻……"（Altick, 1995:83）。因此"新传记"也被认为是不尊重事实的传记。

由此我们可以看出，对于"新传记"存在着正反两方面的评价。笔者认为，"新传记"恰如一位性格鲜明的传主，它既不是十全十美，也不是一无是处。否则，"新传记"不会盛行20年，至今还在产生各种影响。在观念上，今人认为当代人蔑视权威，不尊重伟人，是受了"新传记"理念的影响，斯特拉奇是罪魁祸首。在传记写作上，斯特拉奇的传记风格仍然是人们学习仿效的范本。在美国普利策传记奖作品《马克·吐温传》（1966）、英国的《英国著名妇女传》（1981）或《E.M.福斯特传》（1993）等传记当中仍能看到斯特拉奇式

---

① 王佐良、周珏良主编的《英国二十世纪文学史》将此名译为"戈斯"。

传记的影子。①当然,对于"新传记"暴露出来的致命弱点,我们也不能视而不见,要保持高度警惕。

第二节　研究综述

在英语世界,有关"新传记"的研究大致经历了三个阶段:"新传记"流行阶段——确立斯特拉奇和"新传记"的价值;20世纪50年代至60年代初——确立斯特拉奇和"新传记"在文学史中的历史地位;60年代末以降——确认斯特拉奇和"新传记"在文学史中的历史地位。第一阶段重要的研究成果有伍尔夫的文章《传记的艺术》、《新传记》和《现代小说》,尼柯尔森的《英国传记发展史》(*The Development of English Biography*,1927)和法国传记作家莫洛亚的《传记面面观》(*Aspects of Biography*,1928)中的相关章节。这一阶段的主要特征是对斯特拉奇及"新传记"的评价持针锋相对的褒贬两大派:年青人多为褒派,保守派和学富五车的人多为贬派。1918年《泰晤士报文学增刊》的书评称《维多利亚时代名人传》的唯一缺点是"它过于让人忍俊不禁。斯特拉奇恶意地保持着超然、假装庄严,加之操着历史学家吉本式的笔调都自然而然地让这部传记带上了喜剧色彩,以至使全书与其他同类书籍不同,全然变成了逗乐;然而维多利亚时代毕竟不只是个玩笑"(Stratford 95)。尼柯尔森称赞斯特拉奇不只是利用传记摧毁了维多利亚时代的信仰大厦,而且他"热衷于智性的诚实、反对二手思想、自满思想或世俗观念。他对出于情感表达的意见很不屑,冷静地相信思想与理智才是人

---

① Kaplan, "A Culture of Biography," 8;Beauman,*Morgan：a biography of E. M. Forster*,2. "Elizabeth Countess of Longford," *Daily Telegraphy* (London), 24 Oct. 2002:29. 〈http://www.telegraph.co.uk/pressoffice/indes.jhtml〉

类本性中最重要的元素，最终是他对不可征服的人类思想的高度尊重。斯特拉奇正是在这个方向上塑造了这个时代的精神"（Nicolson，1933：150）。英国首相阿斯奎斯（Herbert Henry Asquith，1852–1928）在牛津大学发表演讲时也热情洋溢地推荐斯特拉奇的《维多利亚时代名人传》。也有评论指出，"该书真正的目的是宣传和摧毁"（Jourdain 364）。严谨的学者和文学批评大家们首先注意到的是斯特拉奇传记存在严重缺陷。高斯批评斯特拉奇为了迎合没有判断力的大众，对传主没有同情心，对历史缺乏谨慎态度。（Gosse，1919：313–336）英国历史学家乔治·奥托·特里威廉（G. M. Trevelyan，1876–1962）批评斯特拉奇按照自己的观点取舍和剪裁维多利亚时代传主的事实材料，《维多利亚时代名人传》不尊重事实。（Holroyd，1994：423）许多人认为斯特拉奇不过是一个"推倒偶像"的反叛者（iconoclast），他的传记充其量表现了"反叛精神"（iconoclasm）。英国著名文学评论家 F.R.利维斯评价斯特拉奇是"二流文人"，根本不能想象莱斯利·斯蒂芬这种大家会对他感兴趣，也不会受他影响。（Griffith 930）现存最早的"新传记"研究博士论文《圣勃夫的批评技巧同以利顿·斯特拉奇和安德烈·莫洛亚为例的现代传记的关系》（*The Critical Technique of Sainte –Beuve Considered in its Relationship to the Modern Biography as exemplified by Lytton Strachey and André Maurois*，1938）从文本层面考察了"新传记"的影响源头，探讨了法国作家圣勃夫（Sainte–Beuve，1804–1869）典型的尖刻批评、篇幅简短的传记形式和直觉传记法对斯特拉奇和莫洛亚两位"新传记"作家的影响。

第二阶段的重要研究成果有美国学者桑德斯（Charles Richard Sanders）的评传《利顿·斯特拉奇：思想与艺术》（*Lytton Strachey：his mind and art*，1957）、葛拉提的《传记的本质》和美国传记家里翁·艾德尔（Leon Edel）的《为生命而传：传记写作原理》（*Writing Lives：*

20

Principia Biographica, 1959）中的一些章节及马丁·凯利奇（Martin Kallich）的《利顿·斯特拉奇的心理环境》（*The Psychological Milieu of Lytton Strachey*, 1961）。桑德斯的评传全面考察了"享有盛名的小作家"（Bradley 462）斯特拉奇的全部作品，包括斯特拉奇的传记、小说和散文，分别探讨了斯特拉奇的世界观、传记观、批评观和艺术风格，对于确立斯特拉奇在传记史上的地位起到了举足轻重的作用。桑德斯认为，斯特拉奇的传记"清晰、严谨、优雅、反讽，概括力强，给人以深刻的印象"。在艺术上，斯特拉奇继承和发展了鲍斯威尔的传记风格，高度重视传记的写作与组织，注重有益的幽默和漂亮的文采；在思想上注重传记的社会历史功能，在第一次世界大战导致的混乱年代里，他依然崇尚理想的秩序，对个体的人而不是神投以强烈的关注，对维多利亚时代的价值观进行深刻的批判与反思，因此斯特拉奇堪称继鲍斯威尔之后英国传记史上第二个里程碑式的人物。（Sanders 353）葛拉提评价《维多利亚时代名人传》毫无疑问是"新传记"的经典之作，"没有什么书能够对大众趣味、批判性思维和当时的传记写作产生如此之大的影响"（Garraty, 1964:122）。"新传记"后来之所以走向消亡，是因为斯特拉奇的传记强调传记作家的主体性和传记写作的深刻性与艺术性。但这对作者自身素质的要求很高，而"很少人有斯特拉奇那样的智慧"，致使"新传记"最终发展成牵强附会的心理传记和专事揭短的揭丑传记，而失去传记的写实魅力。艾德尔用弗洛伊德精神分析中的"移情理论"（transference）对斯特拉奇的传记进行了精彩的分析。他发现，斯特拉奇虽然主张传记作家应当保持超然性，与传主保持适当距离，但他的传记在"揭露"的大旗之下对男性传主不留情面，对女性传主却往往持有同情心，这其实是"移情"因素使然。马丁·凯利奇运用精神分析理论系统地分析了斯特拉奇及其传记作品，例如用双重性格观点分析斯特拉奇的《维多利亚时代名人传》，用俄底

浦斯情结考察斯特拉奇的《维多利亚女王传》，用狂癫理论分析《伊丽莎白和埃塞克斯》。以上几位理论大家精辟冷静的分析，令人信服地观照了斯特拉奇及"新传记"的长处与短处，虽然斯特拉奇这时仍然被看做是"小作家"，但这些论著帮助牢固地确立了斯特拉奇在英国传记史中的地位。

第三阶段重要的研究成果有英国作家迈克尔·霍尔洛伊德（Michael Holroyd）的两卷本《利顿·斯特拉奇传》（*Lytton Strachey: The Unknown Years, 1880–1910; The Years of Achievement 1910–1932*, 1968）、加拿大学者伊拉·B·奈德尔（Ira B. Nadel）的《传记：虚构、事实与形式》（*Biography: Fiction, Fact and Form*, 1984）、美国学者露丝·霍伯曼的论著《传记的现代化：论 1918—1939 年英国的传记实验》（*Modernizing Lives: Experiments in English Biographies, 1918–1939*, 1987）、英国学者劳拉·马库斯（Laura Marcus）的《自传/传记话语：理论、批评、实践》（*Auto/biographical Discourse: Theory, criticism, practice*, 1994）、澳大利亚学者巴利·斯波尔（Barry Spurr）的《利顿·斯特拉奇全集文学评析》（*A Literary-Critical Analysis of the Complete Prose Works of Lytton Strachey*, 1994）、美国学者朱力·安·泰多（Julie Anne Taddeo）的《斯特拉奇与对现代性身份的追求：最后一个维多利亚时代的人》（*Lytton Strachey and the Search for Modern Sexual Identity: The Last Emient Victorian*, 2002）。霍尔洛伊德的传记鲜有精辟的理论分析，但资料相对齐全，为斯特拉奇研究提供了翔实的材料。特别是霍尔洛伊德在传记中首次披露了斯特拉奇个人生活不为人知的一面，引起西方国家对同性恋伦理观的新一轮大讨论。奈德尔主要从技术层面分析了斯特拉奇的传记，如传记的实验性、传记的短篇幅和隐喻的使用等等。霍伯曼的研究运用后现代主义理论考察"新传记"对维多利亚时代价值观的反抗。马库斯的研究从身份角度探讨了现代主义时期的传记与自传，认为这一时期由于"新传记"被看做是作家表达自我的方式,自传实际上与"新传记"合二为一。斯波尔的研究是一部评传,从斯特拉奇的作品分析斯特拉奇的艺术观,及其对基督教和社会秩序的看法。泰多则在性政治的层面上考察了斯特拉奇,认为作为一个同性恋者,斯特拉奇无论从心理上,还是写作上都迫切需要把维多利亚时代的人描写成顽固不化,倒退不前的。

总体说来,历年来的研究考察了"新传记"三大问题:一、对于"新传记"价值的评价。重点探讨"新传记"的外部影响、社会环境和时间问题;作家对作品中时间的考虑和时间因素对传记评价的影响;二、内部影响的自我问题,包括同性恋、移情说对传记的影响;三、传记形式的艺术问题,如自传与他传的关系、小说作者与传记作者的关系和传记的实验性等。以下本文将对各种观点分而述之。

"新传记":破除幻想,解放形式

无论研究者们对"新传记"持褒或贬的态度,主要争议集中在"新传记"的两个方面:对维多利亚时代的历史认知和对传记写作形式的认识上。相对于质疑斯特拉奇历史随意性、蔑视维多利亚时代主流价值观的评论,肯定斯特拉奇历史地位的人认为,斯特拉奇是心理分析大师和讽刺高手,只不过他"才华横溢、参透人事的能力和对传记的创新恐怕都因为其作品中对维多利亚时代的人的敌意色彩而被人们忽略了"(Edel, *Writing Lives*, 81–83)。斯特拉奇是第一次世界大战之后大变动时期的"一面旗帜",影响了那个时代的精神,也在相当长的时间里影响了后世对维多利亚时代的看法。(Kendall 14)其功绩之一在于他为后人争取到了传记实验的许可证。(Holroyd, "On the Board-line," 39)

斯特拉奇的反叛精神导致他用反叛维多利亚时代的传记形式反抗维多利亚时代的价值观,因此在褒与贬的评论中,对传记内容与形式的关注常常缠绕在一起。在美国学者罗伯特·吉丁斯(Robert Gittings)眼里,斯特拉奇对传记的贡献只是其传记具有很高的可读性。他认为,斯特拉奇虽然使传记重新回到自鲍斯威尔以来丢失很久的好传统,却不过"是一个出于错误的原因做了件正确的事的典型例子"(Gittings 37)。吉丁斯所说的错误原因是指斯特拉奇站在对维多利亚时代价值观进行猛烈抨击的立足点上。在这个问题上,《斯特拉奇传》的作者霍尔洛伊德坚决站在斯特拉奇一边。他认为,斯特拉奇的可贵之处在于他对人甚为关注,在某种程度上可以说斯特拉奇比传记大师鲍斯威尔更关心人物性格与人性本质在社会生活中的作用。因为对人的重视,为了准确地表现传主的性格和人性本质,斯特拉奇主张使用包括小说技巧在内的各种艺术手段。这一手法特别遭到历史学家的反对,被看做是轻浮的表现。但事实上,《维多利亚时代名人传》破除了维多利亚时代的英雄神话,《维多利亚女王传》重新塑造了女王,并且扩大了传记的结构,因此斯特拉奇是一个"破除幻想者和解放形式者"(Holroyd, 1994: 429, 495)。

破除幻想、解放形式的意义何在?同为布鲁姆斯伯里成员的戴维·葛奈特(David Garnett)认为斯特拉奇笔下的维多利亚时代的人形象变小了,然而却真实可信了,因而值得我们同情。这是伏尔泰式的野心和伽利略式的胜利。这也许是他最终没有写成维多利亚名人平行传记的原因。[1]另外也有评论赞扬斯特拉奇不仅用传记记

---

① 平行传记源于古罗马希腊史学家普鲁塔克的《平行传记》(*Parallel Lives*),即在每一篇传记中采用两两人物对照写法。斯特拉奇深受普鲁塔克《平行传记》的影响,在《维多利亚时代名人传》的写作风格中多有表现:传主们常常有性格相反的一方与他们形成反差与对照。第一次世界大战之前,在斯特拉奇准备写作《维多利亚时代名人传》草拟的名单上,他计划写许多维多利亚时代名人,包括一些对19世纪产生重大影响的科学家。世界大战使得他改变了原来的方向和语调,最终只写了负面性传主。见David Garnett 154-155.

录人的生平,还把传记用作透视事物的视角。(Gray 246)

然而另些人尤其不能接受"新传记"的反叛立场。他们指责斯特拉奇用尖刻的讽刺手法攻击维多利亚社会的精神支柱是用心险恶,目的恶毒。(Sanders 214)美国著名文学批评家爱德蒙·威尔逊(Edmund Wilson, 1895–1972)批评以斯特拉奇为首的布鲁斯伯里人喜好在图书馆里挖丑闻。"斯特拉奇阴险恶毒,乐于看到他的传主们陷进尴尬局面,这在《伊丽莎白与埃塞克斯》里有许多最让人难堪的证据。他用现代心理学研究伊丽莎白,专门考察她的性格,但是效果却未免令人作呕。"(Wilson 553)有学者指出斯特拉奇把传主的思想痛苦一概归结为神经质或失败,即使从心理学的层面上看,也严重夸大了实际图像。(Cyson 255–256)而且斯特拉奇不止是揭丑,还"把历史简化为个人史",这一原罪(sin)给世人带来长久的、不可饶恕的恶劣影响。(Brackman 405)

此外,斯特拉奇也遭到了评家以其人之道还治其人之身式的"揭露"。有学者指出,不可夸大斯特拉奇的传记贡献。首先,"新传记"作家对维多利亚价值观的反抗不是前无古人,斯特拉奇的《维多利亚时代名人传》也不是"一夜成名"。维多利亚时代末期弗鲁德(James Anthony Froude, 1818–1894)的《卡莱尔传》(*Life of Carlyle*, 1882, 1884)、塞缪尔·勃特勒(Samuel Butler, 1835–1902)的自传体小说《众生之路》(*All the Way to Flesh*, 1903)和高斯的自传《父与子》(*Father and Son*, 1907)以及斯特拉奇本人在此之前十五年的文学批评实践都为《维多利亚时代名人传》的成功铺平了道路,斯特拉奇是 20 世纪前 20 年英国传记成就的集大成者。①其次,时代因

---

①《卡莱尔传》实话实录了卡莱尔书信中关于传主婚外恋的婚姻状况,因此逾越了维多利亚时代英雄不能写缺点的道德规范,而引起舆论界轩然大波,在英国引起了长达数年之久的全国大讨论。传记作者弗鲁德为此声名狼藉,穷

素也是导致斯特拉奇成功的一个重要因素。伍尔夫多次指出,斯特拉奇生逢佳时,因为那是一个传记走红的时代。《维多利亚时代名人传》发表于第一次世界大战的最后一年,这个特殊的日子标志着特殊的时代。这是一个愤怒的时代,是"批判上一个时代的时候:大战仿佛就是从那个时代里遗传出来的"(Johnstone 267)。在这种时代里,"人及其各种制度都将被重新解释,他将重新表达解放带给他的巨大权力。各种各样的'主义'应运而生……传记无法抵挡这种火山般的力量。在艺术的巨变之中,传记自身也发生了巨变。……斯特拉奇1917年的《维多利亚时代名人传》和几年后的《维多利亚女王传》给传记带来巨变"(Kendall 113)。英国学者白克赛德(Paula R. Backscheider)则从更加广阔的宏观角度看待时间因素在"新传记"成功中的作用。她认为,传记与其他文类不同,它与社会语境密切相关。凡传记经典都是有新发现的作品,而这些新发现往往诞生在大的文化运动之中,普鲁塔克的传记诞生在古罗马与古希腊文化交融的鼎盛时期;鲍斯威尔的《约翰生传》(*Life of Samuel Johnson*, 1791)诞生在社会追求"对人类的恰当研究就是研究人"(The proper study of mankind is man)(Pope 2271)的氛围之中。斯特拉奇的传记显然诞生在第一次世界大战之后社会上流行的弗洛伊德主义、玩世不恭态度和幻灭感的氛围中。他要推倒传统观念中的偶像,从把护士和教士指责为野心勃勃,到在更广泛的范围内系统地摧毁文化中的种种神话。这种摧毁行动往往是用一种传记形式(通常世俗得让人吃惊)代替另一种传记形式(往往是神圣高

困潦倒。《众生之路》刻画了最令人反感的牧师夫妇,揭露了维多利亚时代道貌岸然的外表之下的压抑、虚伪与专横。但是这部自传体小说只是在作者去世后才敢发表。《父与子》再次从维多利亚时代受宗教控制的世态人情里,揭露了维多利亚时代价值观的虚伪和冷漠,但自传最初是匿名出版。见 Johnstone 267.

大的)。(Backscheider 127)总而言之,是第一次世界大战这个特殊的时间、特殊的事件催生了斯特拉奇的传记。

　　然而,时代因素虽帮助了《维多利亚时代名人传》大获成功,但也被认为是导致斯特拉奇另一部传记《伊丽莎白与埃塞克斯》失败的重要因素。桑德斯分析,《伊丽莎白与埃塞克斯》之所以失败,是因为在其出版的1928年,形势已经远不同于第一次世界大战刚刚结束的时候。这个时候,"人们开始怀疑战后普遍流行的怀疑主义是否能够对恢复世界秩序起到一定的作用。大形势变得相当严峻与严肃;笑,不适合这种氛围。安全开始显得越来越重要,比操练大脑搞大批判重要得多"(Sanders 339)。

　　葛拉提认为斯特拉奇的写作艺术是斯氏传记的价值所在,而在这种艺术当中,"揭露"法是其灵魂。斯特拉奇推倒传统观念推崇的偶像不是靠谴责,而是通过揭露那些偶像的虚伪,把偶像们的真实行为动机暴露和展现在读者面前。"揭露"法凝聚着深厚的文学传统积淀,其技巧中有英国18世纪文学家约翰生、维多利亚时代末期文学家高斯等人的影响,有同时代的弗洛伊德心理分析的影响;有俄国的陀思妥耶夫斯基、法国的伏尔泰、圣勃夫和古罗马希腊历史学家普鲁塔克和他的同代史学家绥通纽斯(Suetonius, 70?-130?)等人的影响以及西方文化源头的影响。[1]"揭露法"涉及了讽刺、插曲、精彩的文采和对传主的性格塑造等传记艺术。有学者高度评价斯特拉奇的讽刺技巧,认为讽刺手法是产生被艺术所推崇的"疏离"感和"超然"姿态(detachment)的最佳手段。(Kendall 114-115)

　　运用精神分析理论研究斯特拉奇及"新传记"也是一个重要方

―――――――――――――

　　[1]伏尔泰对权贵的蔑视精神、圣勃夫的直觉法(即后来的心理分析)、普鲁塔克的平行传记写法和绥通纽斯对轶闻趣事的使用等等都能在斯特拉奇传记中找到影子。见Jones 113-122。

向。凯利奇认为 20 世纪 50 年代之前的"新传记"研究在斯特拉奇与弗洛伊德心理分析的关系上存在一个误区。人们往往忽视了斯特拉奇传记中性与动机的关系,由此而造成读者在接受上不断纠缠于道德问题,有人甚至点出斯特拉奇传记里有 11 处性描写。在凯利奇看来,挖掘传主动机而不是单纯记录传主的行动和成就,恰是斯特拉奇传记的成功之处。在这一点上,斯特拉奇可以与弗洛伊德相提并论,因为他们二人都力图描绘出一幅展示肉与灵(body and mind)互为关系的画面。"他们想知道一个人因为何故而行事,以及行事的方式,也许他那样做是为了避免什么",譬如正是戈登将军的野心与他对基督教的盲目虔诚构成了他现在的性格。(Kallich 18,47)

评论家们也指出斯特拉奇传记中的败笔之处,例如斯特拉奇对事实不够尊重,对事实处理不谨慎。桑德斯认为,《伊丽莎白与埃塞克斯》过于媚俗,这种态度迟早会碰壁。(Sanders 340–342)鉴于此,葛拉提认为斯特拉奇对"新传记"最终走上揭丑传记和随意附会的心理传记的歧途以至最终消亡的结局负有主要责任,斯特拉奇"本人虽不是揭丑作家,但他玩世不恭。他的恶毒虽然非常微妙但确凿无误。他蔑视英雄崇拜,很明显是要摧毁那些红得发紫的著名人物。在这个意义上,他即使不是那些揭丑传记的鼻祖,也是他们的老祖父"(Garraty, 1964:136)。艾德尔则为斯特拉奇开脱,认为在某种程度上,斯特拉奇是被他的仿效者们给毁了,那些仿效者只抓住了斯特拉奇最坏一面,而没有学到他的最好一面:对传主性格和人性的精确把握。(Edel, 1984:81–83)凯利奇却不能同意把斯特拉奇的传记简单地看做是玩世不恭所为,理由是,斯特拉奇即使在写完《维多利亚女王传》之后,也一直持自由主义(liberal)思想。但凯利奇也不否认斯特拉奇的媚俗倾向,认为《维多利亚女王传》中一些心理分析手段显得十分蹩脚。(Kallich 74,75)

以冷静、理性的分析严厉批评斯特拉奇"新传记"的不乏其人。

吉丁斯指出斯特拉奇在传记中的许多阐释自相矛盾,前后不一;作为传记,其历史性不够严谨,因为斯特拉奇对一些史实没有详查核对;他的《维多利亚时代名人传》前言剽窃了英国传记作家高斯某些观点等等(在这个问题上,斯特拉奇确实借用或发挥了前人的观点——本书注)。美国学者戴维·诺瓦尔(David Novarr)对斯特拉奇传记观的源头进行了更为细致的考证:斯特拉奇认为传记作家比传主重要的观点来自塞亚(Thayer);他把维多利亚时代传记作家看作送葬人的比喻出自高斯;即使对于传记艺术的强调也不是斯特拉奇的首先发明。早在 1918 年之前,英国《国民传记辞典》(*Dictionary of National Biography*)的两位创始人莱斯利·斯蒂芬(Leslie Stephen, 1832–1904)和锡德尼·李(Sidney Lee, 1859–1926)就已经强调传记要简短,传记的目的是写人的性格。不过诺瓦尔也指出,《维多利亚时代名人传》里所有借来的观点都是因了这部传记大获成功而受到更广泛的关注。(Novarr, 1986:30)此外,诺瓦尔注意到斯特拉奇逻辑混乱的问题。他举例说,斯特拉奇主张选取"有特点的"样本,这其实是轻率地把任意选择等同于有特点性的选择,然后申明他是根据"简单的艺术动机与方便的动机"来选择传主的。据此,诺瓦尔推理道,倘若一个史学家随便说,"我手头碰巧有些资料,我对这些资料很感兴趣,我考察了这些资料并对其做出了解释",读者如何能拿他的话当真?所以他认为《维多利亚时代名人传》对现代传记产生重大影响的不是被奉为"新传记"宣言书的前言,而是里面的四篇传记。(28, 27)加拿大学者约翰·弗恩斯(John Ferns)认为即使斯特拉奇对传记的贡献本身,也是自相矛盾的。人们公认心理分析与篇幅简短是斯特拉奇对传记艺术的两个贡献。然而,如果心理分析要做得充分,势必需要大量细节,占用大量空间。这即是为什么具有讽刺意味的是,霍尔洛伊德的《斯特拉奇传》会有两卷之长,重蹈了维多利亚时代大部头传记的覆辙。(Ferns 48)

斯特拉奇传记的积极意义在 20 世纪 90 年代遭到解构。美国学者朱利·安妮·泰迪欧(Julie Anne Taddeo)的博士论文《最后一个"维多利亚时代的名人":斯特拉奇与现代主义反叛之谜》(*The Last 'Eminent Victorian': Lytton Strachey and the myth of the modernist rebellion*, 1996)用女权主义理论从社会层面考察了斯特拉奇大量未发表的自传性作品,如书信、日记、文章、诗歌等,推翻一般人所认为的斯特拉奇是"偶像推倒者"的观点。作者认为斯特拉奇本人的同性恋行为是对资产阶级习俗的一种炫耀,斯特拉奇所在的布鲁斯伯里文化圈也不是反传统、树新风的场所,相反它重复着流行的意识形态与各种权力结构。

"新传记":自我对他传的投射

伍尔夫在《新传记》一文中评论尼柯尔森的传记《某些人》,"每一个传主都在他 / 她的那面明亮的不断缩小的镜子里反射出不同的尼柯尔森……如是,他似乎是在说,我们主要生活在我们朋友的镜子里面"(Woolf, "The New Biography," 233)。伍尔夫在这里提及了传记的一种特殊的身份关系:我(传记作者的自我)和朋友(传主的自我)。然而,作者的自我应当是传主的自我的代言人?还是传主的自我应当是窥视作者的自我的窗口? 马库斯的研究很有启发意义。马库斯观察到, 尼柯尔森的这部以第一人称写就的短篇传记《某些人》实际上是在他传的伪装下成功地完成了的一部自传。事实上,自传与他传重叠、自传隐蔽在他传外衣之下是"新传记"的一个特点。马库斯认为出现这种现象,是"新传记"的传记观使然——因为"在'新传记'的话语系统中,传记被看做是一定意义上的自传工程"(Marcus, 1994:90)。传记作者不再是一个中立客观的报道员;他 / 她同传主的关系是平等的,积极的,在许多时候存在着心理学中所讨论的"移情"关系。故而在这个层面上,传记作家实际上在某种程度上是在叙述自我。在现代主义时期，"传记作家对于自我的复杂性的认识常常被看做是自传性自我意识的结果，或者至少是意识到理解和掌握自我非常困难"。对传记作家主体性的强调导致述说自我的自传在这个时期消失。（90，92）

　　从传记作家的自我与传主的自我的关系出发，马库斯接着考察了法国现代传记作家莫洛亚所强调的"母题"，也就是德国现代传记作家埃米尔·路德维希（Emil ludwig, 1881-1948）和美国现代传记作家葛马立尔·布莱德福（Gamaliel Bradford, 1863-1932）所说的"打开性格的钥匙"。①马库斯看到，"母题说"，或者钥匙说，同艾德尔所定义的"神秘"都出于同义。按照艾德尔的解释，所谓传记中的"神秘"其实来自心理学。心理学，"尤其重要的是弗洛伊德开拓的对个体心理的探索"，同"人类学知识、社会科学的各种观察结果"一道给了传记作家以巨大的力量。（Edel, 1984:24）心理学的移情作用在传记中的表现是，传记作家会因为对传主的爱憎而不自觉地歪曲传主的真实面目。②（14）艾德尔指出，移情作用是传记作家

---

　　①"新传记"诞生后，大批传记作家仿效斯特拉奇的方法，并且迅速呈现出国际性。除在英国有伍尔夫、尼柯尔森等写"新传记"外，著名的外国传记作家包括法国的莫洛亚，德国的路德维希，奥地利的茨威格（Stefan Zweig, 1881-1942），意大利的帕皮尼（Giovanni Papini, 1881-1956），美国的凡·维克·布鲁克斯（Van Wyck Brooks, 1886-1963）、布莱德福和弗朗西斯·海凯特（Francis Hackett 1883-1962）等人都在写蔑视权威、反抗传统价值观的"新传记"。因此在"新传记"研究中，论者们常常联系到这些外国传记作家。此处的例子如莫洛亚在写《雪莱传》时，将水的意象定为表现雪莱的母题。见 Marcus, 1994:92.

　　②Ibid, 14. 弗洛伊德在《精神分析引论》中专门论述过这个术语。按照弗洛伊德的解释，移情作用指病人将过去的情感经验移情于医生。移情的表现可为热情的求爱——即使病人是少妇，医生是老翁，女病人不想成为老头医生的妻子或情妇，她也想做他的女儿。弗洛伊德认为这种情感起源于其他方面：即

必然要遇到的情况,但又是传记作家必须克服的情况。伍尔夫也注意到这种情况,她所说的"将自我暂时悬置起来"就是指在写作过程中要防止移情作用。移情作用使莫洛亚童年的不快在他写作《精灵:雪莱传》(*Ariel: the Life of Shelley*,1923)的过程中等到补偿。斯特拉奇本人是同性恋,因而写强女人与弱男人不费吹灰之力。以女王和女强人为传主就是间接地写他的母亲。因为专横的母亲几乎是强制性地规定了斯特拉奇成长的每一步,因此,在传记写作过程中,斯特拉奇对母亲的一切怨恨与敬佩都发泄到两位女王身上。伍尔夫的《奥兰多传》也证明了"移情说"。伍尔夫写这部书没有她写小说《达罗卫夫人》和《到灯塔去》时痛苦,相反,她一直认为她是在用传记开一场大玩笑,写作的过程是一次解放,一次放纵,"一如她在同维塔调情"。

　　移情作用有其自身的局限性,它解释不了传记中所有的现象,但却能用来洞悉一些特殊的关系。早在 1929 年就有人将伍尔夫的《奥兰多传》与斯特拉奇的《伊丽莎白与埃塞克斯》并置一起,认为这是两部革命性的作品:一部革新了小说,一部革新了传记。但是霍尔洛伊德指出,评论者虽然将伍尔夫的《达罗卫夫人》与斯特拉奇的《名人传》①、伍尔夫的《到灯塔去》与斯特拉奇的《维多利亚女王传》两两比较,但是他没有能够解释贯穿《奥兰多传》与《伊丽莎白与埃塞克斯》的神秘氛围。造成这个神秘氛围的部分原因是《奥兰多传》与《伊丽莎白与埃塞克斯》的写作出于同样的个人感情经历——同性恋经历。(Holroyd,1994:605-606)奈德尔认为两书的作者都在试图用经验事实建构小说真实,致使这两部作品存在许多相似之处。(Nadel 148-149)但是传记的事实毕竟不是小说的真实,

---

已先形成于病人心内,然后乘治疗的机会而移施于医生。见弗洛伊德:《精神分析引论》,高觉敷译。北京:商务印书馆,1985 年。第 347-361 页。

　　①《维多利亚时代名人传》。以下简称《名人传》。

一个是特殊性问题，一个是一般性问题。传记实现的是针对传主的个别性真实，即英语中的 true to a life，小说实现的则是与生活中某一类人相像的一般性真实，是 true to life。伍尔夫本人说过，传记事实与小说真实二者不可混淆，否则将相互毁灭对方。（Woolf, "The New Biography," 235）那么两位作家试图明知故犯，混淆小说与传记的界限的动机是什么？有学者看到，斯特拉奇用传记向代表老一辈人的维多利亚时代进攻完全有其个人原因。（Millicent Bell 53–54）人们注意到，对斯特拉奇来说，所谓个人原因在很大程度上是指他的同性恋倾向。斯波尔分析，斯特拉奇的同性恋倾向决定了他的世界观。身为同性恋者，但迫于社会传统道德戒律的压力却不能坦言承认，斯特拉奇因此怀疑这种逼人说谎、充满敌意的现实社会能否真正得到改善，所以他在观察维多利亚时代时，既满足了发挥个人的洞察力，也满足了他的唯美本能。（Spurr 122）玛乔里·卡伦·琼斯（Marjorie Cullen Jones）的博士论文《不寻常的伙伴：讲述一个现代主义两性友谊的故事（伍尔夫与斯特拉奇）》认为用同性恋视角阅读，《奥兰多传》一定要与《伊丽莎白与埃塞克斯》参照阅读，这样才能理解为什么斯特拉奇一定要写一部历史浪漫故事，伍尔夫要写一部虚构传记。两位作者的关系是一个"身为女人却试图忘记自己是个女人的作家与一个身为男性同性恋者却不能以同性恋身份写作的人之间的关系"。

　　作家的自我与移情作用其实都是作家主体性的问题。白克赛德发现，斯特拉奇所描写的维多利亚女王，实际是通过一个男人的眼睛所看到的女王，或者更严格地说，是通过一个同性恋者的眼光观察到的女王。这使得女王在传记里失去了女性，许多章节的标题明显强调男性就说明了这一点。如"墨尔本公爵"、"帕墨森公爵"、"哥莱德斯特恩先生与毕肯弗尔德公爵"等等。（Backscheider 19,237）

综上所述,移情作用暴露出"新传记"的矛盾之处。一方面,"新传记"作家强调传记作家保持"超然"(detached)境界,站在一定的距离之外观察和书写传主和他生活的时代,以求实现传记的公正、客观与真实;另一方面,"新传记"却听凭传记作者个人内心的呼唤,拆毁间隔作者自我与传主自我之间的篱笆,在他传里做自传的文章,以至出现马库斯所认为的情况——自传在这个时期销声匿迹。(Marcus,1994:90)

"新传记":小说与传记相互渗透

在解放形式的努力之中,"新传记"的一个突出特征是对小说技巧的运用。马库斯认为"新传记"与小说是互为影响,相互渗透的关系,斯特拉奇根据传主的书信、日记、会谈等原始材料而创建的传主思想与情感活动,实际上就是意识流。(82)英国学者米范姆(John Mepham)则认为,小说家伍尔夫本人其实根本不相信传记,她用虚构手法写作《奥兰多传》与《弗拉狮传》纯粹是为了开玩笑,以调节写小说的疲劳。(Mepham174)不过矛盾的伍尔夫已看到传记与小说还是存在着区别,所以她很早就警告,在传记中不加节制地滥用小说技巧会带来灾难性后果。在《新传记》一文中,伍尔夫承认,随着20世纪的到来,传记发生了翻天覆地的变化,就像小说和诗歌发生了根本性变化一样。传记作家"毫无畏惧地走向那些大人物。他们没有关于世界的绝对观念,没有一定要遵守的道德标准或勇敢标准"。但是如果传记作家任意冲破艺术框架,一意孤行,这将是"用非常危险的元素做游戏"。例如尼柯尔森的《某些人》就是"企图把生活真实与小说真实混淆在一起"。危险在哪里?伍尔夫告诫,"人们会感到,要么尊重事实,要么尊重虚构;想象力不会同时伺候两个主人"。但伍尔夫同时也肯定了尼柯尔森笔下的人物虽然不再高大,但更加真实,像个真实的人。(Woolf,"The New Biography":

231–235）

如果说尼柯尔森从传记出发,借用小说技巧,使伍尔夫看到混淆传记与小说界限的危险性,那么伍尔夫本人从小说出发,借用传记外衣的做法,也引来诸多评论。人们一致认为"新传记"中最为极端的例子莫过于伍尔夫的两部仿传《奥兰多传》与《弗拉狮传》。作为研究对象,《奥兰多传》的蹊跷之处首先是文类不明。《奥兰多传》中有许多关于传记作家或历史学家的不分性别的议论,有许多关于传记作家面对叙述一个传主的思想与情感时的无助,和传记作家不得不大量使用"也许"、"可能"之类的不确定词汇的议论。伍尔夫在书前鸣谢篇的长名单中提及斯特拉奇和尼柯尔森,这一切都暗示了《奥兰多传》与传记的密切联系。但是 1929 年的一篇评论文章称《奥兰多传》为小说(fiction)(Holroyd,1994:605),30 年代的研究将《奥兰多传》定性为"幻想小说"(fantasy),认为它诗意恣肆,是伍尔夫的"诗中之诗";在诗意美的表面之下,是对真实性的追求。"除了在年龄上和环境上的各种变化,奥兰多是伍尔夫刻画得最清楚最精确的一个人物。"(Bodkin 326;Rosati 318)相比而言,狗传记《弗拉狮传》因为具备了传记的各种成分,比《奥兰多传》更像一部传记。然而,这是一部大于传主自身故事的叙事。(Burra 21)艾德尔把《奥兰多传》归在传记体幻想小说（fantasy in the form of a biography)或者虚构传记(fictional biography)类下。社会上对这部书的文类更加不甚明了,该书在书店里传记类和小说类两个书架上卖得都很好。对此,艾德尔的观点也变得摇摆不定,他在另一处断言,"《奥兰多传》实际上既不是一个文学玩笑,也不完全是一部小说。……它是一种松散的自由式传记"(Edel,1984:192)。

造成小说／传记界限不明的现象的原因之一,是有些小说家同时也写传记,这种情况的创作主体引起了学者的兴趣。80 年代美国西北大学特罗伦.P.格登(Troy P.Gordon)博士论文将伍尔夫的

《罗杰·弗莱传》用作考察对象之一,说明传记作者与小说作者之间的关系。论文的结论是:小说家的传记作品中都存在着小说家的写作兴趣;小说家都发现传记形式自身的局限性,而小说技巧往往被用来掩盖传记所不能叙说的一面。此外,传记作者在传记写作过程中像侦探一样受着某种东西的吸引, 这使得作家们在某种意义上是在写自传。

奈德尔认为事实是传记写作的关键, 是划分传记与小说的界限。"传记中的事实如同小说里的人物——是提供真实性、现实性和信息等组织全文的基本要素。"他举例说,"斯特拉奇因为对事实进行了阐释,从而支持了他的《名人传》;伍尔夫则是因为事实问题而在写作《罗杰·弗莱传》时困难重重,步履艰难"(Nadel 4)。对于事实的阐释如此重要,以致传记作家不得不诉诸想象力,如伍尔夫所说,"传记作家的想象力总是被刺激去使用小说家的布局艺术、含蓄手法、戏剧效果去说明一个人的生活"(Nadel 121)。艾德尔通过细致描述伍尔夫写作《罗杰·弗莱传》的经历,阐述了他倡导的传记观:传记以事实为基础,但不是无意义地堆砌传记资料,传记写作需要艺术性。(Edel, *Writing Lives*, 213–214)

到目前为止最为全面而系统的"新传记"研究著作是《实现传记现代化:论 1918 – 1939 年间英国的传记实验》。与众不同的是,作者霍伯曼的研究不是从斯特拉奇的《维多利亚时代名人传》起步,而是从尼柯尔森的《丁尼生传》(*Tennyson*, 1923)开始。霍伯曼认为尼柯尔森的《丁尼生传》之所以把传记用作贬低目的、具有鲜明的反叛性,是受了三本书的影响:勃特勒的自传体小说《众生之路》、高斯的自传《父与子》和斯特拉奇的合传《名人传》。(Hoberman 21)"小说化传记"是霍伯曼借用艾德尔的传记概念,意指传记作家主体意识占主位的传记。(Edel, *Writing Lives*, 176)站在这个基点上, 霍伯曼对于斯特拉奇的传记过分重视想象力的一面研究得更加深入。她认为，即使传主戈登将军、纽曼红衣大主教、南丁格尔这些人自身没有各种野心，斯特拉奇的讽刺手法也会将他的传记推向小说，因为他的想象力渗透了传主的思想深处，覆盖了传主的行动。而行动是历代传记艺术所主张的表现要素之一。记忆在这部著作中被用来考察尼柯尔森的《某些人》，体现出 20 世纪 80 年代文学理论的时代精神。作者认为，尼柯尔森之所以在这部自传中动辄以说书人的姿态站出来，是因为"如果观察力不可靠的话，记忆力更不可靠"（Hoberman 96）。但作者对伍尔夫的有些解释略显牵强，例如她认为伍尔夫的女权主义思想决定了她急于改变传统立传方法，但不可能接受小说化传记的观点。为了解决事实与虚构的矛盾，伍尔夫自创"玩笑"形式，结果产生了《奥兰多传》和《弗拉狮传》。霍伯曼定义的"社会心理传记"是将传主文化生涯的发展置于社会语境之中的传记。所以伍尔夫的《罗杰·弗莱传》在霍伯曼看来不是一般意义上的传统传记，而是社会心理传记。（163）

"新传记"研究在中国

由于历史的原因，我国的"新传记"研究呈断片状。早在 1932 年，斯特拉奇去世的当年，梁遇春在《新月》上发表了一篇很有价值的评传性文章，对斯特拉奇的文学成就进行了全面评价。他归纳斯特拉奇"新传记"的艺术价值有以下几个方面：以日常琐事映照传主的性格；既不做道学家——以伦理公式评判传主，也不做历史学家——把传主淹没在强大的时代背景中，而将时代潮流用作阐明传主性格的工具；拆掉英雄头上的虚幻光环，用"揭示"（expose）的方法在平等友好的基础上实现读者与英雄的认同；《名人传》虽成功，但锋芒毕露，"几乎因为方法牺牲内容了"；《维多利亚女王传》是斯特拉奇最为成熟的传记作品，不露声色的叙述道出了"黄昏的情调"；《伊丽莎白与埃塞克斯》所选题材包含的各类人物已奠定这是一出"顶有意思的悲剧",而这部传记之所以失败,是因为斯特拉奇企图"把朦胧的影子故意弄得黑白分明","臆造的马脚就露出来了"。梁先生认为,斯特拉奇有时写次要人物比写主要人物还要成功。总体而言,斯特拉奇的传记是印象画,像一大堆庞杂的色彩,分开来看不调和,古怪甚至荒谬,但合在一起是一幅艺术品。(梁遇春,第65—68;71页)

20世纪40年代,卞之琳翻译出版过斯特拉奇的《维多利亚女王传》,但由于各种原因译作没有引起研究者的注意。此后,"新传记"译作连同"新传记"研究进入休眠状态。70年代末,改革开放以后,朱东润先生在传记理论研究中对"新传记"的代表人物做了重要研究,并在复旦大学开始招收我国首批传记研究方向的博士研究生。90年代,"新传记"研究出现了较为繁荣的局面。斯特拉奇的三部传记和一部包括短篇传记在内的随笔集《文学散文》(*Literary Essays*)陆续得到翻译出版。伍尔夫的《奥兰多传》被当作小说翻译出版。在研究领域,杨正润先生的开拓性论著《传记文学史纲》以作家论的形式分述了"新传记"主要作家的主要贡献。在杨先生看来,斯特拉奇是继鲍斯威尔之后英国传记史上第二个里程碑式的传记家,"是从19世纪末开始的英国传记革新的集大成者,又是新传记以及整个20世纪传记革命的开创者"。杨先生认为,尼柯尔森对传记文学的最大贡献不是他的传记作品,而是他1928年发表的《英国传记发展史》;而伍尔夫的敏感使她"第一个发现了英国传记出现了一个重要的新倾向:对人物的心理世界的日益增长的兴趣,传记家除描述经验的事实之外,还注意到心理的事实,即人物的个性和行为动机"(杨正润,1994:443、431、428)。

吴翔似乎对"新传记"持一种警惕态度。他认为斯特拉奇虽"开辟了传记的新时代",他的传记观与传记方法却是不现实的、甚至是在毁灭以事实真实性为基础的传记原则。这是因为一,斯特拉奇倡导的"揭示真相"目标不可能完成,因为外在真实与内在真实是相去甚远、难以统一把握的标准。二,斯特拉奇用含义复杂的"瞬间"表情揭示传主的动机没有说服力。三,斯特拉奇重视艺术胜过历史,导致"新传记"在形式上必然同史书不同,"然而传记在形式上获得的自由并不必然达到真实"(吴翔,第 260 页)。相比之下,赵白生是"新传记"的辩护人。他认为重视传记的写作艺术、坚持传记作家的阐释权和心理分析是"新传记"的三板斧,"新传记"在此基础上充分发挥个性,实现了自身的经典化。对于"新传记"暴露出来的"问题",赵白生反对持尖锐的对立态度,指出"传记具有多版本性。新传记不过是其中的一个版本而已。怎样把新传记里优秀的版本经典化,这才是我们的工作"(赵白生,第 200-216 页)。

　　值得一提的是,在当代中国人的概念中,传记本来就是文学之一种,汉语的文学研究术语中"传记"二字常常和"文学"二字并置连用,因此在 1994 年出版的由王佐良和周珏良先生主编的《英国二十世纪文学史》中,部分"新传记"作家和布鲁姆斯伯里文化圈的主要人物也被收入其中,例如斯特拉奇、戴维·塞西尔和哲学家 G. E. 穆尔(G. E. Moore, 1873–1958)。编者以细读文本的实例说明斯特拉奇的传记"可读性极高","字里行间传达一种嘲讽口气"。但编者也批评斯特拉奇对传记的"艺术"过于刻意,"雕琢过甚,也能引起反感"(王佐良、周珏良,第 871、875 页)。

　　回顾近百年来国内外"新传记"研究,我们看到:"新传记"研究的种种观点涉及一个中心两个面的问题,即传记作家的主体性与传记文本透射出的思想反叛性和形式实验性。将传记作家的主体性与"新传记"文本中的思想反叛性联系起来,"新传记"大力提倡传记形式实验的动因就会一目了然。然而仅从这一思路出发来挖掘"新传记"的成因尚不够全面,"新传记"将艺术奉为最高信条,将生活视做新宗教，将心理分析当作解剖传主内心动机的锋利手术刀等等特征，超出了狭义的传记研究自身，而反映了更为深层的历史文化内涵。因此，要深入理解和把握"新传记"，还要在联系传记作家主体性与文本的思想反叛性，以及由此而形成的形式实验性同时，引入历史的视角，观照形成"新传记"的历史思想资源，在历史的语境里考察"新传记"。如上所述，国内的"新传记"研究主要围绕传记文本的内部问题进行，国外有学者专门考察过"新传记"的影响源，无论是《斯特拉奇传》、《伍尔夫传》还是《布鲁姆斯伯里文化圈》等传记类研究成果都涉及"新传记"诞生的社会历史文化环境。但这些研究由于不是专门的"新传记"研究性著作，而对环境影响与"新传记"文本之间的直接联系少有探索。有鉴于此，在历史语境里考察"新传记"的反叛性与实验性是本论文所要深入讨论的内容。

限于各种条件，本论文将集中讨论三位英国"新传记"代表作家利顿·斯特拉奇、伍尔夫和哈罗德·尼柯尔森及其传记作品，以斯特拉奇为重点。

（约翰斯托恩认为）虽然伍尔夫的小说、福斯特的小说、斯特拉奇的文章和罗杰·弗莱的美学批评表面上是各不相同的文类，但这些人的作品与 G.E.穆尔的伦理观存在着根本的一致性。

——迈克尔·霍尔洛伊德（Holroyd，1971:44）

第一章

"新传记"的历史语境与思想资源

美国传记作家吉丁斯认为,作为一个传记作家,斯特拉奇早已经过时,"斯特拉奇的传记是他那个时代的传记,是为那个时代服务的;今天不会再有人写作那种传记"(Gittings 41),然而斯特拉奇给社会和传记领域带来的影响却依然存在,直到今天人们对斯特拉奇的"新传记"第一书《维多利亚时代名人传》中对维多利亚时代的看法和传记观一直持不同见解。斯特拉奇被当代人看做是"奠定20世纪基调"的人(Mullen 549),《维多利亚时代名人传》"像一枚炸弹把19世纪受人尊重的文学与传记传统炸得粉碎",然而重创之后留下来的是一个"荒原",人们不知如何写出严肃正经的传记。(Hughes)当代英国历史学家保罗·约翰逊批评《维多利亚时代名人传》"对英国古老价值观所造成的破坏是任何强大的敌人都无法做到的"[保罗·约翰逊(上),第188页]。这些颇走极端、措辞激烈的评论反映出《维多利亚时代名人传》在接受者心境中所产生的强烈震撼。的确,以《维多利亚时代名人传》为标志的"新传记"正是这样带着突然和猛烈的反叛精神,否定传统价值观,否定维多利亚时代的传记形式,以致"新传记"和过去的文化纽带之间仿佛彻底断裂,形成一道不可逾越的鸿沟。[①]然而,当事人伍尔夫告诉我们,反叛维多利亚时代价值观的迹象在 1910 年之前就开始了。其中关键的原因是,到新世纪初年,人际关系发生了变化,而"人际关系变化了,宗教、行为、政治和文学也同时跟着发生了变化"(Woolf,1928:4–5)。在伍尔夫看来,人际关系的变化主要是因为人的性格发生了变化,因此现代主义的发生,现代小说的出现,"新传记"的流行就都在情理之中,势不可挡。但我们仍不免有许多疑问:维多利亚时代在英国历史上是一个辉煌的阶段,但为什么现代派们拒绝认可它的功绩? 维多利亚时代提倡英雄崇拜,但这个时代缺少了什么,以致激起了包括"新传记"作家在内的现代派们的集体反叛? 要解答这些问题,理解反传统的"新传记"何以成为可能,也许我们必须回过头去,把目光投向历史的纵深,看一看英国"新传记"诞生前五十年的历史和"新传记"作家们所汲取的思想资源。

第一节　历史语境

保罗·约翰逊认为,科学的革命性新发现是导致人类思想史突进的重要根源。科学的革命性发现意味着人类推倒了阻挡其视线的高墙,得以看到先前从未看到过的景象,从而对世界、对社会乃至对人类自身产生新的认识。基于这样的认识,保罗·约翰逊将现代世界的始点确定在 1919 年 5 月 29 日。这一天爱因斯坦通过实验证明了他的狭义相对论。狭义相对论推倒了以欧基里得几何线

---

① 美国学者阿尔提克认为,"新传记"的反叛事先没有任何预兆。(Altick,*Lives and Letters*,283)但就斯特拉奇个人而言,以传记为工具向维多利亚时代发起攻击并非突然。在他之前已经有弗鲁德、塞缪尔·勃特勒、高斯等人开始用传记和自传道出历史真相,揭露维多利亚时代的虚伪、欺骗、和自以为是。

条和伽利略绝对时间观念为基础的牛顿宇宙论的高墙,将人们的思维模式从绝对观念的枷锁里解放了出来,形成了思想史的一次飞跃,导致了现代世界的出现。[保罗·约翰逊(上),第1页]保罗·约翰逊的观点显然是有道理的。但他将现代世界的起始点确定在某一天则不免有哗众取宠之嫌。实际上,现代世界的出现经历了一个从量变到质变,从渐变到突变的过程。

哥白尼在1543年出版的《天体运行论》中阐述了日心说,对在西方占统治地位达一千多年之久的地心说提出了挑战。但是他的新学说只是在开普勒总结出行星运动三定律、牛顿发现万有引力定律之后才有较为稳固的科学基础。而日心说真正深入人心,对民众的宇宙观、世界观产生重大影响,时间已经到了19世纪。达尔文于1859年出版了《物种起源》,提出以自然选择为基础的进化学说,向物种神造说、目的论和物种不变论提出了挑战。20世纪前夜,尼采在《快乐的知识》一书中以寓言的形式,借"狂人"之口宣称:"上帝死了!上帝真的死了!是我们杀害了他,……你和我,我们都是凶手!"(转引自Bayman)先知般地揭示了对上帝传统意义上的信仰之坍塌。弗洛伊德在1900年出版了《梦的解析》,他的精神分析理论将动物本能说成是人类行为的原动力。

可以看出,19世纪(尤其是19世纪后半叶)的革命性发现和见解似乎都在阐述着一个主题,这个主题就是否定、颠覆和消解原有的结构。哥白尼的日心说否定的是地心说,将人类所居住的地球从宇宙的中心地位请到了边缘。达尔文否定的是地球上人的中心地位,他告诉人们:人不是神造的,而是从动物进化而来的。弗洛伊德否定了人类内心世界的崇高性,与动物同样的性冲动被解释成是人类行为的根本原动力。尼采否定了人们对上帝的信仰,上帝死了,上帝所制定的包括善恶标准在内的一切价值结构不复存在。

这股怀疑浪潮是应科学探索的新发现而产生的,同时也有社会发展的基础。鉴于本文探讨的"新传记"问题源发于英国,我们不妨将视线集中到"新传记"诞生前后的英国社会。

关于"新传记"诞生前的维多利亚时代的社会状况,研究成果可谓汗牛充栋。不过其中阿尔提克的《维多利亚时代的人与思想》(*Victorian People and Ideas*)较为人们推崇。阿尔提克的这部专著比较系统全面地描绘了维多利亚时代的经济图景以及在这一图景中社会各阶级的变迁,较深入地揭示了这些变迁的原因和影响;除了描绘和分析维多利亚时代各阶级的情况之外,《维多利亚时代的人与思想》也详细地描述和分析了这一时代颇有影响的思想观念,如功利主义思潮等等。阿尔提克在书中揭示了这样一种情形:社会结构的突变是 19 世纪后半叶到 20 世纪否定浪潮的体现,它推进了以否定思维模式为基础的哲学怀疑主义的发展。

1851 年,第一届世界博览会在伦敦举行,这次博览会主要展示了大英帝国的财富和繁荣。这种繁荣既是工业化的成果,也是英国对内残酷剥削、对外进行殖民掠夺的结果。反映英国贫富差别的"两个国家"就是在此期间开始使用的。[①]不过,在 19 世纪 50 年代前后,经济的繁荣在一定程度上掩盖了英国的内部矛盾,出现了所谓"平衡的时代"(the age of equipoise)。但是好景不长,英国社会的诸多矛盾虽在一定的时间内可以被掩盖,但却并没得到解决,更没有自行消失。1867 年英国通过了第二改革法案,给工厂工人以选举权。这反映了英国政治结构处于动荡变迁的过程之中。英国政治结构动荡不稳的主要原因在于政治权力与经济权力的错位。伴随工业化进程,英国工业新贵在经济生活中的地位越来越突显,而以土地为主要生产资料的贵族在经济生活中的地位相对下降。

---

① 出现于维多利亚时代的首相迪斯累里 (Benjamin Disraeli, 1804–1881) 1845 年出版的小说《西比尔》(*Sybil*)中。

1875 年英国农业歉收,农业萧条持续到 19 世纪末,美国和新西兰的廉价农产品进入英国市场,使英国农业在国民经济中的地位进一步下降。工业新贵在很大程度上掌握经济命脉,政权却在很大程度上掌握在贵族手里。政治权力迟迟没有根据有关阶级的经济地位变迁而进行重新分配。这种政治权力分配上的错位以及由此引发的摩擦形成社会不稳定的原因,并产生了对政治结构进行变革的要求。英国改革法案的通过正是这种要求的结果,在一定意义上,也是英国原有政治结构遭到否定的体现。

社会各阶级经济地位和政治地位的大幅度变迁,其影响深至所有的社会关系。弗吉尼亚·伍尔夫在《贝内特先生与布朗夫人》一文中这样写道:"所有的人际关系都发生了变化——主仆关系、夫妻关系、父母与子女的关系。而且随着人际关系的变化,宗教信仰、行为方式、政治,乃至文学都发生了变化。"伍尔夫也曾尝试确认现代的起始时间,她认为现代的起始时间应在 1910 年 11 月前后。(Woolf, 1928:4-5)伍尔夫既是现代派小说的领军人物,也是"新传记"的中坚力量,她对现代社会关系的感受值得注意,因为她的这种感受反映了人的社会关系变迁对于作家的影响,同时,对于"新传记"作者来说,显然具有典型性。

对于"新传记"的诞生,有科学发展开阔人们对世界和人类自我认识,从而反叛原有的思维模式的原因,也有社会形态发展带来对原有的政治结构和人与人关系模式反叛的原因,当然更有文学领域对维多利亚时代传统文学进行反叛的原因。思维模式的变迁,人的社会关系的变迁必然会导致文学的变迁。实际上,许多学者在谈及文学的变迁时往往都从思想发展史和社会发展史里面寻找原因。在文学领域里寻找"新传记"诞生的语境,自然就会想到文学界现代主义的兴起。现代主义文学是应反叛浪潮之运而诞生的。现代主义文学首先是对维多利亚文学传统的反叛。从某种意义上说,现代主义文学的主要宗旨就是要否定维多利亚时代的文学规范。弗吉尼亚·伍尔夫的文章《现代小说》被称为现代主义文学的《共产党宣言》。在这篇文章里，伍尔夫倡导作家的自由追求，对维多利亚文学创作的清规戒律的反叛来势凶猛。她说："如果作者不是奴隶而是自由人，如果他不是被迫而是可以随心所欲地写作，如果他的作品可以以自己的情感为基础，而不是受制于传统的条条框框，那他的作品就应该没有情节，没有喜剧，没有悲剧，没有通常意义上的爱情或者灾难，也许与邦德街上的裁缝铺大相径庭，一只纽扣也不往衣服上钉。"（Woolf, "Modern Fiction"）伍尔夫像其他许多现代派作家一样，通过自己的现代派作品对维多利亚时代小说创作传统进行了坚决的否定，她的新传记作品也不例外。从这个意义来说，称"新传记"为现代主义文学的一个组成部分也不无道理。

"新传记"是在以反叛为主题的思想认识方式转变之后、社会变革的语境中和现代主义文学诞生的语境下出现的一种新现象。在这样的语境下产生的"新传记"，不可避免地带有反叛的特征。在价值观上，新传记将反叛的主要目标指向维多利亚时代的价值观念体系。维多利亚王朝赖以生存的精神支柱在《维多利亚时代名人传》中受到重创，偶像消失了，代之而起的是与你我他一样的普通人——他们和常人一样专横跋扈，自私自利，傲慢无礼，神经质。维多利亚时代的宇宙观在《奥兰多传》与《弗拉狮传》中被彻底改写，人不仅不是宇宙之神，他／她是万物之中的普通一员，与狗一样同属自然界的生物之一种。人的性别更多的时候不是自然属性使然，而是社会属性使然。维多利亚时代的传统观念在《某些人》中也被讽刺鞭挞得体无完肤。

"新传记"是入世的，其主要英国作者均是布鲁姆斯伯里文化圈的成员。这个文化圈关注人类的未来，诊断英国人的性格缺陷，试图为英国社会的和谐发展开出药方。关于"新传记"的入世倾向问题,我们不妨把目光投向历史的纵深处,对其深层语境进行一点考察,这样我们就会发现,"新传记"的反叛精神实质上是西方自古代开始的"自我观照"(the care of self)的继续,是企图"治愈灵魂疾病"的又一次不自觉的努力,只不过这里的"自我"概念涵盖得要宽泛些,英国人及其价值观念体系是其关注的对象。

福柯曾专门论述过西方文化传统中的"自我观照"(the care of self)。在他的《主体解释学》一文中"自我观照"、"关注自我"与"自我培养"含义相近,意思指人的"自我修养"。按照福柯的阐述,自苏格拉底之后,关注自我渐渐为思想大师们所推崇,并把它作为一种人类须终生进行的成年人活动。其教育作用逐渐消失,而其他功能得以确立。关注自我的其他功能包括批判功能、斗争功能和治疗功能。批判功能是指实践自我能够使人改正一切习惯,改正一切从大众、坏老师以及父母和周围的人那里所接受的错误观点。然而人的秉性中总是优缺点共生,长短处同在,实践自我因而也是一种持久战。与此相关,人们常见到两个好战的比喻:竞技与战争。竞技是指人们在生活中就像一名斗士,要战胜一个又一个的对手。因此即使在不战斗时也要进行训练;战争是指灵魂必须像一支随时有可能遭到敌人进攻的军队一样严阵以待。因此在这种时刻处于箭在弦上的备战和参战状态中,实践自我的活动需要给个人以武器和勇气,以保证人有能力终生战斗,这是指实践自我具有的斗争功能。如果把一切坏习惯、错误观点等负面比喻作人的灵魂上的疾病,把这些负面东西清除掉就意味着给人治了病,并使他痊愈了。在这个意义上,实践自我具有治疗与治愈功能。福柯认为,这一功能是不言而喻的,他提醒我们,不要忘记伊壁鸠鲁学派、犬儒学派和斯多葛学派都熟悉的那条原则,即哲学的作用就是治愈灵魂的疾病。(福柯,第475页)

以上述理论阐述做参照,我们不难从《维多利亚时代名人传》的前言所倡导的传记作家与传主的敌对关系中看到"新传记"的救世思想。这里面也隐含着上面的三种功能。首先,"新传记"虽然与维多利亚时代的传统决裂但并不抛弃古代文明,它给哲学概念的主体赋予了新的解释,希望能够治疗这个因愚蠢自满而病入膏肓的社会。在斯特拉奇的观念中,主体不是笛卡儿书房中的"我思",而是包含着两个对立的面、直接联结着每个个体的人的社会。在这两个对立面中,一面必须对另一面不断地进行挖掘,去其蔽,去其魅,剥去形形色色的附加外壳,才能起到警示社会,"关注"社会这个大自我的目的。具体而言,传记作家与传主分别站在两个对立的面上,作为"探索过去的人",传记作家要到传主的往事中去探险;传主则被暗示做"敌人"、"靶子"。斯特拉奇主张探索过去的人应当在名人传主意想不到的地方发起攻击,因为在《维多利亚时代名人传》出版之前,维多利亚时代的英国传记一直恪守着造神的虚假原则,循规蹈矩,唯唯诺诺,吹吹捧捧,言不由衷。传主意想不到的地方就是指传主的阴暗面、负面、不光彩的那一面,也就是说是比喻意义上的"坏习惯"、"错误观点",甚至为流行的道德观念所不齿之类的事与行为。一旦名人的这些负面公布于众时,传记话语就获得了一种批判的权力,使人对那些负面避而远之,从而使正面行为得到提升与弘扬。当然,对于负面的评价也是传记作家把握的一个尺度。福柯所指的"关注自我"的斗争功能散见于斯特拉奇写作的比喻之中。由于传记作家与传主是"探索过去的人"与"靶子"的关系,传记写作因而变成一场战斗。传记不断写下去,战斗不断地进行下去。在名人的往事中探险的人会看到名人的光环背后常常是一座野心的迷宫,其灵魂深处是被熊熊火焰缭绕着的深不见底的黑洞。(EV 309)所以在传记作家和传主的关系中,一方通过对另一方的不断探索、整理和书写而达到晓谕社会,关注人类自我,培养人类自我的目的,从而治愈社会这个主体所患的灵魂疾病。

与1、2世纪西方古代哲人不同的是,"新传记"作家志在反叛,希望彻底换上崭新的观念。他们不再相信"如果没有别人的帮助，人就无法关注自我"（福柯，第 475 页）。相反，他们认为，人的自新自救全在于自我本身。大师、名人同凡人的距离并没有多大，如同人并不优越于其他动物。为此，"新传记"作家同现代主义作家一样热心于关注主观世界中意识深处的活动，而反对将重心放在描写外部客观世界的现实主义写作手法。他们斗争的目标是把名人的本质展现给人们，把名人请下神坛，让他们回到实实在在的凡人当中来；把和平友好、人与人之间的爱等永恒的美德摆在人们面前，宣示他们的道德主张，以此治愈灵魂疾病，并创造出有利于灵魂成长的知识氛围。具体说来，福柯认为对于自我的关照并不是发现一个人究竟是谁的过程，而是发现一个人有可能是谁的过程，而关照自我的模式是艺术创造。（Nehamas 178）这可以从一方面解释"新传记"为何重视传记形式的实验性①，不拘一格地将其他艺术形式引入传记写作。

第二节 穆尔的伦理学

反抗维多利亚时代的价值观念体系需要理论武器。英国剑桥大学哲学家 G.E. 穆尔在 1903 年发表的《伦理学原理》（*Principia Ethica*）实现了英国现代伦理学从唯心主义向哲学现实主义的转变，满足了"新传记"作家们的需要。穆尔的伦理学不仅影响了罗素和维特根斯坦的哲学思想，也深刻影响了英国包括"新传记"作家

---

①葛拉提从时代背景的角度解释了"新传记"重实验的倾向。他认为："小说家对于传记描写的精彩之笔，加上新科学的客观性和弗洛伊德心理学家的坦率重创了维多利亚时代'生平与时代'（Life and Times）写作的呆滞、浮华与卑鄙。这些为斯特拉奇搭建起一个舞台，传记实验与成长的时代到来了。"（Garraty, 1957:106.）

在内的现代主义作家们。穆尔伦理观的重要贡献就是重新诠释了善的概念，提出了从效果来看是彻底否定维多利亚时代既成观念的新观点。关于善的观念的新诠释一旦得到广泛接受往往带有革命性效果，这是因为价值普遍取向的变迁往往会带来价值观念体系的变迁，而广为一种文化群体所接受的价值观念体系往往是其所属文化性质的决定性因素。由此可见穆尔从伦理的角度对维多利亚文化进行清理，其意义非同寻常。不言而喻，穆尔从伦理角度对维多利亚文化所进行的清理是 19、20 世纪交替之时兴起的反传统大潮中的一个组成部分，自然在"新传记"作者那里得到了积极的响应。此外，在阐述关于善的新观点的时候，穆尔举出两个包含大善的事例，这就是对人的爱与个人的审美享受。这两个包含大善的具体事例在"新传记"作家乃至整个布鲁姆斯伯里文化圈成员心中引起强烈共鸣。在绝大多数成员心目中，对人的爱是人与人之间关系的正确基础，而建立在这种正确基础之上的社会才会和谐幸福。在某种意义上可以说爱人、人与人之间彼此相爱是布鲁姆斯伯里文化圈社会理想的出发点与归宿。

对于"新传记"作家而言，影响他们的首先是穆尔的批判精神，比如他对维多利亚时代伦理观的否定。穆尔在他的《伦理学原理》中对善的概念问题进行了重新阐述，一一批驳了维多利亚时代流行的关于善的种种观念。穆尔提出，"善"是无法定义、不可分析的，因此一些号称"善"的理论其实不攻自破。其一，赫伯特·斯宾塞（Herbert Spencer, 1820–1903）的进化伦理学提出的善不能称之为善。斯宾塞虽然先于达尔文提出"适者生存"的口号[1]，但进化伦理

---

[1]1852 年斯宾塞就使用了后来被认为是达尔文的名言"适者生存"这一观点。达尔文的《物种起源》则发表于 1859 年。见 Altick, *Victorian People and Ideas*, 232.

学所主张的常态的(normal,即非畸形的)与自然的就是善的观点,其实是混淆了"快乐"与"进化"两个概念,从而落入自然享乐主义的窠臼,因而是荒谬的。其二,享乐主义不是善。享乐主义主张"快乐是人的生存中唯一的善",穆尔认为这必须首先区分快乐与对快乐的意识。这样区分之后,快乐显然就不是唯一的善了。而对善的意识也因为其伴随物的存在而不是唯一的善。其三,利己主义是自私性享乐主义,这种思想认为"我个人的快乐是唯一的善"。穆尔认为,利己主义的思想必须与"作为一种手段单单追求我个人的快乐是正确的"的观点区分开来。利己主义的自相矛盾之处在于,它没能看到,当我宣布一件事是我个人的善时,我必须是在宣布它是绝对的善,否则就根本不能称之为善。其四,享乐主义的另一端是功利主义,在维多利亚时期受到穆勒(John Stuart Mill,1806–1873)的大力推崇。穆尔认为功利主义源自心理享乐主义,其实也犯了与利己主义同样的逻辑混乱错误。功利主义虽然提倡普泛性享乐主义,但功利主义只问实际不问其他的目的性受到了享乐主义本身的批驳,即使支持功利主义者也只是认为功利主义提供了一种正确行动的规范,但认为功利主义对于如何达到这个目的的阐述相当不够充分。其五,科学的发展使得科学思想在维多利亚时代拥有了大批知识分子支持者,在实证主义思想的影响下,一些知识分子尝试用科学理性包装一些思想,企图使理论趋于完善,于是出现理性利己主义(rational egotism)和理性仁爱论(rational benevolence)。①穆尔指出,由于在宣布"个人的快乐是唯一的善"的同时不能够宣布这

① 美国学者阿尔提克的研究表明:"科学对维多利亚时期的思想家产生了非常大的影响,思想家们特殊的智力和学科训练使得他们很容易接受科学;也正是这些知识分子最系统、最集中地把科学观点应用于宗教和道德事务之中。"Altick, *Victorian People and Ideas*, 234.

件事是绝对的善，结果导致人们得出理性利己主义与理性仁爱论的关系是"伦理学中最深层的问题"的谬论。其六，超验伦理观（metaphysical ethics）在维多利亚时期一度被讨论得热火朝天。穆尔认为，这一派的致命错误在于，它过于注重认识能力，总是假设自然中不存在的东西至少是"存在"的，也就是说，相信存在着超验性的现实（supersensible reality），因而混淆了"什么是善"和"什么将会是善"的"实然"与"应然"问题；把真理的原因与真理的依据混为一谈。而那种认为需要某种假设以"使伦理学理性化"（make Ethics rational）的观点更是荒谬至极。

上述种种伦理观在不同层面上具有荒谬性，那么作为一种手段，什么样的行为能够导致善的结果？换句话说，我们应当做什么才能导致善的结果？维多利亚时代的人通常认为责任、美德或义务（duty, virtue or obligation）是保证实现善的手段。穆尔认为，无意识地"习惯性"履行义务（duty）①（这是最常见的类型），而不管这义务的内容是什么，这是没有内在价值的。这是因为，我们无法证明，在所有行动当中我们有可能在各种条件下，采取任何行动将会产生最佳的总体效果；要在严格的意义上发现什么是我们的"义务"（duty）是不可能的。然而我们却有可能在所有的行动中展示出采取哪些行动将会产生最佳结果。权利与义务（duty）的衡量标准意味着行动的总体结果将是最佳的。义务的规则只能是一般性的真理，因为衡量义务的最终结果只能以最近时间而论，而不能以无限久远的时间来论。所谓义务既不是权宜之计，不是利益，也不是美德。基督教道学家们认为单只有"外部正确"是没有内在价值的，他们还认为即使把"外部正确"当作一种手段也是没有价值的，穆尔

①Duty 在穆尔伦理学中的含义相当于汉语的"职责"、"义务"、"责任"。为汉语论述方便，有时译文中只能出现其中一义。

认为这就犯下了错误。"义务"(duty)主要通过非伦理的特点来区分:1.许多人竭力回避它;2.义务的许多主要效果是作用在他人身上,而不是作用在行动者身上。3.义务挑起道德情感;只要义务是通过伦理特性区分的,那么这不是因为履行义务特别有用,而是因为批准义务特别有用。当然内在价值不容易确定:因为一个整体的价值往往与其部分价值的总和并不相等。为了公平地决定美德的内在价值,穆尔认为我们必须区分三种特点,每一种特点的名称是常见的,并且是独一无二的。因此,1. 无意识地"习惯性"履行义务(这是最常见的类型),不管这义务是什么,都没有内在价值。2.在那些美德的构成中具有一种爱或恨的情感,驱使这个行动朝着善或恶的结果发展,那么它就有某种内在价值,但是其价值可能有程度上的不同。3.美德包括了"良心",即在某些情况下,直到我们相信并且感到我们的行动是正确的,我们才开始行动,这似乎算是有些内在价值:这种情感的价值特别受到基督教伦理学的强调,但如康德认为的那样,这种内在价值既不是唯一的价值,作为手段也不总是善的。

如果人们一定要问,善本身是什么? 穆尔认为,对于这个问题首先要问的应当是:"如果事物绝对依靠自身而存在, 那么这些事物有什么价值?"根据这种逻辑推理,穆尔的结论是,包含善的事物是多元的,并且"很显然,个人的好感和审美享受(personal affection and aesthetic enjoyments) 包括了到目前为止我们所了解的最大的善"(Moore 238)。所谓个人的好感,穆尔认为,作为认知客体,他 / 她 / 它必须既具有外在美,又具有内在美。只是头脑敏捷心智优秀,或只是长相漂亮,都不是完美的善。因为认知的对象是整体善的根本,那么分析这个整体的本质就是美学的工作。它只需要标记出 1)我们所说的"美"意味着事物与善的整体的关系;2)事物大部分是复杂的整体, 以致认为这个整体在价值上大大超过了考虑其各部分价值的总和。无论是个人的好感,还是审美享受都与人的情感联系紧密,因此也与人们对善恶的判断联系在一起。那么如何看待"积极的恶"(positive evils)与"混杂的善"(mixed goods)这些复杂的问题?穆尔认为恶分三个等级:1.存在于爱或羡慕之中的恶,或欣赏恶或丑;2.存在于仇恨中的恶或蔑视善或美;3.意识到强烈的痛苦:不管这是大善,还是大恶,这是唯一跟对客体的认知或情感无关的事。痛苦和快乐有一致之处:快乐并不总是在增长,痛苦并不总是在减少。所以痛苦和快乐的总体价值中包括了向相反方向的发展也是真实的(true)。对于混杂的善,我们必须首先区分:作为整体的整体价值和作用在整体价值上的价值。把两个或更多的恶加起来也许会在整体性上具有巨大的内在价值,但它永远不会在整体上变成积极的善。其次,只是认识到恶或丑,在整体上还不是整体性的具有积极意义的大善:大多数美德不管其有没有内在价值,都是这种类型,如勇气、同情、道德善举;所有这些都是仇恨恶或丑或者蔑视恶或丑的例子。尽管恶也许会在整体上增加事物价值,但这不是说,因为有恶事物的存在,事件的整体善从整体上看永远是积极性的善。因此,第一,对于理想来说,任何现存的恶都不是必要的。第二,思考想象中的恶对于理想是必要的。第三,在那些恶已经存在的地方,混杂的美德的存在具有一种价值,这种价值与价值的后果无关,与恰当地欣赏想象中的恶所具有的价值相同。

归纳起来,穆尔伦理学的要旨有以下几点:具有内在价值的"善"虽然是伦理学讨论的中心内容,但其概念的形容词性质的内涵与外延却如颜色一样是无法定义,不可分析的。换句话说,与"善的"(good)有关的其他伦理学术语是可定义的,但"善的"是不可定义的。任何试图以理性规定"什么是善的"都是荒谬的。对于善的理解不能依靠人为的道德标准,而只能靠道德直觉。直觉依靠的是人的常识判断。其次,判定行动的正确性依据的是其最终结果的正确性,而这个最终结果只能是最近时间所看的最终结果,而不是无限久远的时间之后所看到的结果。(凯恩斯曾经运用穆尔的这一理论说,从长远的观点看,我们都是死人。Keynes,1971:65)再次,无法证明的存在没有内在价值,比如天堂,或来世,故而不能用应然(what ought to be)代替实然(what it is)。不难看出,穆尔伦理学是对维多利亚时代价值观的伦理学否定,《伦理学原理》中的每一个观点都驳斥了维多利亚时代流行过的价值观,这为"新传记"作家们的反叛提供了有力的理论阐释武器,《伦理学原理》的思想(不止是一两个观点),甚至它的论证方法都被斯特拉奇等人奉为反抗维多利亚价值观的指南。我们可以以《伦理学原理》中的几个要点为索引,查找"新传记"里穆尔伦理学的影响。

譬如善是不可分析、不可定义的,对于善的理解不能依靠人为的道德标准,而只能靠道德直觉。这种直觉主义观点的提出是对在伦理界长期占主导地位的自然主义伦理观的反拨。自然主义伦理学的主要观念是伦理观念可以与物质世界的事实混为一谈;也就是说,善可以被简约为某种在精确性上与科学知识相当的标准规范,德性可以从事实中推知。这就是维多利亚时代的价值观念体系把"善"物化为具体行为规范和种种清规戒律的伦理学基础。穆尔的直觉主义伦理观点的积极意义就在于推翻维多利亚时代种种所谓善的行为标准所赖以生存的基础。对于那些不满维多利亚时代道德伦理桎梏,且致力于打碎这种桎梏的英国知识分子来说,穆尔的《伦理学原理》不啻是一场及时雨。斯特拉奇在《维多利亚时代名人传》里对英雄传主的阐释就吸收了许多穆尔伦理学的思想。在《维多利亚时代名人传》之前,种种传记对这些英雄进行了神圣化的塑造,致使这些英雄以及他们所体现的品质在很大程度上代表了传统意义上善的标准;不言而喻,这其中也暗含了禁止有违于这些标准的清规戒律。从这种意义来说,传统传记通过对名人的塑造,完成的是将善的概念进行物化的过程。因此,将这些英雄请下神坛,还其本来的平凡面目,其中就蕴含着对物化"善"的概念所得到的标准和清规戒律的根本否定。《维多利亚时代名人传》就是在质问,被维多利亚时代奉为楷模的名人是不是动机纯洁,情操高尚,如圣人神像一般?在斯特拉奇笔下我们看到另一幅名人模范的肖像。例如,曼宁主教常常在社会问题危急的关头出现。工人罢工,他会到场疏通;他会为穷人说话,也会为政府出谋划策;同首相格莱斯顿(Mr. Gladstone)不断有通信往来,议政参政。虽然为上帝服务,但曼宁在世俗间总是扮演一个救世主的角色,以致"他的年岁在增长,只要有可能,社会活动也在增长"(EV 107)。而事实上他的原始动机也如他的英雄壮举一样纯洁高尚吗?我们在《维多利亚时代名人传》中看到,人到老年时,曼宁常常重温三十年来关于自己事迹的剪报册。往往此时此刻,他真实的内心世界的卑微心理就显露出来。在那些报道的旁边经常有透着他心迹的批注——"犯傻!心存不良""纯粹撒谎""分明撒谎。背后藏着个人恩怨"。有些评论认为,斯特拉奇在《维多利亚时代名人传》里使用"布鲁姆斯伯里式的恶毒"诋毁维多利亚时代的价值观。[1]也许恶毒的表现之一就是斯特拉奇用曼宁自己的话表现大主教本人内心隐秘深处的虚伪。在曼宁的内心独白里,他抱怨自己的五十年生涯没有像格莱斯顿首相那样入世;然而"我猜上帝把我从凡世召唤出去,因为他看出来我会在凡世中失去灵魂"(EV 110)。这就是说,在曼宁冠冕堂皇的公众形象底下,其实掩盖着同凡人一样不安分的灵魂。然而也是这种没有注明出处的引言使斯特拉奇传记遭到最强烈的攻击,为

---

[1]关于《维多利亚时代名人传》的评价直到今天仍然分为两大派。许多学者不认同斯特拉奇对英雄不恭的写作态度。见 McIntyre 15;Butts 34;Clayworth 334.

此他被认为是不尊重事实的"坏"历史学家。但是斯特拉奇的目的很明确，他就是要"揭露"曼宁这位宗教名流的真实动机，把表面行善的外在现象与深层虚伪的内心实际联系起来，从而戳穿维多利亚时代价值观里所赞美的虚幻光辉形象。

又譬如相信无法证明的存在是荒谬的。也就是说，单凭理性推理，但在现实中证明不了的所谓存在是荒谬的。无法证明的存在是什么？上帝即是其中一种。这是对维多利亚时代流行的以基督教教义为核心的伦理观念的挑战，"新传记"作家纷纷响应。伍尔夫以调侃的口吻在《奥兰多传》中对宗教的善恶观不无讽刺——

> 这时她带着世上全部的宗教热情，思忖起自己的种种罪孽和一点点潜入她精神世界里的种种缺点。她想着，字母 S 就是诗人伊甸园里的撒旦。她使用了各种各样的方法，但《橡树》诗里第一节中这类带着罪恶的卑鄙东西还是多得不行。不过她认为，比起那个表示结束的"ing"，S 算不得什么。现在分词就是魔鬼本身，她想（既然我们现在到了信魔鬼的地步）。（Orlando 108）

斯特拉奇的聚光灯有意聚焦到基督徒身上，以彰显基督教的虚伪性。一个貌似虔诚的信徒改变信仰，从一个教派改到另一个教派，是出于什么目的？在斯特拉奇为我们呈现的画面里，曼宁主教在从英国国教改信罗马天主教时，显然不是出于信念的考虑，而是出于内心深处野心的呼唤，因为他看到改信天主教更有利于他在罗马教会里的地位升迁。又如，在教育改革的浪潮中走马上任的基督徒校长阿诺德博士上演了一幕精彩的"说一套，做一套"的小人伎俩。他宣布，儿童上学的目的是成为"勇敢的、能够助人的、说实话的英国人和基督徒"。但他是如何帮助学生实现这一目标的？他按照圣经里圣徒的方法组织了一套严密神权管理组织,在管理中,鼓励告密,支持武力,以高年级学生控制并欺负低年级学生。仪表和体育是阿诺德学校规定的优秀学生评价标准,而不是人的内在品质。管理体系与评价标准同培养目标的相背使人不得不对以基督教的条律为标准所进行的教育改革产生疑问。战斗英雄戈登将军在《维多利亚时代名人传》里近似一名小丑。他一手拿着圣经,一手背离教义举着酒瓶。一面虔诚地读着基督徒都是兄弟的教义,在关键时刻他会对其他基督徒大动干戈,忘乎所以。在镇压中国以基督教为主导思想的太平军时,"英国人先是出于宗教原因支持太平军,现在又被说服,为了讲究实际,他们有必要镇压太平军。在这种氛围中,1863 年初,戈登被委任指挥中国的常胜军。他接受了这一任命,立刻走马上任"(EV 214)。英国人戈登战功显赫,荣获"中国戈登"的绰号——斯特拉奇的"恶意"很明显:告密、动用武力、喝酒,屠杀其他基督兄弟,争名夺利这一切可是《圣经》里的戒律所禁止的,所谓虔诚之心如何证明这些基督徒不虚伪呢?在《某些人》中,作者尼柯尔森沿着斯特拉奇的路继续揭露维多利亚时代价值观的丑陋与宗教的虚伪。他的那位家庭教师耽于宗教关怀,而对人性的关怀非常冷漠,在小孩子面前表现了欺骗、做作和贪婪等恶习。

再譬如穆尔提及的包含大善的个人的爱与审美享受。根据穆尔的论证,我们在鉴赏美的客体(beautiful object)时,无不是投入了个人的情感,以至这种情感达到强烈的程度,成为个人对那一客体的热爱、好感、好意(affection)。(摩尔,第 200–202 页)而情感同想象中的最大快乐是相等的,个人的美好情感(personal affection)因而价值最高,审美享受因为与个人情感的联系因而也是最有价值的善。穆尔的这些论述引起了与他同时代的一些作家的心灵共鸣。这有两个原因。第一,当时的作家们看清了所谓"宏图大业"之类崇高口号的实质不过是个人利益或者狭隘的团体利益。他们认为,跟着那些华而不实的口号走，人类必将走向相互对立和恶恶相斗的战争。因此，他们重视个体的人与人之间的关系(包括相互理解、同情、好感乃至爱情等)对于建立社会和谐的基础意义。第二，现代主义文学已开始崭露头角，而现代主义文学运动的一个重要特点正是审美享受问题，即关注和发掘文学形式的艺术性。从社会理想来说，对个人关系的态度问题也成了善与恶的分水岭。E.M.福斯特曾经想象出一种极端的情状来表明自己的价值取向，他说："如果我不得不在背叛我的国家和背叛我的朋友之间做出选择，我希望我会有勇气背叛我的国家。"[保罗·约翰逊(上)，第185页]在深受穆尔影响的福斯特等现代作家看来，珍视个人关系就是善，轻视或者背叛个人关系就是恶。斯特拉奇按照这样的标准演绎了《伊丽莎白与埃塞克斯》的悲剧故事。在这部"悲剧史"中，培根那闪耀着光芒的智慧使他在学术上硕果累累，在仕途上左右逢源；在埃塞克斯走红时，培根竭力奉承；在他败运时，培根不惜绞尽脑汁对他落井下石，这就让在著名的《随笔集》中透射出的睿智清明的培根形象在斯特拉奇的"事实"①面前整个瓦解了——真实的培根根本解读不了"只凭情感支配而不服从理智的心理状态"(E&E 254)；他在审判中用最致命的比喻把朋友埃塞克斯送上断头台，从而博得伊丽莎白的高兴和埃塞克斯政敌的欢心。他本人从这一成功的审判中"脱颖而出"，多方获利。(E&E 257)很明显，斯特拉奇对培根的卓越智慧没有像一般人那样崇拜，虽然他也没有对其加以否定。但是他笔下震撼人心的培根形象却是一具丑陋的灵魂，"令人憎恶、可耻到极点"(E&E 250)。斯特拉奇为什么会对培根有如此偏见？其主要原因是培根"看不到(埃塞克斯)伯爵对他的长期友谊、不断的善意、高度的慷慨以及令人感动的崇拜"(E&E 250)。斯特拉奇恰

---

①此处的"事实"加引号，是因为伍尔夫认为这部传记中虚构成分过多。

是用了个人之爱这一标准,将培根定位在恶人的行列。在斯特拉奇看来,无论培根的天资如何高,才华如何好,当他把功利主义运用到纯熟地步,视个人之爱如粪土时,这样的人无疑是历史罪人,他的行为无疑是大恶。同样,埃塞克斯倒霉的命运也被当作背叛个人关系的惩罚。读者会好奇,伊丽莎白为什么一定要置埃塞克斯于死地?难道过去的几十年里二人不是一直在打打闹闹、又言归于好的情形中过来了吗?不,斯特拉奇似乎在暗示:当爱被当作儿戏,大善消失,大恶必然取而代之。伊丽莎白终于明白埃塞克斯"曾经从思想上、感情上、物质上——在世人面前,在心灵深处最温馨的隐私处——尽一切可能背叛了她,一个女王和一个女人"(E&E 262–263)。这个时候,大爱变成大恨,女人的柔换上男人的刚,重复她父亲的故事亦在情理之中。①

---

① 伊丽莎白父亲国王亨利八世因伊丽莎白的母亲不忠,将其处死。另外,有一派研究总抓住斯特拉奇的同性恋倾向做文章。例如艾德尔认为斯特拉奇在这部传记中是在想象的世界里做一回当女王的梦,高高在上,大权在握地统治着他那一帮同性恋大男孩(包括凯恩斯)。(Edel, *Writing*, 78)这种解读起码有一个疑点。根据这种观点,斯特拉奇在同性恋活动中扮演的是女性角色,因此把生活中的角色在写作的想象之中复现一次。然而斯特拉奇传记文本实际显示的是,他是大男子主义的,而非女子式的男性。这是他在《维多利亚女王》中盛赞女王的丈夫阿尔伯特而贬抑维多利亚的原因之一。如白克赛德所指出,从斯特拉奇的许多章节的题目就可以看出他强调对男性的巨大同情。(*Backscheider* 237)在《伊丽莎白与埃塞克斯》中从埃塞克斯角度对伊丽莎白的评论几乎是斯特拉奇性别观的真实写照:

　　她是个性情乖张、顽固不化的老太婆,该坚定的时候她摇摆不定,出尔反尔时她倒坚强不已。而他呢,毕竟是个男子汉,具有男人的洞察力和决断力;她愿意跟着走,他可以带路,然而命运偏偏把角色分配颠倒了,把天生的主人变成了仆人。(E&E 128)

第三节 罗杰·弗莱的艺术美学思想

斯特拉奇传记观中的两对关系

斯特拉奇在写作《维多利亚时代名人传》①时宣称,他作此传的目的是,"试图通过传记的形式,把维多利亚时代的一些景观展现在当代人面前"(EV vii)。今天看来,斯特拉奇的这一观点带有典型的20世纪初期流行的传记观。此种传统观视传记如历史,强调了两对特殊"关系":传记与历史;历史学家与艺术家。两对关系以历史为基点呈现出一枚硬币两个面的关系。一方面,在斯特拉奇看来,传记在本体论上与历史休戚相关,以致在一定程度上二者可以互为指称,互为指代;作者与读者双方都必须时刻牢记二者的紧密关系。所以,在《维多利亚时代名人传》的前言中,传记作家斯特拉奇在开篇声明中不言传记,却说历史:"维多利亚时代的历史根本写不了,因为我们对它知之甚多。"(EV vii)他道明在此书中选取四位典型的维多利亚时代名人为他们立传,目的不在为历史人物定格,而是借此展现他们所在的时代特色,"通过他们的一生来考察并说明那个时代真实情况的某些片段"(EV viii)。这些观点显然回荡着维多利亚时代文人托马斯·卡莱尔名言"世界的历史就是伟人的传记"的声音,立传者因而俨然与撰史者没有本质性区别。斯特拉奇还告诫传记作家:因为书写传记的活动即是探索历史,因

---

①有人将 *Eminent Victorians* 译为《维多利亚时代四名人传》,没有忠实于原文,是为误译。虽然本书写了四位传主,但作者的中心意图不是仅为此四人立传,而是选取了这四位从事不同职业的杰出人物,分别代表了维多利亚时代的宗教、教育、军事和博爱精神,从这四个方面揭示作者所理解的维多利亚时代的真相。因此,本书的四位名人在作者斯特拉奇的眼里更具象征意义,他们是时代的代表,不是单纯的传主。故而,本书当译作《维多利亚时代名人传》。

而万"不可指望直接用面面俱到的叙述办法书写那个独特的时代"。而对读者,他坦陈自己的预期,要读者把《维多利亚时代名人传》或当作历史,或视作传记,但无论怎样读,"都会有趣"(EV vii–viii)。

另一方面,斯特拉奇认为,维多利亚时代修撰历史的方法犯了方向性的大错。修史做传的过程中所谓照实直录的方法并没有实现历史的客观性和真实性,倒反而助长了那些对人不够尊敬的"送葬式的野蛮"之风,实际上"伟大的史学家的头等责任当做一名艺术家。艺术在历史修撰中的作用不只是装饰点缀,而是比装饰点缀要深刻得多"(Strachey,1909:20–21)。关于历史与艺术的关系,加拿大神话批评理论家诺斯罗普·弗莱的阐述也许更加清晰明了。在诺斯罗普·弗莱的文学理论蓝图中,历史著作不可避免地包括文学因素,这是因为"每一部历史著作中就至少有两个阐释层面:一个是历史学家从编年史的事件中构成故事层面,另一个是历史学家借助比较基本的叙事技巧,循序渐进地识别他所讲的故事,根据情况可以是喜剧、悲剧、罗曼司、史诗或讽刺"①。然而,在斯特拉奇眼里,不仅历史的叙事技巧依赖艺术家的智慧,对历史进行评价与评判也非艺术家莫可,评价维多利亚时代尤为如此。"从长远的观点看,声誉这种东西,评论时代和评论人一样,都依赖于艺术家的评价,而艺术家对维多利亚时代从来就不公平。对艺术家们来说,维多利亚时代心口不一,自命不凡,无可救药的缺乏距离感,这些总是远远超出其真正坚实力量的品质。"(Strachey,1936:187)

总结斯特拉奇传记观的典型关系,我们可以看到一条逻辑线路中的三个关键词:传记——历史——艺术。换言之,在斯特拉奇的传记观中,传记既离不开历史,也离不开艺术。因为传记写作是

---

① 转引自海登·怀特《后现代历史叙事学》,第76页。

一个过程,艺术因此在整个过程中发挥重大作用。

另外,观察斯特拉奇本人的发展历程,我们还看到一个情节变化,即传记作家斯特拉奇是由文学批评家斯特拉奇发展而来的。在斯特拉奇成名作《维多利亚时代名人传》发表之前,他做了十五年的文学评论,为《观察家》杂志、《泰晤士报文学增刊》等报章写文撰稿发书评。美国学者约翰·弗恩斯认为斯特拉奇的传记转向是受了文学大师们的影响,尤其是受了俄国作家陀思妥耶夫斯基的影响,是陀思妥耶夫斯基"迫使斯特拉奇直面人性和非理性问题"。而斯特拉奇正在从事的文学批评却是缺乏细致缜密分析方法的直觉判断,这种判断和评价方式"严重阻碍了斯特拉奇的创造性"。因此斯特拉奇不得不寻找另外一种写作出路。"他转向人本身,不声不响地将注意力从文学批评转到传记上来。他发现直接评判人要比评判他们的作品容易。"(Ferns 47)

弗恩斯的观点不无道理,但是在斯特拉奇所受影响中仅是窥豹一斑。从文学批评到传记的转向实际上是从哲学到艺术的一次转向,影响这次变化的主要是斯特拉奇周围的人。于斯特拉奇来说,对他产生重要影响的主要是他的社交圈。斯特拉奇一直同剑桥大学的同学保持密切联系,在伦敦被称为布鲁姆斯伯里文化圈。这个圈子里大部分人为评论家、作家和艺术家,文学地位最高的有小说家 E.M.福斯特和弗吉尼亚·伍尔夫;艺术评论界最有影响的有罗杰·弗莱(Roger Fry)和克莱夫·贝尔(Clive Bell);还有精神领袖哲学家 G.E.穆尔和经济学家凯恩斯。若论影响,这些人对斯特拉奇的影响更为直接。因此 J.K.约翰斯托恩认为,"斯特拉奇开始传记写作一是因为对人有很大的兴趣,二是因为对艺术非常关心"(Johnstone 77)。而若论斯特拉奇对艺术的关心,福斯特和伍尔夫都可能对斯特拉奇的写作产生过影响,但在艺术观念上,斯特拉奇和圈子里的其他人一样,主要是受了罗杰·弗莱艺术美学思想的影响。①

罗杰·弗莱的艺术美学思想

虽然哲学家 G.E.穆尔通过驳斥形成维多利亚时代价值观的种种伦理思想阐释了新型伦理观，指出最大的善包括的不是人与神之间的爱，穆尔却只用实证分析的方法详细论证了最大的善这一命题的前半部分，即"最大的善包括了人与人之间的爱"，而对于"最大的善包括个人的审美享受"部分，穆尔只是申明，最大的善之所以包括审美享受，是因为审美活动——无论是对现实客体的欣赏，还是对想象客体的欣赏——涉及人的情感，由此而唤起最高级的想象快乐。但穆尔在《伦理学原理》中专门指出，具体讨论认知客体这一审美活动的本质，"那是美学家的事"（Moore 238）。这一空白被艺术评论家罗杰·弗莱填补起来。

罗杰·弗莱的艺术美学思想集中在他的艺术评论与评论集《观察与设计》（*Vision and Design*, 1920）中，其理论贡献在于建立了现代主义艺术的理论基础，厘清了生活与艺术、作者与艺术的关系，

---

① 罗杰·弗莱加入到布鲁姆斯伯里讨论会后，成为文化圈里一名重要人物，他使讨论会的重点从抽象的穆尔哲学转为具象的美学欣赏。评论家们认为，罗杰·弗莱主张的"任何形式都是有意味的"美学思想不仅影响了布鲁姆斯伯里人，也影响了现代派其他艺术门类的艺术家们。J.K.约翰斯托恩的研究表明："布鲁姆斯伯里人的美学观只关心帮助艺术家如何创作好的艺术品，帮助人如何去欣赏好的艺术品。这主要归功于罗杰·弗莱。他一再重申被人们淡忘了的真理，即艺术是自律的。他表明艺术接触生活之处正是它要同生活分离之处。他认为，艺术与科学平起平坐，并与科学互补；艺术同生活的真实经验的关系正如同科学与生活的真实经验的关系一样。"迈克利奥德认为，罗杰·弗莱的艺术美学思想除对视觉艺术以外，对现代主义文学也产生了重大影响，包括20世纪10年代以来诗歌的各种形式实验和从30年代到50年代期间广为流行的形式主义批评。（Johnstone 92-95；Macleod 203）

确认了艺术自身的价值。其主要论点包括四个方面：

一、艺术是自主自律的，与道德无关。弗莱指出，艺术不应与道德混为一谈，因为艺术和生活分属两个世界。道德指导人的现实生活；而艺术在人的想象生活中自有律法。人的活动具有两种生活形式：现实生活（actual life）和想象生活（imaginative life）。实际生活是体验性的，即时的，想象生活是构思性的，非现在时的，欣赏性的，和理解性的；回忆、展望、构思、艺术创作等心智活动都属想象生活。观察人们对艺术情景的反应和对现实情景的不同反应，我们可以清楚看到二者之间的差别。人在实际生活中的意识依据自然法则活动，本能地保护自己，而在想象生活中他的意识集中在对经验的认识与情感感受方面。艺术品是源自人想象生活的产物，不是源自实际生活的产物。面对两种生活中的同一情景人做出的反应不同。生活里当我们走在街上，一辆汽车突然向我们迎面冲过来，或者一头猛兽突然向我们扑过来，我们的本能反应是迅速躲避，逃往安全地带。但面对一幅表现同样情景的艺术作品，我们不但不会带着恐惧，本能地设法逃离或躲闪，反而会因为画面的逼真而产生愉悦的情感感受。因此，罗杰·弗莱的结论是，艺术是想象生活中的产物，不应该用现实生活的道德戒律去干涉它。"道德欣赏的是根据结果行为评价的情感；艺术欣赏的是其自身的情感，和为艺术的情感。"（VD 19）

二、艺术的价值在于对生活有独特的穿透力。虽然艺术和生活分属想象世界和现实世界，但艺术对现实生活有其不可缺少的宝贵价值。这就是，艺术对生活有独特的穿透力，艺术唤醒人们注意那些在生活中被忽略的事。"在生活中我们都是坐在语言与未来的座位上等候上场的演员，我们只看到有助于我们上场的有关内容。"（VD 14）而艺术能够帮助我们看到生活中我们注意不到的东西。生活中我们的主导行为是"看"（look at），这一行为往往因为生活的琐碎繁忙而使人简略掉许多重要的东西；但在艺术中我们往往被引导完成实质性的行为是"看见"（see），"看"的结果是艺术关注的主要内容，帮助我们认识到那些生活中被我们忽略掉的方方面面。从这一点出发，艺术无疑能够帮助我们提升自我，修养自我，克服自我缺点，是人认识自我的有益工具。艺术的这一宝贵价值再次证明，艺术与生活分属两个不同的领域。如果按照维多利亚时代道德至上的准则规范艺术，其结果只能扼杀艺术，使艺术沦为日常生活般的"平庸"，最终使人们陷入"视而无睹"的愚昧状态。而且，从评价标准来看，道德与艺术之间也没有共性可言。"道德对情感的评价所依据的标准是情感所导致的行为，而艺术所欣赏的是情感本身，别无其他。"（VD 19）

三、艺术的超然性。艺术对生活具有独特的穿透力，实现这一穿透力来自艺术的两个方面：艺术家的态度和艺术家的手法。对于艺术家的态度，罗杰·弗莱特别强调一个词：超然（detached），意思是指艺术家面对创作对象时，必须保持一定的审美距离，不能一味陷入对创作对象的情感之中，难以自拔。无论创作对象是一个人头，还是一只南瓜，在艺术家心中都应据同等重要的位置，因为"用想象生活中的超然眼光去看，那些东西的形式具有同样的情感因素"（VD 25）。如布斯的《小说修辞学》所分析，"超然"的性质与"客观性"有关，客观性"有许多同义词，如超然、中立、公正、中性等等，在客观性下面以及这些同义词下面，我们至少能够辨认出三种不同的品质：中立、公正、不感情用事"（Wayne C. Booth 67）。也就是说，艺术家在创作过程中，必须保持客观中立的心态，"他既不自恋，也不他恋，他根本就没有性欲。他是客观的、非个人的、甚至是非人化的，因为作为艺术家，他就是他的作品，而不是一个有血有肉的人"（荣格语。陆扬，1998：125–126）。罗杰·弗莱以罗丹为例，认为他完美地体现了艺术家"超然"的创作态度。在罗丹心中，"一个女人、一座山、一匹马——这些都是一回事;创作原则都是同样的"(VD 25)。也就是说,真正的艺术是忘我的,超然于自我之外的。

生活的穿透力是通过艺术品中实现"看见"的动作来完成的,而要达此目的,超然的距离感是艺术家必须掌握的底线。在罗杰·弗莱的艺术美学思想中,艺术家"总是率先唤醒人们欣赏那些已被忘记、已被抛弃了的艺术风格,先于考古学家和收藏家领导文化潮流"(VD 33),但他们并非"半是白痴,半是超人的奇怪物种"(VD 179)。艺术家之所以不像常人那样只停留在"看看"的层面上,而能够拨开日常生活纷繁复杂的迷雾,"看见"生活中许多被人们忽略掉的事情,在很大程度上,其对生活富有穿透力的犀利眼光是"超然"的审美距离使然。超然性区别了艺术家与常人,决定了"看看"与"看见"两种行动的分界。

四、艺术是思想表达的产物。艺术实现生活穿透力的另一个保障来自艺术家的手法。对于艺术品和艺术家的关系,罗杰·弗莱的反传统观点是,艺术品具有有意义的形式,艺术品不只是创造了一件悦人的客体而已,而是思想表达的产物。(VD 211)换言之,艺术是艺术家"情感的表达方式,表达方式的本身就是目的"(Herz)。"有意味的形式"、"情感的表达方式"是对维多利亚时代"形式与内容"关系的反叛,后来成为现代主义艺术的两个关键术语。"情感的表达方式"批判了艺术摹仿说。柏拉图的理论称,"艺术摹仿的是表象世界,而不是本质世界,因此艺术品在现实事物的排行中地位就很低"(艾布拉姆斯,第8页)。维多利亚时期的审美思想遵循这一唯心主义逻辑,无视创作者在艺术创作中的作用,而只是关注创作对象。因此,油画艺术被简单地定义为"用颜料在一个平面上模仿固定的客体"(VD 12);唯美主义画家罗斯金的著名论著《现代画家》大肆赞美形形色色的"19世纪的云"。罗杰·弗莱认为恰恰是对艺术家主体的忽视阻碍了艺术的进步。如果艺术是一种摹仿的话,那么它摹仿的不是所谓客观外界的"表象世界",而是艺术家头脑中的想象世界。同弗洛伊德一样,罗杰·弗莱认为艺术家从事艺术创作时具有儿童游戏的心理,他们并非在"描摹大自然",而是"带着快乐的、无拘无束的、自由和十二分的真诚,表现他们想象生活中头脑里的那些形象"(VD 15)。

"新传记"与罗杰·弗莱美学思想

罗杰·弗莱美学思想对于包括"新传记"在内的现代派文学和艺术具有非凡的意义。罗杰·弗莱美学思想最重要的意义是解放了现代派艺术家的思想,确立了现代派艺术的价值,给现代派艺术指明了实验的方向。而对斯特拉奇及"新传记"其影响更多的是观念性的。罗杰·弗莱鼓励艺术家们冲破传统,勇敢实践,讲究"眼光"(vision):"每个艺术家必须在自己的创作媒介中创造自己的表现方法,正确或错误的方法都不止一种。但是艺术家头脑中每一种自始至终最富有表现力的方法,都是正确的。"(RF 250)这就是说,无论艺术家从事的是绘画,还是写作,是写小说,还是写传记,只要最终结果证明他所使用的方法富有表现力,成功地完成了艺术家的目标,这方法就是正确的。为此,斯特拉奇在传记中选准了一个方向:揭露维多利亚时代的价值观。围绕这个方向斯特拉奇运用了多种艺术手段表现传主。和斯特拉奇同时代人一样,斯特拉奇也以道德问题作为反传统的重点。对于道德问题,罗杰·弗莱以区分艺术与生活具有不同性质为切入口,论证了道德适合规范生活,但不能以此约束艺术的观点。斯特拉奇则撕开传主人生的表层,探索内里,借此展示维多利亚时代道德至上的价值观的荒谬性,让读者认识其本质所在——许多看上去冠冕堂皇、道貌岸然的人和事其实掩盖了虚伪的内心活动和卑鄙的行为动机。于是我们看到一系列违反常规的"不道德"现象和事实,试举一二例:

例一:赞歌式的传记其实不道德。斯特拉奇指出,维多利亚时代的传记将传主的材料尽数收入传记之中,材料之多,之杂,以至每部传记常常有两卷之厚;传记叙事一味赞美,夸大其词,出现千人一面的情况。这种传记法缺乏精心选材,没有客观叙事,不作艺术构思,貌似"忠实记录",其实是"敷衍了事"。因为不是由衷地认真对待传主,因而不能传达出传主的真实形象,倒是使传记带上了类似专事送葬队伍那种轻慢,透着办葬礼的例行公事式"野蛮"(EV viii),因此维多利亚时代传统传记事实上是对人的极大不尊重,因而是最不道德的。而"人实在太重要,不可仅当作历史的证据"(EV vii)。斯特拉奇认为,出于对人的尊重,传记应当强调个体性和真实性。而实现这一切必须重视传记的艺术性。以诚惶诚恐之心小心谨慎地直接记录传主,开门见山地直接叙述事实,这些方法已经证明只会导致传记最终变成实质上的"应付性工作"。斯特拉奇为新式传记提供了良方:传记的艺术性首先在于确定总方针。传记作家应当采取军事方法向传主发起进攻,正面进攻、侧翼袭击、抄后路打击都可以,总之应当"出其不意"(EV vii)。在选材上,面对传主汪洋大海一般多的材料,传记作家可以泛舟材料的海洋之上,这里那里放下一只小桶,吊上"一些极有典型意义的样本",放在光天化日之下,以强烈的好奇心做认真仔细的研究和考察。(EV vii)此外,传记的叙事也不应忽视,但只可揭露,不宜评判;只可展示,不宜解释,让事实自己说自己。

例二:"以道德的名义"其实不道德。著名的经济学家凯恩斯是斯特拉奇的亲密朋友。他回忆他们在剑桥大学使徒会时说,剑桥的使徒会"抛弃了所有的常规道德准则、社会习俗和传统智慧。即是说,我们在严格意义上是不道德的。那时我们把基督徒看做是敌人,因为他们代表着传统、习俗和欺骗"(Keynes,1949:98)。但斯特拉奇并不是不讲道德。相反,他认为,道德具有最高价值,行使必要的社会功能,是人类社会机制中最根本的一部分。"只不过,涉及(道德)时须万分谨慎。"(Maurois 127–128)斯特拉奇尤其提醒注意的是泛道德化的现象,因为现象的表面往往忽略和省略了许多其他东西:卑鄙的品格,不可告人的心理动机,低能的素质,或可怕的后果等等,不一而足。试看《维多利亚时代名人传》中的拉格比中学校长汤姆斯·阿诺德博士。在斯特拉奇展露的画卷里,汤姆斯·阿诺德博士在英国19世纪改革大潮中走马上任,时机给阿诺德博士顺理成章地戴上了改革先锋的英雄桂冠。当人们急需改革英国混乱的教育现状,需要培养有知识有能力的一代人才时,写推荐信的牛津大学权威声称,阿诺德将会"改变英格兰所有公学的教育面貌"(EV 177)。然而,经斯特拉奇剪裁的事实构建的故事中,阿诺德的改革令人怀疑。

阿诺德的改革方向不是开发学生的智力,鼓励学生的批判怀疑精神,营造人性爱的氛围,而是以道德为名义,把学生培养成墨守成规的基督徒和英国绅士。为此他不是"拓展文明智慧的氛围,以利改造学生们的品格"(EV 182),不去让学生"密切接触有教养的先生,甚至接触有教养的女士,跟他们交朋友"(同上),也没有"把社会上所有的人性化的、开明的和进步的成分引入学校"(EV 182–183),而是和当时许多家长一样希望学生"成为一个勇敢有用的、说实话的英国人,成为一个基督徒"(EV 182)。以此目标为主线,在拉格比学校的课程设置上,布道课是基础课、必修课,而且不是在教室里进行,"只能在学校礼拜堂里进行"(EV 188)。而对其他课程,让学生学习法语和历史当然可以,但是阿诺德特别害怕让学生学习以探索物质真谛为目的的物理课。他假借物理学科太庞大了:"与其让我儿子满脑子都是物理,我倒愿意让他认为太阳是绕地球转的,满天星斗是许多撒落在蔚蓝色天穹中的银亮饰物。当一个基督徒和一个英国人,要学习的当然是基督教之道、道德哲学和政治之道。"(斯特拉奇,第164页)语言学习被阿诺德简化为"获取知识的工具",在他看来,希腊语和拉丁语尤其能够培养学生的心智,所以即使拉丁语已经是死语言,无人再用,希腊语和拉丁语也被列为学校的主要课程。即使在这些主课中,对于语言中的文学艺术,例如古希腊的诗歌和戏剧,阿诺德也以"平庸"为由,将学生的阅读材料仅限制在古代散文家的作品选段上。总之,培养英国绅士基督徒的办学方向一旦确定,所有课程全盘服务于这个目标。不仅如此,学校的管理制度也服务于这个目标。阿诺德引进了从《圣经》学来的,源自上帝律法式的级长管理制,用等级制度灌输约束力的恐惧。自己遥踞管理的最顶端,让高年级的学生监督管理低年级的学生,重则棍棒,轻则揭发。结果,虽然阿诺德校长不常到低年级学生中来,但他的威严令小孩子们对他的"主要印象是怕得要命"(斯特拉奇,第160页)。阿诺德的道德理念别具一格,让人震撼。小孩子"把神圣的事情当成儿戏,这是撒旦邪恶本性最明显的表现";小孩子天生就有一种自卑感,让他们自己纠正错误,简直就是开玩笑。(斯特拉奇,第160页)因此,通过体罚教育小孩子是千真万确的。这一能够"在长幼不平等的情况下,由长罚幼必然暗示着本应长尊幼卑"(斯特拉奇,第161页)。二可以避免将来小辈不尊重长辈,下级不尊重上级带来可怕的后果。(162)结果,拉格比学校的低年级学生们事实上"遭到阿诺德博士和六年级学生的双重鞭打",他们在此基础上被培养了"纯朴、冷静、谦恭这些青年时期最光彩的品德"。(162)

如是,在阿诺德学校教育的基督徒英国绅士培养方案中,道德当头,却没有探索真理的科学,缺少弘扬人性爱的文学艺术;组长制度以恐怖治校;最终学校不是开发人的智力,培养科学探索的头脑,却"开创了崇尚体育运动、崇尚优美体形的先河"(181)。

另外,在斯特拉奇传记观中,我们也看到罗杰·弗莱"艺术对生活具有独特的穿透力"的思想的体现。这就是,传记要有别致的设计,独特的艺术视角,充分的艺术表现手段。基于这样的思想,我们不难看到,《维多利亚时代名人传》的设计思想是二元式。这一方面是因为斯特拉奇受到 20 世纪初英国传记观的影响,另一方面他受了古希腊罗马历史学家普鲁塔克《平行传记》的影响。二元式的理念贯穿全书的各个层面。在伦理思想上,曼宁主教的野心勃勃、工于心计与纽曼主教的理想化浪漫主义相对照;在思想意识上,戈登将军的好战和荒谬与格莱斯顿首相的冷静务实成对比;在史实描述上,每个事件的发生都有其背景相映衬。即使是句子结构也往往成双成对,带有强烈的维多利亚时期的雅风。

譬如在交代戈登将军故事的背景一段,斯特拉奇称那段历史无人不知,各种人物粉墨登场——

> 这些人物也有个共同的特点:很奇怪,他们都是英国人。地球上还有何地能产生出格莱斯顿先生、伊夫林·巴林爵士、哈廷顿勋爵、戈登将军这样的人物呢?四人如出一辙,既有权倾朝野之时,也有遭遇冷落之际,既爱标新立异,又爱固守传统,既能实事求是,又善浪漫空想,他们身上似乎体现了英国精神相互矛盾、对立统一的复杂性。(EV 184)

这里面有斯特拉奇选取的独特视角:四人有类似的共性,也是维多利亚时代英国人的共性;也有别具一格的设计:把戈登与其他四人放到一块画布上展示出来,形成比照。设问句将英国与世界其他地方相比较,两组"既…也(又)…"排比句把四位人物外在的人生起伏、与内在的性格特点表现得淋漓尽致。

至于艺术表现手段,"新传记"的特点是在结构上以事实为本,在方法上无拘无束,尽收百家技艺。传记中随处可见纯熟的小说技巧,戏剧冲突技巧,心理分析法等各种手段,把传主的音容笑貌和内心深处的灵魂展露在读者面前,让读者识其面,知其人。我们看到伍尔夫笔下的罗杰·弗莱——

> 即使他(罗杰·弗莱)同人争辩的时候,他的眼睛也总是很活跃。他注意到光线洒在柳树上的各种变化、闪电打在学院里灰色石头上的紫色、还有落日洒在平坦的田野里的光辉。(RF 45)

我们还看到曼宁大主教年轻时精力旺盛,垂垂老矣时,其言也善,忏悔不断。我们似乎能够听到战地医院南丁格尔的骂人声和走路如风的脚步声。戈登将军身处非洲前方,敌人步步逼近,援军迟迟不到,英国民众群情激昂,英国政府举棋不定。斯特拉奇的悬念法让读者一面痛恨戈登的自不量力,一面不断担忧着这位身陷四面楚歌的将军的命运。更有讽刺手法的使用让传主既可恨又可笑,以至英国著名哲学家罗素在监狱服刑期间阅读《维多利亚时代名人传》时忍俊不禁,大笑不止。看守愤而怒骂:"监狱是接受惩罚的地方!"(McIntyre 2)言外之意,此处怎可哈哈大笑!

然而,艺术虽然在"新传记"中俨然信手拈来的神来之笔,让"新传记"作家们淋漓畅快地"表达自我",表现传主,"新传记"并不主张艺术家听任自我的操纵,以各种方式任意发泄情感。斯特拉奇也像罗杰·弗莱一样主张超然性,只是"新传记"作家接受的"超然性"观点并不完全是来自罗杰·弗莱的影响。超然性的思想是20世纪初被艺术家们(包括罗杰·弗莱)广泛关注的一个现象,其应用范围不仅限于艺术创作领域,也扩大到与生活中的伦理道德问题甚至哲学问题相联系的层面上。爱尔兰诗人叶芝用诗阐释过看待永恒的生与死问题上的"超然":

冷眼

看生,看死。

骑马人,从这里走过!(Yeats 336)

　　诗人 T.S.爱略特对此的解释是,"艺术的感情是非个人的"(爱略特,第 36 页),意指在艺术家与艺术对象之间的距离中,艺术家的情感不应介入其中,以免影响创作主体的客观视角。"新传记"作家则是发展了"超然"说——超然不只是力求艺术形式完美的创作态度,更是反抗旧秩序、追求真实性的态度;也许因为这一点,超然也是现代主义运动的诸多特点之一。[①]"新传记"作家莫洛亚把客观性和超然性(objectivity and detachment)看做是"最高的审美美德"(Maurois 63)。在他看来,高斯的匿名之作《父与子》之所以是"完全令人满意的自传",因为全书被作者"追求自由、追求解放"的欲望推动着,作者的叙事语气非常超然,对肖像描绘得很精确。自传中提供的证明,非常之难得,从而"使得不受束缚地审视一个人的自我成为可能";"读者任何时候都不会感到吃惊"。(Marcus, 1994:14)斯特拉奇很重视超然:"在艺术家看来, 维多利亚时代的不一致性、它的矫揉造作、不可救药地缺乏超然态度,这一切永远超过它坚实与强大的真实本质。"(Strachey, 1936:187)伍尔夫评论工人阶级妇女的自传作品够不上文学,在诸多原因里,缺乏超然性与想象的广度是其中两个。(Marcus, 1994:101)如果说斯特拉奇提倡"超然"是因为他视传记为历史,那么在历史写作中提倡超然似乎是显而易见

---

　　①例如 Maurice Beebe 认为现代主义有四大特点:形式主义与审美自律;超然性和不表态或用新批评的话说是"反讽";运用神话做结构手段;将注意力放到个人创造与作品组织上来,从而从印象主义发展到反映主义。见 Eysteinsson 10.

的道理。黑格尔在区分诗人与历史学家时专门提到："历史家没有理由抛开他所处理的内容中的散文性的性格特征，或是把它们转变为诗的。他须如其本然地描述摆在面前的事实，而不加以歪曲或是用诗的方式去改造。"（重点号为原作者所加）（黑格尔，第 41 页）无论"新传记"作家们有多少不同，超然性是"新传记"观念中一个重要因素，本书将在第三章中继续讨论这一问题。

评价

　　罗杰·弗莱认为艺术家从事艺术创作时具有儿童游戏心理，他们并非在"描摹大自然"，而是"带着快乐而无拘无束的自由和十二分的真诚，表现他们想象生活中大脑里的那些形象"（VD 15）。这一思想从一个侧面启发了"新传记"作家们，传记被他们理解为传记作家对传主的阐释与表述，或者说是按照传记作家对传主的理解所呈现出来的艺术品。为此，对传主资料进行选材、对传记进行设计、大规模借用或摹仿其他艺术形式的技巧进行表述等等策略意味着传记被"新传记"作家当作艺术和表达思想和情感的方式来追求。然而，传记选材的取舍标准是什么？设计突出的重点是什么？借用其他艺术形式技巧的度在哪里？ 如小说技巧的使用控制在多大范围才能保证传记自身的文类界限不被逾越？ 戏剧冲突在什么情况下依然能够保持传记的真实性？ 在真实性问题上，有学者评论过，即使斯特拉奇本人无意破坏传记的真实性，他在传记文本里过多地使用讽刺手法也会脱离作者的主观控制，导致传记滑入虚构的泥沼。（Hoberman 58）

　　"新传记"作家锐意破除建立在维多利亚时代价值观基础之上的传记传统，建构现代主义传记模式，但不是意在破坏传记的真实性，相反，进行大规模实验的动机在于更好地实现传记的真实性，展现历史的本真面目。但在实验的问题上"新传记"作家们也表现出两种矛盾的态度。一方面,现代派们虽然认为虚构手段是应对虚幻世界①的最佳策略,但头脑清醒者也注意到实验应该坚守理性和文类的科学边界。例如伍尔夫就提醒人们注意传记与小说两个艺术领域的界限,警告人们一旦混淆纪实与虚构彼此的界限,结果是两败俱伤。另一方面,"新传记"作家们如同其他现代派作家一样,认为"作品风格的条件就是假定当代没有风格"(布雷德伯里,第14页),因此对传记的大规模实验持乐观态度——实验不只是否定维多利亚时代传统传记的旧秩序,而且是建立传记新模式的探索。在"新传记"作家的观念中,对形式的变形不等于失去真实性,好比人为了延长腿的功能,加快行进速度,发明了车轮,但车轮的形状却不像腿而是圆形,如是,实验的结果会导致变形是情理之中。因此,按照哲学家G.E.穆尔的结果评价法,只要传记的最终结果反映了传主的个性,不管最终的传记画面是一帧庄重的油画肖像,还是一幅令人发笑的漫画,或是简单几笔的速写,实验都是合法的,探索都是成功的。

具有讽刺意味的是,"新传记"作家在寻求反叛的努力之中,缺乏具有深厚文化根基的仿效对象②,也缺乏深厚的文化积淀作为支撑,加之一些理念脱离社会现实,过于理想化,往往使得他们一面设法建立新的叙事秩序,一面却在破坏自己建立的某些规则。一些评

①19世纪末,维多利亚时代的稳定的、建立在绝对理念之上的价值体系崩溃了,加上第一次世界大战的浩劫,人们重新审视自己所在的世界时,实在的现实世界仿佛是虚构的,不再可信。

②伍尔夫认为,斯特拉奇、福斯特等现代派作家因为没有可仿效的作家,他们几乎是挣扎着寻找新的表达方式,以至"当大量的力气都花在寻找说出事实真相的方式时,真实本身到达我们身边时必定已然疲惫不堪,一片混乱"。斯特拉奇的《维多利亚时代名人传》和《维多利亚女王传》中"逆着时代潮流所费的力气显而易见"。(Woolf, *Mr. Bennett and Mrs. Brown*: 22)

论批评斯特拉奇猛烈抨击维多利亚时代价值观的态度是自相矛盾的:他虽然主张传记写作要超然,但在自己的传记中态度并不超然,他那些言辞过激的评判,态度鲜明的立场,颇像战争期间的 BBC 广播,某种程度上同他竭力反抗的维多利亚时代传统传记一样不超然。(Garnett 155;Honan 41)伍尔夫也因亲情友情等原因在艺术中难以越过现实生活中的道德藩篱,在《罗杰·弗莱传》中省略了许多弗莱的隐情和私情,把书写成一本读者最少的传统型传记。(Gillespie xi)

综上所述,穆尔伦理学和罗杰·弗莱的艺术美学思想对"新传记"的影响几乎规定了"新传记"反抗维多利亚时代的价值观和锐意革新传记艺术的两个目标。罗杰·弗莱重视艺术的"看见"行为之意义,为"新传记"指出了传记艺术革新的方向,而帮助"新传记"作家有效完成"看见"目标的主要路径之一是弗洛伊德的心理分析和陀思妥耶夫斯基小说的心理描写,心理分析是实现"看见"动作的最佳工具。

第四节 心理分析:陀思妥耶夫斯基、弗洛伊德

关于心理分析的影响

无论讨论斯特拉奇本人的传记写作,还是讨论"新传记"群体,心理分析都是一个不可忽视的内容。但是对于"新传记"中所使用的具体心理分析方法,多数评家们倾向于认为是弗洛伊德的精神分析,尤其是那些从宏观语境考察"新传记"的学者。英国学者保拉·白克塞德指出,弗洛伊德的影响以及弥漫在第一次世界大战之后的英国的幻灭感、玩世不恭的处世态度、和现代主义特有的怀疑主义给"新传记"打下了明显的印迹。她认为第一次世界大战前后那个特殊的时代对"新传记"作家提出了特殊的要求,从而规定并打造了这一特殊的传记作家群体。(Backscheider 127)更早些时候,

美国历史学家葛拉提从传记艺术的角度提出了类似的观点，认为小说化传记的生动性、新科学的客观性和弗洛伊德理论的坦率性重创了维多利亚时代"传记与历史"、"生平与时代"(Life and Times)当中死气沉沉、谀美浮华与盲目愚忠之气，这"为斯特拉奇和传记实验与成长的时代搭建起了一个舞台"(Garraty，1957：106)。里德·惠特莫(Reed Whittemore)从后现代身份理论出发看问题，在斯特拉奇的传记文本中分析出作者的四重面孔：不可知论者、自由主义者、弗洛伊德主义和布鲁斯伯里人。他认为，正是斯特拉奇的弗洛伊德一面让他选中了护士先驱南丁格尔做传主。在斯特拉奇看来，这位家喻户晓的南丁格尔，传说她"很圣洁，富有强烈的自我牺牲精神"，对人"无微不至"，而事实上这些恰是在维多利亚时代家家户户都能看到的虚伪品质的表象。(Whittemore 383)评家们的研究如此，斯特拉奇的传记作品本身也给人一种错觉，诱惑我们做出弗洛伊德心理分析自始至终影响了斯特拉奇的判断。斯特拉奇最后一部传记《伊丽莎白与埃塞克斯》的确受到弗洛伊德精神分析的影响，他的早期传记作品似乎也让人看到弗洛伊德的踪影。比如斯特拉奇也很重视传主的童年经历。在斯特拉奇建构的历史画面中，童年时期的南丁格尔给撕碎的布娃娃缝补断腿；维多利亚女王临终前在意识深处流动一系列女王童年时期和青年时期的往事情景；而弗洛伊德的精神分析理论也是强调童年时期在人的一生中扮演重要角色，他甚至说："童年生活前五年的经历会在人的一生中具有决定性的影响，以后生活的事件中，都无法挽回这种影响。"(弗洛伊德，2001：308)

然而，有一个证据让我们对弗洛伊德精神分析在斯特拉奇和"新传记"中占绝对地位的观点持谨慎态度。斯特拉奇的弟弟詹姆斯·斯特拉奇是把弗洛伊德译介到英国的权威学者。他证明，哥哥的《维多利亚时代名人传》和《维多利亚女王传》没有受弗洛伊德的影响。(Kallich 158-159)的确,心理分析是"新传记"毋庸置疑的一大特点,除斯特拉奇之外,其他"新传记"作家,如伍尔夫、尼柯尔森、茨威格、路德维希、莫洛亚等人的传记中都有明显的心理分析痕迹。而且,弗洛伊德在英国也确实影响非凡。1923年英国《新政客》周刊载文总结英国当时的形势时这样评论:"我们大家现在都成了心理分析专家。就是说,现在要让受过教育的人忽视弗洛伊德及其对手的理论就像当年让我们的父辈忽视达尔文的发现一样困难。"(Hynes 366)然而,弗洛伊德在英国虽然影响重大,但这种影响的发端于第一次世界大战之后。战争期间,弗洛伊德因为是敌对国公民,其著作只有等到大战结束后才完整被允许译介到英国。因此,斯特拉奇、伍尔夫等人是在1918年之后才完整接触到弗洛伊德理论的。在此之前,斯特拉奇的《维多利亚时代名人传》已经完成并出版。而且,在弗洛伊德理论传入英国初期,斯特拉奇、伍尔夫等"新传记"作家同多数英国人一样持否定态度。斯特拉奇一度认为,"心理分析都是糊弄人的"(Spurr 34)。伍尔夫曾以轻蔑的口气贬称那些滥用精神分析理论的小说是"弗洛伊德式小说"。在1932年的一次演讲中,伍尔夫声称如果她的作品中有弗洛伊德理论的影子,那只是因为她对弗洛伊德理论的了解是从"一知半解的谈天当中听来的。因此,我小说里用到的那些精神分析方法肯定是本能性的"。言外之意,不是出于影响。(Broughton 152)如果斯特拉奇在写作《伊丽莎白与埃塞克斯》(1928)时开始系统研读弗洛伊德,伍尔夫则是在写作《罗杰·弗莱传》(1939)时才开始认真接触弗洛伊德。而这些作家在此之前已经发表过几部传记。

因此,我们只能说,"新传记"中的精神分析手法,或挖掘传主心理的手法部分地来源于弗洛伊德。这一点被大多数"新传记"研究所忽视。运用精神分析理论对斯特拉奇的传记作品进行"还原"式阅读的美国学者马丁·凯利奇(Martin Kallich)发现了这个问题。

但他认为,即便如此,社会大氛围还是影响了斯特拉奇:

> 的确,在这部合传(《维多利亚时代名人传》)中,斯特拉奇可能是俄罗斯小说家陀思妥耶夫斯基的严格信徒,而不是弗洛伊德的严格信徒。……但是他所搜集的心理信息,并用来出色说明性格之奥秘,显示出一种对非理性无意识意义的敏感,和对某些心理学概念及经验的敏感。这些概念就包括了性,而这一点构成了20世纪20年代盛行弗洛伊德之风的大气候。(Kallich 73)

参考斯特拉奇、伍尔夫等人的传记资料,我们发现,在弗洛伊德引进英国之前,陀思妥耶夫斯基的确在英国引起不小反响。斯特拉奇和伍尔夫先后为陀思妥耶夫斯基几部小说的英译本写过书评。伍尔夫称赞陀思妥耶夫斯基是"有史以来最伟大的作家"(Holroyd,1994:305)。根据传记作家霍尔洛伊德的研究,陀思妥耶夫斯基对斯特拉奇的传记写作至少有两种影响。一是瞄准人物内心世界;二是采用幽默叙事技巧。陀思妥耶夫斯基强大的人物分析给斯特拉奇刻画传主带来新的启示,开阔了他的思想视野,使他的传记观发生观念性的变化,实现了由外部描述到内部挖掘的转变。因此,寻找传主行为动机成了传记的重点。其次,使用幽默的方法有效地表达人类行为中尚未被探索的成分,这种方法不仅使叙事没有"简单化",反而增添了它的"再次创造性"。(247)

至此,我们可以断定,斯特拉奇和"新传记"所受到精神分析影响源头有二:陀思妥耶夫斯基和弗洛伊德。

陀思妥耶夫斯基的影响

陀思妥耶夫斯基被誉为欧洲19世纪作家中描写现代性最卓

越的作家。(Murav)他的小说题材广泛,涉及传统权威结构和传统信仰崩溃后的道德、宗教、心理、社会、政治和艺术分歧。由于亲历了当时发生的社会事件,陀思妥耶夫斯基的小说在一定程度具有编年史功能,记录了近代社会中世俗个人的心路历程,探讨了他那个时代出现的新意识形态极权主义倾向,也考察了诸种暴力的潜在性。在小说艺术上,陀思妥耶夫斯基大量运用戏剧情节,对小说的叙事结构、人物塑造和作者声音进行广泛的实验,不断追求表达宗教情感的恰当形式。统观陀思妥耶夫斯基的文学成就,学界往往将其伟大之因归结为一点,即对人物心理的深入剖析和准确把握。但是,陀思妥耶夫斯基拒绝承认他与心理学有关联。他在1881年1月的日记里写道:"他们叫我心理学家:这不对。我只是个更高意义上的现实主义者。我描写人类内心最深处的灵魂。"(引自Kanevskaya 372)卢纳察尔斯基也认为,准确的说法似乎应当是,陀思妥耶夫斯基的小说含有"极丰富的心理学材料",但作者称不上是心理学家。心理学家是指那种能够通过分析人类心灵,"得出某些心理学规律的人",而"这一层,陀思妥耶夫斯基并未做到"。(陈思红,第160页)尽管如此,广大读者还是给陀思妥耶夫斯基小说中的心理分析和心理描写以很高的评价。爱尔兰诗人叶芝认为,正是犀利深刻的心理描写使得 "陀思妥耶夫斯基成为人类最伟大的肖像画家"。英国作家 E.M.福斯特慨叹陀思妥耶夫斯基对人的灵魂挖掘之深,"没有一个英国作家能够比拟"(Fueloep-Miller 51)。尼采读过陀思妥耶夫斯基的《罪与罚》之后说,陀思妥耶夫斯基是唯一让他长了见识的心理学家。(50)当代俄罗斯著名学者德·谢·利哈乔夫称,"在陀思妥耶夫斯基的作品中,心理学—文艺心理学起着非常重要的作用"(利哈乔夫,第88页)。在此本文拟从陀思妥耶夫斯基对"新传记"影响的角度分三个方面重点考察一下这位小说大师的心理描写和心理分析:一、"双重人格";二、忏悔;三、讽刺。

"双重人格"的概念不是陀思妥耶夫斯基的发现,但陀思妥耶夫斯基将双重人主题发挥到极致,因此被誉为描写"双重人"的大师,"几乎陀思妥耶夫斯基所有的主要人物……都在别人身上,或几个他人身上有其双重性"(Bakhtin 217)。追溯历史,分裂人格,幻想化身一直是欧美的文学传统。在陀思妥耶夫斯基之前的欧洲作家中,德国的 E.T.A.霍夫曼、俄国的果戈理都写过"双重人"主题的小说。因此读者在阅读的过程中,总能在陀思妥耶夫斯基的作品中——如《双重性格》中——看到果戈理的《鼻子》和《狂人日记》、或霍夫曼的《跳蚤师傅》的影子,或联想到爱伦坡的《威廉·威尔逊》、罗伯特·路易斯·斯蒂文森的《化身博士》等等。(琼斯,第47、70–71页)但是陀思妥耶夫斯基的独到之处,除了巴赫金认为的叙事策略不同之外①,主要是他对人物的心理挖掘建立在道德关怀之上。由于这种道德关怀的支撑,陀思妥耶夫斯基小说的叙事中充满同情与理解,叙事口吻因之往往以幽默手段对残酷无情的人性剖析进行平衡。

《双重性格》(*The Double*,1846)是陀思妥耶夫斯基"双重人"概念的代表作。主人公小职员高略德金一无成就,已届不惑之年,却仕途惨淡,无以成家无以立业。这表面上看是高略德金不善交际,不会应酬所致。比如,上班时,遇到坐在马车里的上司,他完全陷入一种"难以描述的痛苦"之中,不知道究竟该不该跟上司打招呼。碰上了意中人,他也犹豫再三,不能确定该不该答应对方提出的一起私奔要求,在心里不断检查女人如何爱幻想与不实际的案例。就连自己的男仆也会让他"义愤填膺",因为他发现男仆一直在盯着看他。高略德金的极度心理紧张终于幻化出一个替身,一个

---

①巴赫金探讨了陀思妥耶夫斯基在"双重人"主题上对其他作家的学习与仿效,认为陀思妥耶夫斯基在效仿中有个人独到的特点。见 Bakhtin 49.

"同貌人",一个双重人。这个幻想中的"同貌人"弥补了高略德金的无能之处,他能言善辩,在社会交往中游刃有余:曲意逢迎,两面三刀,当面一套,背后一套。他频频获得世俗成功,并用这种成功奚落、嘲笑主人公,篡夺高略德金的主人地位。然而,最终,高略德金受到这个幻影的报复,他发疯了。

在其他人物身上,我们看到了陀思妥耶夫斯基式的"双重"主题的扩展形式。在《白痴》中,梅什金和罗戈任是一个复杂矛盾体的两个面,出国归来的梅什金高尚而显愚蠢;结拜兄弟罗戈任粗野而显精明。用基督教的眼光看,罗戈任就是梅什金的原罪化身,因此他必将在小说中与梅什金同来同去。约翰·赫德曼(John Herdman)解释说,双重人概念也是陀思妥耶夫斯基的一个寓言,即在知识的大门口,恶必定在场……亦可称作"没有黑暗,我们怎么会理解光明"(Herdman 17)。在《卡拉玛佐夫兄弟》中,主要人物伊凡的"双重人"是其父的私生子斯麦尔佳科夫。斯麦尔佳科夫卑鄙、粗俗、邪恶,心中充满邪念。而这些都可看作是伊凡性格的另一面体现。也许伊凡的邪念只是在心中半隐半现,但在斯麦尔佳科夫这里则外化得淋漓尽致。所以谋杀父亲行为的过程表现为伊凡鼓动,斯麦尔佳科夫实施。

对于斯特拉奇来说,陀思妥耶夫斯基的"双重人"概念不只是谋篇布局、贯穿全书的叙事技巧,更重要的是洞悉人心的角度,和剖析人心的路径。有学者认为,《双重性格》中的高略德金之所以最终精神错乱,是因为"其他成年人那种毁灭性的眼神,是他们的拒绝、蔑视和嘲弄,更是他们的反应中所表现出的不稳定性和不可预测性"(琼斯,第69页)。换言之,高略德金先幻觉,后疯癫,是他人造成的悲剧。这种观点显然不足以解释高略德金的个性。统观高略德金的表现,我们倒是看出,他的悲剧之源固然来自社会和他人这些外部因素,更多的却来自他自身性格的内部因素,如约翰·赫德曼所指出,"他的疯癫之根源不仅是他周围社会环境的限制、折磨和压迫,还有他自己的虚荣心、野心、妒忌心和受到伤害的傲慢之心"(Herdman 15)。高略德金的故事说明,人的个性、行为和无意识三者之间常常没有一致性,一个人内心世界的活动与他的外在行为并不完全吻合。表面上高略德金没做什么坏事,而他的内心深处却可能是一片滋生邪念的良田沃土。

沿着这种追寻人的内在心理和外在行为之间关系的路径,斯特拉奇在《维多利亚时代名人传》中的《曼宁传》开篇就申明他准备探索传主外表之下的情况:"当代探索者对其(曼宁)一生的兴趣主要取决于以下两方面的考虑:一是他的一生反映出的他那个时代的精神,二是他的心路历程反映出的心理问题。"这种思考导致了关于"双重"主题的一系列疑问:人的外部成就与人的内部思想情操是否同样伟大? 人的外貌是否与其人品相符?

> 曼宁可归于杰出牧师之列——这绝对不是一个小行列——这类牧师之所以出众,不是因为他们多么圣洁高尚、知识渊博,而是因为他们社会能力高强。……看他一生的奇特经历, 好像是昔日教士擅长外交与治理的老传统几乎在他身上复活了。要是没有他,人们真会以为这个老传统已随红衣主教沃尔西①一去不返了。所以在曼宁身上,中世纪似乎再度来临。这个又高又瘦的人,苦行僧般的脸上露着微笑,身穿长袍,头戴四角法帽,气宇轩昂,从奥拉托利会的大弥撒到埃克塞特市政厅的慈善募捐会,从港区的罢工委员会到上流女士跪见红衣主教的贵族之家,哪里有他,哪里的事情就肯定不同寻常。

---

① 托马斯·沃尔西(约 1475-1530),英格兰枢机主教和政治家,曾协助英王亨利八世处理外交内政事务,取得很大权势。

这是怎么回事呢?是他身上的威严气势震住了敌对的气氛呢?还是19世纪的敌对气氛本来就没有那么强烈呢?19世纪分明是一个崇尚科学、追求进步的时代,这样一个时代还会胸怀热忱欢迎代表古老传统和坚定信仰的人吗? 也许可以这么说:那个时代在内心深处给曼宁这样的人留有一席之地——宽容地留给他们一席之地? 或者,从另一方面看,是曼宁这样的人会曲意逢迎、善于妥协?他们这种人是靠耍手腕获取了以实力绝对获得不了的成就?也就是说,他们这种人能成功地成为领袖人物,并不是因为他们人有多优秀,而是因为他们有巧妙地挤进领袖行列的高超才能? 不管怎么说,是怎样的机缘,怎样的回合与奋斗,怎样的客观环境与个人条件的结合,使得这位老人爬上大主教高位的呢?(斯特拉奇,第1-2页)

经过这样的考察,我们看到这位道貌岸然、德高望重的曼宁大主教经常表里不一,前后矛盾,判若两人。他任副主教期间,工作极其认真,对人极其热忱。然而,"他的事业越有活力,越幸运,越有前途,他的内心深处便越频繁地看见那个可怕的场景——燃烧着硫黄圣火的湖"。他一面对天主教和英国国教的争执心存怀疑,但又不愿意在教友面前承认自己和他们的认识与不解别无二致。于是他陷入痛苦,宛如"一个士兵发现自己对正在为之战斗的事业已失去信仰时,不打是背叛,打下去也是背叛"。当《泰晤士报》上登出他拒绝罗马天主教廷提升他当红衣大主教的消息时, 他的忧虑几乎和高略德金一样沉重。

　　……他害怕了,就像从前屡屡害怕一样。当然让他害怕的危险并非子虚乌有。一般情况下,没有他的允许,这样的文章怎能刊登出来?其结果不就是让他丢人现眼吗?大家会以为断然拒绝了压根儿不想拒绝的荣誉，还故意闹得纷纷扬扬，让天下皆知他见荣誉就让。这不是等于说他轻率地拒绝了一项他其实满怀感激的任命吗？一旦这要命的消息被罗马方面读到，会不会导致这个红衣主教的称号干脆压下不给了？（斯特拉奇，第92页）

《曼宁传》里也有另一种形式的"双重"主题：曼宁主教的另一个自我纽曼主教。本来在传记中表现传主的对立面在相当程度上是受了传记传统的影响。古罗马希腊历史学家普鲁塔克著名的《平行传记》以成对的方式为希腊和罗马的英雄人物立传，对后人产生了不可磨灭的影响。20世纪初英国文人爱德华·库克（Edward Cook, 1857–1919）认为，一个传主一生中某个阶段中如果恰好有其对立面，这对传记作家是最幸运的。（Cook 282）但是小说家陀思妥耶夫斯基的双重人概念让斯特拉奇在传记中给曼宁的生活增添了更大的戏剧性。曼宁一生中的几个关头都有与他截然不同的纽曼主教衬托他。如果说纽曼的性情是崇尚理想、注重思想的艺术家；曼宁则是擅长营私、热衷实利的政治家。纽曼是著名的牛津运动的发起人，他怀抱着复兴基督教真谛的信念，主张恢复宗教信条的严规戒律，但曼宁则偏偏是想把牛津运动当作实现自己向上攀爬的阶梯。纽曼从英国国教改信罗马天主教，致使他在英国从声名显赫到默默无闻，却成全了曼宁在英国教会中的领袖地位。几十年后，当纽曼的《自辩书》出版引起轰动，已处英国绝对天主教领袖地位的曼宁却害怕了，于是给纽曼设置障碍，制造麻烦，阻止纽曼实现他的宗教理想。高略德金的幻想双重人凸显了他的荒唐可笑，曼宁的现实"双重人"反衬了这位英雄的反英雄品质。

陀思妥耶夫斯基的另一个重要的心理分析手段通过表现人物的忏悔实现。在陀思妥耶夫斯基的小说中忏悔处处可见。与圣奥古斯丁和卢梭不同的是，在陀思妥耶夫斯基笔下，忏悔包含多重含义。他小说里人物的忏悔行为既有弗朗西斯.R. 哈特（Francis R. Hart）所定义的希冀"寻求表达自我的本原和实质"的忏悔，也有哈特所指的"寻求展示或力图实现自我完整性"的自辩书式忏悔，还有"寻求说出历史性自我的"的回忆录式忏悔。(Hart 485–511)这些忏悔离不开人物自身的个性，也离不开西方文化传统。在西方文化中，忏悔是免罪行为中的一个环节。2003 年诺贝尔文学奖得主 J. M. 库切专门讨论过陀思妥耶斯基小说中的忏悔和双重人主题。在库切看来，免罪行为有四步：违法犯罪、忏悔、悔罪、免罪。他举出中世纪圣奥古斯丁的例子，说明忏悔目的之一是检讨自我。奥古斯丁的《忏悔录》中记录了他因偷梨所做的忏悔。"过去我一贯……为我知道自己错了而忏悔；现在我要为我不知道自己错了而忏悔……我不了解自己，这种状况将会一直持续下去，直到在您的光明之中'我的黑暗变成日上中天'。"（Augustine 205）也就是说，偷梨事件是奥古斯丁的违法犯罪，检讨自我是他的忏悔，他既因为自己是个罪人（带有原罪）而忏悔，又因为自己过去对自己没有清醒的认识（意即自己竟然能受诱惑干出偷梨的勾当）而忏悔。通过深刻反省和真诚的忏悔，奥古斯丁在行动上悔罪了，从而得到上帝的宽恕而得以免罪。

因此美国理论家保罗·德曼如是总结忏悔："忏悔是以真理的名义克服罪孽和羞耻；是对语言认识论的运用。"（德曼，第 264 页）但是忏悔的虔诚意义在启蒙时代法国人卢梭那里被解构，人的罪过以忏悔的名义拿来炫耀。最有名的例子是女佣玛丽永事件。卢梭在他的《忏悔录》中所述自己诬陷玛丽永之事在保罗·德曼看来实为"辩解"，而并非忏悔，；在库切看来卢梭是炫耀过错，以此耍酷，出风头（exhibitionism）。忏悔的庄严意义在人文主义者卢梭这里发生了颠覆性变化。究其原因，主要是因为忏悔对象发生了变化。奥古斯丁向上帝忏悔，卢梭向读者大众忏悔。忏悔对象由万能的神降成普通的人，忏悔者却随之从谦卑上升到主位，掌控着忏悔的导向，忏悔的意义走向反面。在陀思妥耶夫斯基的小说中，奥古斯丁式的真诚忏悔比比皆是，卢梭式的炫耀式忏悔也星罗棋布。而其中最多的，也是最值得注意的是对卢梭式忏悔的延伸，即忏悔怀有极其实用的世俗目的。

以小说《白痴》中的一个场景为例。凯特勒找到公爵梅什金推心置腹地向他忏悔自己。"他的话几乎刚开头，就突然跳到了末尾，他声称，他已经'道德败坏，不可救药'……到了偷东西的地步。"（陀思妥耶夫斯基，第366页）但是凯特勒自我贬低的忏悔让公爵听起来有种"不以为耻，反以为荣"的感觉，公爵因此怀疑凯特勒的忏悔另有目的。凯特勒就势要了一个"阳谋"，把自己打算向他借钱的计划和盘托出，但仍不忘以忏悔的形式炫耀自己多么无耻。显然，凯特勒的忏悔因为不真诚，使人怀疑他有比炫耀卑鄙更加世俗的借钱目的，他是"想用眼泪骗点钱花"（369）。库切认为，凯特勒的忏悔固然因炫耀卑鄙而越显卑鄙，但公爵的自白更具有戏剧性。公爵听了凯特勒的"阳谋"式忏悔，安慰他不要为自己的卑鄙想法而自贬，因为卑鄙邪念和高尚道德并存的"双重"思想人皆有之，他自己也经历过"双重"思想的斗争。（Coetzee 223）貌似高尚的公爵和卑鄙的凯特勒竟然在人格上不分上下，这瞬间瓦解了读者心目中公爵的高贵形象。

对斯特拉奇来说，陀思妥耶夫斯基小说中的忏悔不在其花样繁多，而在于它是表现人物性格的有效手段。在凯特勒向公爵的忏悔中，他一波三折，先是"闯"进公爵的住处，强行迫使公爵倾听他自我败坏，以致"要轰走他是根本办不到的"。其次，他佯作真诚，却显然看得出他在编故事，使得公爵萌发对这只迷途的羔羊"施加好影响"，使之"改邪归正"的念头。然而在凯特勒设置的借钱计谋中，这只是第一环。慈悲为怀的公爵料想不到，凯特勒忏悔的真实目的是实用性的。当公爵试探性地点出凯特勒想"借钱"的真实意图时，凯特勒顺势忏悔自己打着忏悔的名义行借钱之实质有多么卑鄙。当公爵安慰他不要为自己的心理斗争惴惴不安，因为此情此景人皆有之时，凯特勒明白他的目的基本大功告成。忏悔在凯特勒这里彻底消解了庄严性，但在陀思妥耶夫斯基笔下成了表现人物性格的重要手段。

忏悔是斯特拉奇学来的一个观察角度，成了他洞悉和表现传主心灵的一个方便入口。与陀思妥耶夫斯基小说中虚构的醍醐主人公不同的是，斯特拉奇传记里的主人公都是现实世界里高尚伟大的英雄人物。英雄们的忏悔公正堂皇，日记往往是他们检讨自我、跟自己对话和反省自我的场所。赫里尔·弗劳德在日记里向上帝检讨自己学习和实践《圣经》不够认真。（EV 10–11）曼宁的日记袒露他的犹豫、怀疑和真实心迹。因为这些 19 世纪的传主当年写日记时，未曾想过要发表，所谓读者可能永远是他们自己，所以这些日记就多了些真心的忏悔，矛盾的流露，而鲜以以过错为荣的炫耀。德高望重的大主教曼宁在日记上写道，他也喜欢尘世间凡人的追求，"我确实喜欢荣誉、爱当头、一心往上爬、热衷与名流为伍，但喜欢这一切是太卑鄙可耻"（EV 38）。如此种种的心迹袒露映射出一个与万众瞩目高高在上的大主教不同的曼宁——这是一个饱受矛盾心理煎熬的两面体。他身在神职，但渴望世俗的成功。他对《圣经》中的某些教义心有怀疑，但在信徒面前却表现出坚定不移的信仰。因为虔诚，他拒绝了送到门上来的重要职位，但此后：

> 他的心绪远未平静下来。首先，他想起此事便耿耿于怀，老觉得"撒旦说我只是为了给人留个克己圣洁的好印象才拒绝这个职位的"；其次是他深感失望，也很懊悔，挥之不去，越发耿耿于怀。他失去了一个好机会。但一想到自己在慎思、自

诚、谦恭、自律、苦修,以及赎罪等方面,可能做对了,便又感到一丝宽慰。(斯特拉奇,第36页)

斯特拉奇还注意到,忏悔固然是当事人为了自己而对自己实话实说,用自己的怀疑跟自己交谈,因而能够有力地表现传主的心路历程,但"与环境和性格的神秘而又无情的力量相比,说什么,想什么,甚至祈祷"与最后的事实结果可能还是有出入。也就是说,忏悔只能表现传主的一部分心迹,而不是全部。(Coetzee 215)所以,斯特拉奇的历史叙事告诉我们,尽管曼宁在谋求当英国威斯敏斯特大主教时,曾在日记里不断检讨自我,发誓"不想靠拉关系,造舆论来追求这个高位"(EV 62),但他实际上并没有发誓高位送上门来时不接受。换句话说,想坐高位是他一直未变的本性。

关于陀思妥耶夫斯基的幽默,巴赫金的评价是:"陀思妥耶夫斯基再现双重现象时,他总是在保存悲剧成分的同时,也保存了喜剧成分。"(Bakhtin 117)面对凡俗世界,陀思妥耶夫斯基的内心是苦的。他笔下的人物挣扎在与自我的搏斗当中,通过这种搏斗,陀思妥耶夫斯基把人物内心深处的种种丑恶一展无遗。然而陀思妥耶夫斯基不能超凡脱俗,他对芸芸众生充满了同情,正如约翰·赫德曼所说:"陀思妥耶夫斯基洞悉他小说里主人公弱点的眼力是无情的,其冷漠的叙事语气可能残忍冷酷,模仿的叙事视角可能很有嘲讽力,然而他在想象力中进入人的心理中具体的低下卑微、犹豫不决和疑心的状态,却与对人的深刻同情与理解不无平衡的关联。"(Herdman 15)在《群魔》中,我们看到陀思妥耶夫斯基笔下的美国百万富翁处心积虑,贪得无厌,甚至在谋划遗嘱时仍想竭尽全力占有这个世界:

他身后留下巨额财产,准备建几家工厂、分给大学用于教授实用科学、他的骨架要给当地研究机构的学生，他的皮将作成一面鼓，在那上面日日夜夜敲响美国人的国歌。（引自 Chamberlin 38）

陀思妥耶夫斯基的幽默甚至带有恶作剧的"恶毒"性质。《白痴》中有一个场景，女主人公之一纳斯塔西亚邀请了一群客人到她的客厅。在一位房客的建议下，同意众人一起玩一种沙龙小游戏，要求在场的每个男人自己说出平生干过的最坏的一件事。包括阿法纳西在内的三个男人展露了自己丑陋的灵魂。于是纳斯塔西亚借着游戏规则的掩护，巧妙地提出即将发生的才会是自己"平生干过的最坏的一件事"——解除由阿法纳西做媒人要她嫁给加夫里拉的婚约。读到此，读者方才明白，原来纳斯塔西亚这次邀请众人聚会别有目的。（陀思妥耶夫斯基，第 170–182 页）如果说其他陀氏幽默是悲中有喜，这则故事对加夫里拉则是悲从喜来。

斯特拉奇特别欣赏陀思妥耶夫斯基的幽默，认为我们至少可以从三点看到陀思妥耶夫斯基幽默的价值。第一，幽默激发了陀思妥耶夫斯基的各种才能：恶魔般透视人心的洞察力，不厌其烦地表现奇闻怪事，对人性中高贵品质的特殊挚爱。正是这种幽默感使陀思妥耶夫斯基的作品具有非凡的感染力。陀思妥耶夫斯基的小说让读者带着恐惧直面他对人的灵魂的剖析。陀思妥耶夫斯基对人的剖析入木三分，赤裸裸，血淋淋，如果不是幽默的帮助，这种对人心的透视很可能变成一部恐怖小说，一切都会在似是而非的摇曳光影中朝读者扑面而来，切断读者与现实世界的连接。而有了幽默，那些描写"就像高举着的火把，或划过天际的流星发出的光芒"（Strachey, 1936:183–184），驱走恐惧之心，舒缓紧张之气。第二，因为陀思妥耶夫斯基对人物充满同情心，因此他的幽默犀利中带有理解，挖苦中没有仇恨。这也是为什么他的嘲笑不像斯威夫特那样狠毒，没有伏尔泰那样尖刻，也不是简·奥斯丁那种裹着爱意的恶作剧。陀思妥耶夫斯基的幽默是带着怜爱的嘲笑。斯特拉奇赞美"它不贬低被嘲笑对象,而是使他们更加高贵,更加可亲。这一点在他的特点中最令人称奇"。第三,陀氏幽默的结果是全方位的——在陀思妥耶夫斯基的笔下全部人性一览无余,"一会是愚不可及,一会是神圣无比,一会是卑鄙无耻,一会充满尊严,一会是极端利己主义,一会是极端克己主义"(186)。

斯特拉奇在传记中可以说把幽默用到了极致的地步,以致幽默成了他的传记的一大特点。与陀思妥耶夫斯基相比,斯特拉奇的幽默没有感官的刺激,而是一种旁观者的超然。因为传记与小说的区别,斯特拉奇的幽默不是全方位地揭露人性恶,而是向事实逼近,企图展示现象背后那个本真。像陀思妥耶夫斯基透视人物灵魂一样,斯特拉奇透视英雄传主的"泥腿"眼力也很犀利。在他看来,英雄也是人,因此不可能没有缺点。不写缺点的传记,是不完美、不真实的历史记录。而且因为英雄是人,所以对所有英雄一味采取例行公事的歌颂手段,将所有英雄描绘得千篇一律,也是对英雄的真正不尊重。但在当时社会主旋律道德观的影响下,英雄已经被套上各种光环,要还英雄的真实面目还需要洞悉力极强的眼光,和具有相当表现力的技巧。斯特拉奇幽默的特点之一就是在英雄的庄严之中洞见其渺小,在伟大的背后揭露其卑微,在和谐之下洞察其自相矛盾。表现这种幽默的往往是他的对比手段。在《曼宁传》部分,不只是曼宁大主教是斯特拉奇重新审视基督教的靶子,整个19世纪英国基督教都在他的拷问之中,因此他虽然对曼宁的对手,牛津运动中的基布尔和纽曼主教有所同情,但对基督教本质的质疑仍然毫不留情。他认为,基督教是一种精神层面的高尚,其实无法解释世俗生活,但却企图联结世俗社会与理想彼岸。所以基布尔和纽曼发动牛津运动基于一种特别的危机感:

但别的人把基督教只看做生活中的一种摆设，用起来方便，也有较高的档次；有了它可以给人灌输一套健康的道德观念，信仰它便有望得到永久的幸福。纽曼和基布尔则不然。他们则看到的是古往今来神力超乎寻常的显现，如浩浩流水，连绵不绝。是神圣的牧师，通过躬身行按手礼的神秘象征，与上帝通灵。是普天下信教大众通过圣饼与上帝交流。是卷帙浩繁的玄奥理论，一度莫测高深，也看不出有何重要意义，但最终不容置疑地确立下来。他们看到，随时随处都有超自然的现象，如一股看不见却能感觉到的强大的力量，隐藏在天使身上，启发着圣人的心灵，并赋予最普通的有形物质以产生奇迹的特性。难怪他们发现，从亨利八世的离婚案、伊丽莎白时代的议会阴谋、1688年的革命演变而来的社会制度，很难与他们理想中的奇迹景观合拍。(斯特拉奇,第14页)

上帝的无边神力竟然通过简单的"按手礼"和"圣饼"通达信众，与信众交流。而且虽然基督教理论高深玄奥，卷帙浩繁，神职人员们花费大量时间研究讨论的竟然纠缠在奇迹、无边的法力，和围绕着这些问题的"真理的谬误"。斯特拉奇似乎是说，这个中的奥妙不是很具有讽刺意味吗？不只如此，高尚与卑微共同出场的机会在基督教生活中也不少见。纽曼由英国国教改信天主教了，让人确信他改宗的仪式性标志是他换了条裤子。而且导致纽曼改宗的，也并非是因为他能站在什么"真理"的立场上思考良久的举动，不是他的理性驱使他，而仅是他的感性使然。斯特拉奇感叹："可惜真理与谬误取决于众多因素，单靠实事求是的态度不见得一定探得真理。一个人实事求是的态度可以一丝不苟，完全彻底，然而他(纽曼)对真理的尊重程度——不容否认,也许是不够的。他也许像疯子、像恋人、像诗人那样，满脑袋全是幻想。那些'奔涌之思'，那些'天马行空地乱想',重在心悟神解,而非理性冷静之识,其中点滴足可使人或誉或毁。"(斯特拉奇,第 25 页)这种闹剧式的背景本身就给纽曼的悲剧和曼宁的成功布下了伏笔。通过对比的手法,斯特拉奇告诉读者,纽曼的热情、激情和虔诚奉献给基督教这样一个理论上至高无上,世俗生活中见著于微的事业,其真才实学,著书立说,不过使他最终沦为曼宁的手下败将,原因是,这种世俗背景本身的蒙蔽性更易使曼宁这类实用主义人物"靠耍手段玩策略获得了用实力绝对获得不了的成就",结果"他们这样的人能成功地成为领袖人物,并不是因为其人多么优秀,而是因为他们钻营的才分高超"。(EV 2)

弗洛伊德的影响

美国新弗洛伊德主义心理学家弗洛姆认为,弗洛伊德理论的伟大贡献有六点:无意识论;性格说;童年的意义;俄狄浦斯情结;移情作用;自恋情结。(弗洛姆,《弗洛伊德思想的贡献与局限》:27-29)我国学者陆扬认为,弗洛伊德心理分析的核心是以本我、自我和超我为内容的心理动力结构,它为"20 世纪西方文化的演化提供了颠覆性的支点":提出无意识理论;"无意识进而取代理性成为西方各学科许多理论家分析评判一切社会现象和精神文化活动的最后根据";睡梦因为集中体现了无意识的活动,而成为研究无意识的最佳途径。(陆扬,2002:311)对"新传记"来说,弗洛伊德心理分析的重要意义体现在两个方面:思想与方法。心理分析对于"新传记"思想上的影响是指心理分析为"新传记"作家的阐释提供了有力的剖析工具和观察工具,在这个层面上,弗洛伊德理论的重要性主要有三点:一、无意识理论,即弗洛伊德发现并创建的以无意识(unconsciousness)现象为中心的理论体系。这一体系的意义是发现了思维与存在之间的不一致性。二、性格理论,即由自恋心理、俄狄浦斯情结和负罪感等心理引发的不同的性格取向;三、性别论,即性别无论在生理上,还是在精神上都不是绝对稳定的。每个个体的人都是一个两性共同体,两性态势的强弱之别决定了一个人的外在性别特征。

无意识中潜藏着人类原始状态的欲望,这种欲望是人类行为的真正动机。这是弗洛伊德根据精神病案例的分析得出的结论,也是弗洛伊德心理分析最伟大的贡献。按照弗洛伊德的定义,人目前正在进行,但不为人所知的精神过程是无意识的。对于无意识的心理研究发现,人的思维与存在①之间的冲突与人们原来所想象的不一致,也就是说人的动机与行为之间的必然联系越出了人们原来的想象。在传统观念里,人的行为动机有时被解释为"爱、献身感、责任心"等带有高尚情感意味的概念,但弗洛伊德的观察与分析表明,人的行为往往被无意识中与动物类似的原始欲望所驱使,其动机在人类的语汇中不但不高尚,往往有时猥琐卑微。在这个意义上,弗洛伊德坚信,精神分析是对人类自尊心的"第三次致命重创"(Freud, S.E. vol.17: 140–141),因为它质疑了维多利亚时代流行的哲学唯心主义理性所规定的合理性,指出对于现象的解释依据绝对化的、无法用经验证明的逻辑推理其实是荒谬的。根据无意识理论,诚恳未必是说实话;父亲对孩子的体罚未必是出于对孩子的教育着想,他也许是因了原始欲望的驱动而在发泄野性。所以,无论一个人如何反复申明他/她的意图,如何为了使他人甚或自己信以为真,而振振有词,编织冠冕堂皇的理由,或高尚伟大的理想,其真实动机可能与他/她的言语表述完全不同。(弗洛姆,《贡献与局限》:29)在某种程度上,心理分析告诉我们,我们的思维和思维所控制的语言不受属于无意识的思想与冲动所控制,我们连我们自己也主宰不了。

如果我们不是自己的主人,那么如何看待欧洲19世纪流行的

---

①在此"存在"的意义是狭义的,意指人的行为形成的存在。

哲学唯心主义的理性"以某种凌驾一切的假定为基础",企图"统一地解决我们生存中的所有问题"而建构的各种条律,譬如"宇宙观"问题? 按照哲学唯心主义定义的宇宙观概念,"我们所关心的每一件事情都获得了自己的确定位置","没有留下任何未做解答的问题"。(弗洛伊德,1987:190)无意识理论的观点是,从理性逻辑推理而来的宇宙观概念不过是人类情感的一种表达,只是美好的愿望和理想,而不是源于心理现实的真理。现实会是赤裸裸的,令人不快的,无法接受的,但却是真实的。

虽然无意识理论解释了人类行为的动机,但弗洛伊德并不认为无意识中潜藏着的原始欲望是千篇一律,可以用广义的兽性,或性本能之类的概念一言以蔽之的。弗洛伊德大致区分了三种现象:俄狄浦斯情结、自恋心理和负罪感。其中最富创见性的研究成果是俄狄浦斯情结的概念。俄狄浦斯情结意指儿童时期对异性家长的依恋和对同性家长含有敌意的竞争,可以简化为希腊神话中的"杀父娶母"。弗洛伊德热衷于童年时期的研究,一方面是在破除传统观念中关于童年时期儿童不过是小大人的神话,另一方面由于人在面对整个世界时,即使成年时期其实也像儿童时期一样感到无助,不能自立,童年时期的情况实际上存在于人一生的各个时期。童年状态与童年心理不仅可以解释童年的心理现象,也是观照人生和社会的明鉴。根据这个道理,俄狄浦斯情结实际上存在于人的一生各个时期当中。用俄狄浦斯情结解释"新传记"作家的反传统精神,我们可以看到处于社会权力结构中弱势的年青一代作家们反叛的是维多利亚时代价值观所代表的威严的父权形象。但在本论文涉及的"新传记"文本中,表面上,俄狄浦斯情结本身似乎较少被作家们用来阐释传主的行为或性格,不如自恋和负罪感在三位作家的"新传记"文本里有明显的性格迹象。但有一种出于负罪感而犯罪的性格类型,仿佛孩童明知故犯,故意调皮惹起大人的惩罚,遭罚之后恢复安静,心满意足。弗洛伊德指出这种性格恰是由俄狄浦斯情结引发。另外,还有一种"被成功毁灭"的性格类型,即当一个人梦寐以求的目标就要实现时,却突然无法承受即将来临的快乐。弗洛伊德认为,这种类型里,也有许多情况源于俄狄浦斯情结。(弗洛伊德,《论创造力与无意识》:91)在弗洛伊德分析的文学作品案例中,易卜生的一出戏剧很能说明问题。吕贝克来到一个贵族庄园。当庄园主人向她求婚时,她却因自己过去的乱伦历史退而却步了。这个乱伦历史的本质是恋母情结使然。

自恋也是无意识理论的一个重要概念。自恋,顾名思义,就是爱自己。弗洛伊德假设,人的兴趣、关爱和关心其实是指向两个方向——向自身;或向自身以外的客体。自恋情结将个体的人在潜意识里一分为二:一个为自己的目的而存在,另一个则是生命链条中的一环,有意无意地跟自己的意志作对。弗洛伊德认为,个体人的潜意识将性视作目的之一,而他的另一半则认为自己是基因的一个附加物。(Freud,S.E.vol.14:78)在人群当中,有一种人是自恋型的人。这种人爱现在的自己、过去的自己、未来的自己、或曾经属于过他的人。(弗洛伊德,《文集 3》:131)但值得注意的是,自恋倾向不仅限于一类人,也不只是童年的现象,而是比较普遍的现象。除了客观地解释自恋现象以外,弗洛伊德着重从负面揭示了自恋的道德危机。他认为,自恋不是利己主义,而是导致形成"例外的人"的性格,认为自己有权得到别人没有的特权。从更大的视野看,人类本身很自恋,自以为是万物之长,身居宇宙中心。自恋的结果是,不切实际的理想化导致自尊心最终大受伤害。

那么性格是否有性别特征?弗洛伊德的观点是,性格与性别无关,在心理学意义上男性与女性都是双重性别的。研究表明,即使在生理上,人也具有双重性别特征。弗洛伊德心理分析的基础虽源于对精神病案的观察与分析,且弗洛伊德采集的病案多来自于女性,但他也从科学的角度提醒人们注意这样的事实,在生理上,男女器官实际上分布在每一个人身上,"在个体中作为男性成分或女性成分结合标准的那种比例,常常具有很大的不稳定性"。也就是说,人类在个体上其实既是男人又是女人,不过是外在性别特征使得一种性别比另一种性别更明显罢了。(弗洛伊德,1987:134)在精神领域,传统观念认为,男性富于主动性和进攻性,女性是被动的,保守的。弗洛伊德则用经验和观察表明,男女两性在性格上是没有区别的。女性也会表现出攻击性,男性也有被动保守的一面。(134,136)

性别观无论从生理上看,还是从心理上看,对"新传记"作家都很重要。在他们眼里,这不只是观察他人,提出最简单的"他是男还是女"的问题,而是关乎自我的切身问题。性别观可以转化为"我如何解释我的性别""我是谁"的问题。在斯特拉奇,这个问题具体化为,强悍的伊丽莎白她是男性还是女性?进而追问女性一定是没有攻击性的弱者吗?在伍尔夫,性别问题是挑战传统观念的突破口。在她的观念中,男女两性各有其优势,只是在同一个体内不同时期各占上风而已。在尼柯尔森笔下,女人和男人有同样的偏见,同样虚假伪善,不同的只是时代,时代将人分做维多利亚人和现代人两种气质不同的人。

"新传记"为什么选择了心理分析作为实现"看见"结果的工具?这有两方面的原因:弗洛伊德心理分析的批判性与"新传记"自身传记写作策略的要求。通观上述弗洛伊德理论,不难看出,弗洛伊德是在达尔文进化论的基点上,借助科学研究的方法,试图从人自身出发对世界做出新的解释。在此基础上的解释无疑带有批判性,批判的锋芒直指以19世纪哲学唯心主义为基础的传统观念。心理分析对传统观念的批判适应了"新传记"作家们反叛维多利亚时代价值观的要求;另一方面,虽然斯特拉奇写作《名人传》时,弗洛伊德的理论因为战争的原因还没有介绍到英国,但斯特拉奇从基督教最为重视的动机[1]着眼考察传主的写作策略,导致斯特拉奇得出传主其实思维与存在不一致的结论,这一结论恰与弗洛伊德无意识理论的一个结论相吻合。从这个角度讲,"新传记"运用心理分析的观察工具是必然的。即使暂时没有运用弗洛伊德的理论,强调挖掘动机的写作策略也会推动着"新传记"写作朝向心理分析的方向发展。另外,"新传记"强调写性格而非写事迹的传记目的,也导引着"新传记"最终朝着心理分析贴近。所以,1919 年弗洛伊德的著作被翻译介绍到英国之后,心理分析几乎成了"新传记"用以诠释人的性格之谜的语法。弗洛伊德认为,一至五岁的童年时期影响人的一生,"导致以后各种疾病和功能失调"(弗洛伊德,1987:177)。在此基础上,"新传记"作家们的理解更进一步,他们认为童年也预示了人的未来,预示了他／她未来性格的形成和未来要经受的事件。《维多利亚女王传》里幼年维多利亚就显出了未来王者的预兆,长得很胖,很像她的英王祖父,"简直就是先王的翻版"(QV 19)。伊丽莎白两岁多,她父亲因她母亲不忠砍了她的头;她的命运随父亲的政治生活和婚姻情况起伏跌宕,造成她后来优柔寡断的性格和重演父亲的爱情悲剧。(E&E 16)

　　童年之重要,不仅在于它影响了人的一生生理与精神走向,还在于童年时期存在着未受社会文化变形时的"真"。在论证人被人自己创造的虚幻神话所迷惑时,弗洛伊德指出:"在儿童和原始人与动物的关系之间存在着大量的相同之处。孩子们没有丝毫傲慢之心,而这种傲慢之心使文明的成年人在自己与其他的动物的本质

---

[1]哲学家 G.E.穆尔认为,基督教倾向于强调动机的重要性,强调采取正当行为的"内心"气质的重要性。这两点是基督教对伦理学作出的贡献。但是穆尔不同意基督教《新约》武断地规定正当行为的动机必定是高尚而伟大的。(Moore 226-227)

之间划出一条不容异议的界限。孩子们对允许动物和自己完全平等并无顾虑。"(弗洛伊德,"图腾与塔布":131)这也即是说,由自恋心理生发的傲慢之心模糊了所谓文明的成年人的视线,使视若无睹成为他们的常态,从而他们即使看,也看不到事实;而天真无邪的孩子才是认识世界本来面目的真正英雄,他们的认识才是不带任何附着物的正确的、本真的认识。弗洛伊德的伟大理论贡献还告诉我们,人并不是万物之灵长,而只是大自然中平等的一员。人和动物是平等的,人同动物、植物同属一个世界。伍尔夫的狗传记《弗拉狮传》正是建立在弗洛伊德这一思想上的传记实验。德国现代传记作家埃米尔·路德维希(Emil Ludwig, 1881–1948)的《尼罗河传》(*The Nile: The Life-story of a River*, 1936)①也出于弗洛伊德同一思想。

　　心理分析是"新传记"作家诠释传主的语法,也是读者解读"新传记"的钥匙。《奥兰多传》和《伊丽莎白与埃塞克斯》为什么比较怪异?作为传记研究,我们常常感到《奥兰多传》中的传主由男变女的设计非常荒诞,完全脱离了传记是写现实生活中的人的原则,因而据此将《奥兰多传》抛向虚构作品不再多问。但是如果我们继续追问,伍尔夫为什么会想到以传记的形式作如此设计? 诚然,正如一些学者所论,伍尔夫的大部分写作都可以看做是"维多利亚时代的……女儿反抗父亲斗争的一部分"(*Woolf, Three Guineas*: 64),她用调侃态度写《奥兰多传》和狗传记《弗拉狮传》是在进行一次传记革命, 是在反抗维多利亚时代父权式传记写作的权威。(Hoberman 142; Cooley 71) 但是我们还可以进一步从两方面细化这种回答。一方面这表现了伍尔夫对传记文体是否能够实现真实性的怀疑;在某种程度上,传主实有其名,传记作家实有其名,加上传记后面附加参考书目等诸如此类的传记"形式"往往给读者一幅

---

　　① 我国学者石云龙先生将此书译为《尼罗河:生命之河》。

"纪实"的面孔。但事实上,传主有意或无意留下的残缺不全的资料并不能够保证传记的真实性。此外,传记作家个人的主体意识形态、社会环境的要求等诸种因素也影响传记真实性的实现。另一方面《奥兰多传》也是对维多利亚时代男尊女卑价值观的鄙视,和对人的生命长度衡量标准的置疑,而鄙视和置疑的背后是弗洛伊德性别观和文化观的支撑。在伍尔夫眼里,弗洛伊德是科学思想的代表,而科学就代表了真实。[①]因此,伍尔夫在《奥兰多传》里按照时间的维度演绎了弗洛伊德男女同体的空间说。

再看《伊丽莎白与埃塞克斯》,许多评论感到这是一部令人失望的传记,两位传主既没有传记意义上的真实性,也没有小说意义上的真实性(伍尔夫语)。有些论者把作品失败的原因归结于因为缺乏足够的原始材料,作者只好虚构,以故事填补材料不足的缺憾。[②]然而《斯特拉奇传》的作者霍尔洛伊德却发现有关伊丽莎白与埃塞克斯的原始材料并不少,斯特拉奇写作时至少在当时的大英图书馆手稿部的档案材料里剔除了五种有关埃塞克生平的重要资料。(Holroyd,1971:303)霍尔洛伊德暗示,读者之所以对这部"悲剧史"不满意,是因为他们把阅读期望铆定在"史"的标杆上,而斯特拉奇在此书中并没有打算写史。从史学角度看,埃塞克斯没有太大价值,他给那个时代,那个社会都没有带来太大的影响,著名历

---

①伍尔夫曾经指出:"如果你把弗洛伊德读上十分钟,就会了解一些事实。……(这是非常有争议的一点。我们从真实性的科学当中获得的,并转化为我们自己的知识何其之多)。"(*Essays* III 504)

②没有西方文化背景的读者很难像英美读者那样看出《伊丽莎白与埃塞克斯》的失败之处。这是因为,传记中的事实必须经过读者的检验,但缺乏相关文化历史知识形成了先天性"盲区",因而无法进行检验工作。关于《伊丽莎白与埃塞克斯》是败笔的评论见 Sanders, 1957:339;Woolf, "The Art of Biography":224.

史学家的史学著作《英格兰史》中甚至找不到埃塞克斯。(同上)

斯特拉奇其实是把伊丽莎白与埃塞克斯当作心理分析的标本，试图用弗洛伊德的理论将一段千古之谜解释清楚。斯特拉奇写作《伊丽莎白与埃塞克斯》时对弗洛伊德独有青睐①，心理分析指导着他剖析书中的各类人物。他用特有的挖苦口吻评论哲学家培根，"样样精通，独独不懂心理学"(E&E 121)。然而，熟悉伊丽莎白时代的人不认可斯特拉奇的分析，一是因为斯特拉奇运用心理分析经验不足，对一些事实的解释有时难免穿凿附会；二是因为当时弗洛伊德心理分析学说本身也不完善，人的所有的行为仅从性本能的动力出发解释，其自身的局限性不能自圆其说；三是因为当时的读者深受传统道德习俗影响，拒绝接受弗洛伊德心理分析中的种种解释。这最后一条原因使得他们专门挑出《伊丽莎白与埃塞克斯》里有关性的暗示做道德考量，而不去做弗洛伊德所研究的人物行为动机的联系。

但是一如弗洛伊德给斯特拉奇的贺信中所说，《伊丽莎白与埃塞克斯》是一部成功的心理传记。(Holroyd，1994:615)在斯特拉奇的笔下，伊丽莎白虽不像奥兰多先是男性后是女性那般"荒诞"，其性格却显出既是老妇人又是铁男人的雌雄同体心理特征，铁石心肠混杂着没有主见的拖沓风格；刚强意志里不时见出其优柔寡断。而埃塞克斯表面上像男子汉一样刚强无比，内心却表现出传统观念中女人一样心无定意，没有确定目标。埃塞克斯在伊丽莎白的宫廷里肆无忌惮，气焰嚣张，因为他总认为自己是个"例外的人"。为表达不满，他竟然想到用聚众攻打王宫的办法警示伊丽莎白女王，完全是一个"被成功毁灭的人"，因为比起其他大臣，他曾经太得

①斯特拉奇的弟弟詹姆斯·斯特拉奇是将弗洛伊德引进英国的权威译者。据詹姆斯·斯特拉奇说，他哥哥写作《伊丽莎白与埃塞克斯》时，已经从他们夫妇那里了解了许多弗洛伊德的理论。(Kallich 103)

宠。而他之所以常常给伊丽莎白捣乱，因为他内心深处的负罪感使得他像小孩子一样要"顽皮"，从而期待惩罚。①

　　心理分析也在方法上为"新传记"的写作艺术提供了技巧，例如内心独白、自由联想和意识流。多数学者认为，内心独白是意识流的一种，指作者如实记录下人物的内心思想活动，印象和各种记忆，仿佛记录"偷听"到的内心活动，而不加叙述者人为的归纳、总结和选择。意识流技巧所指范围更大，通常强调连续不断的"思想流"，其特征是没有严密的逻辑、句法和标点符号。（Baldick 126-127）弗洛伊德用于精神病治疗的自由联想方法意思是要病人不假思索地叙说头脑中所想到的一切，不管其叙说是否符合外在逻辑，或是否具有一般概念上的意义。弗洛伊德认为，说话人不加任何意外动机的谈话，看似随意性的自由式联想，实际上表现了重要的无意识线索，而这些线索有其自身的内在逻辑。（Feldman 576）可以看出，内心独白、自由联想和意识流这三种方法是描写精神领域特殊活动的技巧，常常被小说家们使用，几乎是小说家乔伊斯和伍尔夫的专利。但传记不同于小说写作，小说可以任意想象，传记必须在传主有限的资料内进行发挥，时序是传记作家无法回避的难题。在某种程度上，时间顺序的苛求甚至使得传记的真实性在文本层面显得刻意，不如小说自如。因此，当上述三种源于心理分析的方法应用于传记写作时，其形式与小说中同类的手法已有变形。在"新传记"里，上述三种方法的运用不只是纯粹摹写意识，显现意识的叙述方式、结构方法或句法形式，而是突显传主性格的修辞方法。而且自由联想手法因为传主（作家传主除外）一手资料中难以常见自由联想可依据的材料，如日记书信等，在"新传记"里最常见

_____

①弗洛伊德在《心理分析所遇到的性格类型》一文中分析了"例外的人"、"被成功毁灭的人"、因负罪感而期待惩罚的人三种性格，见弗洛伊德，1987:83-110。

的表现意识活动的心理分析手法是其他两种:内心独白与意识流。在"新传记"中,内心独白直接进入文本,传主的意识直接成为叙述的一部分,内心深处的意识活动更好地突显了传主性格。例如《维多利亚女王传》中对维多利亚女王母亲的一段独白:

> 她本人并不自作聪明;她不甚懂得"济贫法"、"奴隶贸易"和"政治经济学";然而她希望能履行自己的义务;她还希望——热切地希望——维多利亚能够鞠躬尽瘁。她的教育观念是当时社会上正在流行的阿诺德博士式的。阿诺德博士的目标是,首先要把学生培养成"最高最纯意义上的基督教绅士",其次是智力培养。公爵夫人深信她毕生的最高义务是确保自己的女儿成长为一个基督教女王。(QV 25)

在这一段内心独白中,"希望"、"深信"、"观念"等描写心理状态的词语把维多利亚母亲的意识活动淋漓尽致地呈现出来。女王母亲平庸的性格也许恰是只重教义不重智力的最佳基督徒人选。传记里的意识流也不同于小说,除去意识流作为手段是为传记的目的服务之外,传记意识流的形式不像小说里呈现支离破碎的句法结构,而是思维跟着传主走,语言呈传统式。所以莫洛亚盛赞《维多利亚女王传》的意识流结尾,认为"再没有比《维多利亚女王传》最后那几页更漂亮的篇章了。他(斯特拉奇——笔者注)在这里向我们展示了女王一生中的主要事件如何于她临死之前的意识里穿行而过"(Maurois 63–65)。后来艾德尔从意识流的角度分析了同一段落。他认为斯特拉奇常常引用传主的话,而不加引号,这不意味着"剽窃",而是暗示读者"他和人物的想法完全一致"(Edel, *Writing Lives*:79)。

挖掘传记主行为动机和描写传主性格的写作目的决定了心理分析必然成为"新传记"的有力工具,加上"新传记"对维多利亚时代价值观的猛烈批判使得"新传记"后来的发展走向两个支流似乎存在着必然性:心理传记与揭丑传记,结果出现了美国学者坎道尔(Paul Murray Kendall)所描述的状况——

> 揭丑型传记作家贬低过去的英雄形象,争相证明大理石雕像的脚是黄泥做的。弗洛伊德派传记作家激动不已地深挖厨房垃圾,寻找各种压抑(suppressions)和各种情结(complexes),俨然中小学生玩考古。胡编滥造者希冀获得斯特拉奇的效果,但缺乏他的才分,就捏造材料,出风头,哗众取宠。(Kendall 114)

心理分析是一把双刃剑,使用得当,它是显微镜;使用不当,它就变成自我毁灭的火。"新传记"最后被仿效者们演化成几近公式化的心理分析和一味揭丑,而无视传记自身的审美艺术性,终于在第二次世界大战临近时毁灭了"新传记"。

本章探讨了"新传记"的历史语境与思想资源。在影响"新传记"的各种因素中,既有时代因素,也有现代伦理学、美学和心理分析的影响。在时代因素方面,科学的发展开阔了人们对世界和人类自我的认识,19世纪后半叶到20世纪初社会结构的变化改变了原有的政治结构和人与人关系的模式,这既是反叛浪潮的体现,也推进了否定思维模式的发展。思维模式的变迁,人的社会关系的变迁导致了文学和艺术形式的变迁,从而给"新传记"造就了一个破/立的二元对立式文化环境。穆尔伦理学、罗杰·弗莱的艺术美学思想、陀思妥耶夫斯小说的心理描写技巧和弗洛伊德的心理分析分别在内容与形式上武装了"新传记",使之具有对传统价值观的反叛性和传记艺术的实验性两个显性特征。

正是在传记的帮助下，对维多利亚时代的清算开始了。

　　　　　　——阿尔提克（Richard D. Altick，1995：84）

第二章

"新传记"的反叛性

1918年《维多利亚时代名人传》的首篇书评评价斯特拉奇在这部合传中心怀恶意地使用着吉本式文体,故作袖手旁观姿态,佯装一本正经。"所有这些因素浑然形成全书的喜剧效果,从而使得娱乐性超出此书应有的严肃性。毕竟,维多利亚时代不仅仅是个玩笑。"(May 120)可以说"吉本式文体"是《维多利亚时代名人传》的独特标志,是斯特拉奇阐释传主的钥匙。英国历史学家爱德华·吉本(Edward Gibbon,1737–1794)使用对照手法和讽刺文体在其重要著作六卷本《罗马帝国衰亡史》(*The Decline and Fall of the Roman Empire*,1776–1788)中表现了浓重的怀疑主义精神和"入世"态度。《维多利亚时代名人传》使用吉本式讽刺文体,给读者的阅读期待提供了一种平行参照,启引读者在《维多利亚时代名人传》里寻找怀疑主义的蛛丝马迹。我们不难发现,斯特拉奇的怀疑主义精神使得《维多利亚时代名人传》充满了对维多利亚时代价值观的质疑。从效果上看,《维多利亚时代名人传》传达出来的是"喜剧效果",是富有"娱乐性"的"玩笑"。而维多利亚时代的道德规范却像《十戒》一样(Altick,1973:8-9),充满宗教式的庄重肃穆。显然,"喜剧效果"、"娱乐性"和"玩笑"这些特征本身就暗含了这部"新传记"对维多利亚时代价值体系情绪特征的反叛与颠覆。当然,以《维多利亚时代名人传》为代表的"新传记"所要反叛与颠覆的不仅仅是维多利亚时代价值观念体系的情绪特征，而是这一时代的价值观念体系本身。

第一节 维多利亚时代的价值观

价值观是一个社会关于正确与善的标准的一些抽象思想，反映了人们的价值取向。对于一个时代的价值观做一概括，其难度首先是时间段的界定。维多利亚时代指哪一段？与维多利亚时代相关的英语词汇至少有四个：Victorianism, Victorian Age, Victorian era, Victorian period，这在一定程度上说明准确把握这个概念的难度。关于维多利亚时代的起始和终止时间，历史学家有不同的意见。最为简单的一种就是以维多利亚女王加冕和去世的时间为上下限，即从 1837 年 6 月到 1901 年初。但有人认为维多利亚时代的起始时间应为 1832 年，因为这一年通过了第一份改革法案，启引了维多利亚时代第一个十年：一段转变时期。关于维多利亚时代的结束时间，有的历史学家认为当是 1880 年前后，因为在此之后，反对维多利亚时代的价值观念的思潮悄然产生，反对维多利亚时代道德规范的呼声愈来愈响亮。（Altick, 1973:1-2; 16）

当然，即使反对的呼声相当强烈，一种价值观念体系也不可能在短时间内戛然而止，也不会随着一个国王的去世而寿终正寝。1901 年维多利亚去世，维多利亚时代的观念不会立即消失。到 20 世纪 20 年代末，伍尔夫写作《弗拉狮传》时，社会风气、传统道德习俗仍然和维多利亚时期一样。（Hermione Lee 138）甚至在反叛维多利亚时代价值观念的"新传记"作者那里，也不免维多利亚时代的痕迹。例如，有人把斯特拉奇的《维多利亚时代名人传》称作是最后一部维多利亚时代的经典，因为《维多利亚时代名人传》的写作风格不像后来的同类传记,没有丝毫"现代"特点,倒是在许多方面与1844年亚瑟·彭莱·斯坦利所著的《汤姆斯·阿诺德的一生与书信》有许多相似之处。[①]当然,这一观点不见得完全正确,但是说斯特拉奇的作品中存有维多利亚时代文风却是情理之中的事情。从这样的观点来看,仿佛斯特拉奇这个让人以另一种眼光看待维多利亚时代的人,自己就是一个维多利亚人。[②]

根据同样道理,伍尔夫也被说成是维多利亚人。麦克尔·惠特沃斯称:伍尔夫的《奥兰多传》直接发挥了维多利亚时代后期富有影响的艺术评论家罗斯金(John Ruskin, 1819 –1900)在《现代画家》(*Modern Painters*)中的思想,继续描写"19世纪特色的云"。穿行于伍尔夫各种文本之间的有维多利亚时期批评家卡莱尔的思想,也有教育家马休·阿诺德(Mathew Arnold, 1822 – 1888)的文风。(Whitworth 152;Beer, 1996:99–111)

然而在"新传记"作家和他们同代人的眼里,维多利亚时代是过去,是彼岸,维多利亚人是他者。1914年斯特拉奇对维多利亚时代的评论,很有隔岸观火的姿态:"对于老年人和青年人来说,维多利亚时代有一种奇怪的魔力。它的某些诱人之处非常奇怪,这是一种显得非常近又非常遥远的东西。……也许维多利亚时代的声誉

[①]帕克·霍南(Park Honan)在著作中用大量文本实例论证了《维多利亚时代名人传》中《汤姆斯·阿诺德传》与1928年和1953年面世的两部阿诺德现代传记没有共同之处,倒是与《汤姆斯·阿诺德的一生与书信》存在许多相似之处,由此推断斯特拉奇是维多利亚时代人。见 Honan 41–42.

[②]作为概念,维多利亚时代之难以确定,给翻译也带来很大麻烦。Victorians 可以是生活在维多利亚时代的人,也可以是具有维多利亚时代观念的人。在本文里,有时为了保持行文畅通,暂用"维多利亚人"(汉语显然不通)表示具有维多利亚时代观念或风格的人。

比起它本身的真实声誉要差得多。"①伍尔夫感觉维多利亚时代初期"不真实得令人奇怪";在回忆父亲的文章中,她描述了维多利亚时期人们对男性"天才"的崇拜如何使人性扭曲,父权家长制的机器如何在父亲一代和年青一代人之间划出一条不可逾越的鸿沟,以至两代人中间俨然又隔一代人。所以,在这时的伍尔夫眼里,"他们"是维多利亚时代的人;"我们"是爱德华时代的人;"我们不是他的子女;我们是他的孙辈"②。同代人詹姆斯·乔伊斯对维多利亚时代的矫揉造作、华而不实的品质深恶痛绝,这种态度化作嘲讽的间隔手段反映在其作品之中(如《游岩》、《独眼巨人》中对人物对话的描写;《瑙西卡》的叙述)。(戴从容:第二章)

由此可见,现代主义时期作家们(包括"新传记"作家们)所指的维多利亚时代实际上是他们直接上一代人生活的那个时代,维多利亚人对他们而言特指的就是他们的父辈。他们的反抗是同父

①Strachey,1936:187.斯特拉奇对维多利亚时代、英国精神等流行观点很持怀疑态度。在《维多利亚时代名人传》里他评论道:"在这个地球上还有哪个国家能够同时出现哥莱德斯托恩先生、伊芙林·巴令爵士、哈亭顿伯爵和戈登将军四个人? 这四个人物所强调的东西、所不强调的东西;他们贫乏的想象力和他们的浪漫情调似乎都体现了英国精神鱼龙混杂的矛盾性。至于时代背景,这是再合适不过的了。"(EV 210)

②Woolf,1976:126.在这里本文观点受到下面文章的启发:Zwerdling 177,183.美国东伊利诺伊斯大学的霍伯曼教授持不同观点。她认为尼柯尔森把维多利亚人认同为"我们",而不是"他们",因为到1923年人们对维多利亚人已经不那么愤恨了。她举出尼柯尔森在《丁尼生传》中的一句话:"今天我们含笑面对我们的维多利亚人。"(Hoberman 21)本文认为,由于职业习惯,外交官尼柯尔森所说的"我们的"不是意味着代际认同,而是表明民族身份,即我们国家的维多利亚人,而不是别的国家的什么人。尼柯尔森对维多利亚人的批评立场(如果不是批判立场的话)在《某些人》当中表现得很清楚。

辈的反抗,这种反抗因而具有浓厚的"个人性"。(Millicent Bell 53)
也可以说是一种"代沟"现象。

那么,相对于"新传记"作者而言,作为父辈、作为作者的维多
利亚人的价值观念究竟是一种什么情形?不少历史学家认为,所谓
维多利亚时代实际上也是个复数概念,因为这个时代历时殊久,本
身也充满变迁,价值观念也不尽相同。所以,维多利亚时代可以分
为早期、中期和后期。较为典型的、给后人留下独特印象的是维多
利亚时代中期的价值观念以及与之相适应的道德规范。此时,"一
边是过去的 18 世纪, 另一边是看得见的 20 世纪, 二者的特点并
存"(Altick, 1973:12)。

给维多利亚时代一画肖像的大有人在,肖像因人因时代而异。
艾德尔给这个时代画了这样一幅肖像:

> 交织着各种矛盾的英国精神——维多利亚时代的虚伪、英
> 国人卓绝的力量和创造性。这些精神把英国及其帝国变成一个
> 强权、特权与虔诚、神经质与征服的工具。这些精神主宰了英国
> 历史上的两座高峰:伊丽莎白女王和无情的贵族阶层;维多利
> 亚女王和中产阶级家庭。这是一座伟岸的大厦,建立在几个世
> 纪根深蒂固的信仰与同样深刻的自信心、随机应变与实干精神
> 和令人难以置信的自豪感之上;同时也建立在俗不可耐的自以
> 为是和自负的道德正义感之上;震撼世界的事件与胆战心惊的
> 人并存。他们口中念着《圣经》给自己壮胆排忧,给自己充气,让
> 他们不要看到黑暗的深渊。(Edel, *Writing Lives*:76)

虚伪和两面性是不少维多利亚时代研究者对这个时代的突出
印象。就英国的价值观发展史而言,维多利亚时代确实是一个转折
时期。新旧价值观交替主要体现在宗教价值观和世俗价值观的共

依共存,相互斗争,并且在一定程度上相互融合。代表宗教价值观的是 Evangelicalism,有人将其译成"福音派教义",也有人译成英国低派教会(Low Church)教义,我们姑且取前义。福音派教徒认为,每个人都必须相信基督以自己被钉在十字架上为代价救赎人类,唯有如此才能获得精神的再生。这个宗教派别与原教旨主义①有些类似,要求严格遵循原教旨,遵循反映原教旨的《圣经》。在 19世纪,英国的福音教派所关注的焦点似乎不是教条和崇拜形式的问题,而是人生的方式;不是为人生而人生,而是如何获得救赎得到永生。英国的福音派在宗教发展史上意义不小,但是,诚如阿尔提克所言,"福音派教义对于英国文化史的主要意义在于其影响至19 世纪最后 15 年的道德体系"(Altick,1973:167-168)。

英国福音派教义所宣扬的道德体系中有些成分恰好迎合了所谓中产阶级的需求。福音派宣扬通过个人努力(对基督救赎人类功果的信仰)可以获得精神再生。通过某种形式的偷换概念,在世俗生活中,这种个人信仰的努力变成了个人奋斗、勤奋工作等概念。托马斯·卡莱尔在自传体哲理讽刺作品《旧衣新裁》(Sartor Resartas,1833-1834)里生动描绘出了这种宗教与世俗概念的转换:"在工作中存在一种永久的高尚,甚至可以说存在着神圣。……旧时僧侣的座右铭令人羡慕:'工作就是信神'。"(Altick,1973:169)与个人奋斗和勤奋工作等德行概念相适应,英国福音派还倡导严格的纪律和森严的等级观念等。

英国福音派的世俗化倾向符合了英国资本主义社会的经济活动需求,一定程度上为当时盛行于英国、且为资本主义社会经济活动服务的世俗功利主义价值观提供了宗教论据。功利主义流行甚广,以致衍生了许多相近流派,如"边沁主义"、"哲学激进主义"等。

---

①基督教原教旨主义强调遵守严格的仪式和《圣经》教条。

功利主义哲学借用了法国哲学家和英国哲学家休谟(David Hume, 1711–1776)、洛克等人的观点,认为个人利益是人类行为唯一的、最基本的动力。个人利益是由获取乐趣和躲避痛苦组成的。人总是要用最少的劳动、付出最少的自我克制以取得最多的必需品和奢侈品。对功利主义价值观念的负面评价主要是:功利主义属于享乐主义,它排斥17世纪沙夫茨伯里(Anthony Shaftesbury, 1671–1713)伦理学所提出的良知内容:慷慨、怜悯、同情、自我牺牲、博爱等,与基督教道德格格不入。(Altick, 1973:117)

英国福音派教义和世俗的功利主义观念相结合,形成了维多利亚时代的基本价值观念。(Altick, 1973:165)由上述可见,英国福音派教义和功利主义价值观念在本质上相去甚远,只是经过人为的牵强附会,才使其形成了融合的表面现象。英国福音派教义的世俗化解释意在为满足私欲的功利主义价值观涂脂抹粉,掩盖资本家榨取工人血汗发家致富的真相。维多利亚时代这种尴尬的价值观组合形成了其虚伪的特征,而这一特征为当时的明眼人所捕捉,并公之于众,渐渐形成人们对维多利亚时代价值观念的基本评价:虚伪。工人们看清楚了,所谓通过勤奋工作在获得财富的同时获得灵魂救赎的侈谈实际上是资本家为多压榨他们的血汗而设置的诱饵。一股谴责维多利亚时代价值观虚伪性的思潮在当时就有所显现。比较典型的是阿瑟·休·克洛夫揭露维多利亚时代中期资产阶级对《十诫》(Ten commandments)真实态度的一首诗:

你只能有一个上帝;谁会为第二个破费钱财?

不能对雕刻的图像顶礼膜拜;但金钱除外。

不能骂人;因为骂人伤害不了死敌一根毫毛。

周日去礼拜;有利于保持与大家的良好关系。

尊重父母;因为你一生的前程有赖于他们。

不要杀人;也不必多管闲事救他人性命。

不要通奸;因为通奸很少获利。

不要偷窃;骗取可以一本万利,偷窃便成雕虫小技。

不作伪证;让谎言自行传播。

不要觊觎别人的成果;所有的竞争形式却是自古允许的。

(Altick,1973:176–177)

不难看出,在维多利亚时代,像摩西《十诫》这样神圣的基督教伦理道德律条,由于蒙上虚伪的色彩,也不免失去几分权威。当然,这并不是说维多利亚时代的道德禁锢不像人们想象得那样令人窒息。其实,不仅"黑暗的、严峻的、苦行僧式的"(阿尔提克语)福音派基督教伦理道德清规戒律压得维多利亚人喘不过气来,凭借谎言树立起来的英雄形象作为与禁律相对应的导向性文本,更是将维多利亚人束缚得苦不堪言。回顾维多利亚时代,英雄与英雄崇拜所形成的伦理道德导向性文本似乎比儆戒性的禁令更能充分体现当时的价值观念,这种文本对维多利亚时代价值观念反映的间接性和复杂性使对其进行的研究更显丰富多彩。

伊拉·布鲁斯·奈德尔的传记研究发现,英国 19 世纪有一个"普鲁塔克热"现象——古罗马时期希腊史学家普鲁塔克的英雄传记被译成多种英文版本,大量有关普鲁塔克的研究著作面世,普鲁塔克传记及其形式被以各种方式载入各种文本,传记有《英国的普鲁塔克》、《当代英国的普鲁塔克》;小说中有普鲁塔克的引文;文人读普鲁塔克,军人把普鲁塔克的书规定为必读手册。普鲁塔克如此泛滥,以至到 1905 年萧伯纳忠告他的传记作家,不要把他的传记写成戏剧性的,不要普鲁塔克式的,要鲍斯威尔式的。①

---

① 奈德尔详细考察了 19 世纪的普鲁塔克传记热现象。见 Nadel 16–18.

普鲁塔克热现象很好地说明了维多利亚时期的价值观取向。普鲁塔克传记记载了 23 对希腊罗马名人,有帝王、立法者、雄辩家等等。普鲁塔克宣示他著书的目的不是"修史",而是"立传"。不是侧重描写历史场面,而是注重写人的性格,人是第一位的。普鲁塔克选择立传的传主卓然超群,出类拔萃,叱咤历史风云,在普鲁塔克的笔下他们类似超人, 所以普鲁塔克的系列传记实际上是一个长长的英雄画廊。

英雄传记在 19 世纪,尤其是维多利亚时代大受欢迎,反映出接受市场的英雄崇拜价值观。[1]对英雄的崇拜在卡莱尔 1841 年的讲演录《英雄与英雄崇拜》中发挥得淋漓尽致。普鲁塔克把传记与历史区别对待,但到卡莱尔那里,英雄登峰造极,历史直接等于伟人传记,他的名言"世界历史就是伟人的传记"在英国家喻户晓。在他满怀激情的演讲中,伟人高大而具体,他们随历史的发展分别是先知、英雄和诗人(此处指但丁和莎士比亚)。卡莱尔定义的英雄"是人类的领袖,是传奇式的人物,是芸芸众生踵武前贤、竭力仿效的典范和楷模。甚至不妨说,他们是创世主","一个时代只要能够找到一个伟人,它就不会走向毁灭"。(卡莱尔,第 1、20 页)

卡莱尔批评把伟人当作神是个"粗俗的大错误",但他的《英雄与英雄崇拜》实际上就是和维多利亚时代其他传记一起在神化英雄。关于神化英雄的动机,普鲁塔克的传记文本中表述得很明确:

> 优秀道德催人奋进,非常实用;人们一看到优秀道德,就会被激励着去学习那些榜样,思想与性格就会受影响。然而这一切单靠我们摹仿我们所见到的事物还不够, 我们还要通过

---

[1]休顿的研究表明, 英雄崇拜是英国自 1830 年起 50 年时间里的主要文化因素。Houghton 310.

列举事实讲出道德目的。

　　所以我们认为有必要花费时间和精力为名人做传记。(转引自 Nadel 18)

　　言外之意,传记要有教育功能。传记作家必须告诉人们伟人之伟大,必须解释作者所列举传主英雄事迹的道德目的。问题是谁赋予了传记作家这种权力?传记作家有义务如此写作吗?这依然是英雄崇拜的价值观在起作用,英雄崇拜的价值观赋予了传记作家特殊的权力。什么样的人有资格有能力讲述英雄的故事,品评英雄的伟绩? 在英雄崇拜的观点中,能够写作传记的作家有如神的选民,他们禀赋了神的意旨与力量,像神一样无所不知无所不晓。他们一面是英雄的奴仆,为英雄打造着功德碑;一面扮演神的使者,用全知视角和家长的口吻"教育"人们,"培养"人们的美德。他们唯一的戒律是必须保证传记的教育功能。既然是神的选民,英雄的奴仆,传记作家有责任、有义务"歌功颂德"。这是传记作家的"使命",而"使命"是基督教教义中的关键词之一,也是维多利亚时代最为庄严神圣、最为常用的词汇之一。

　　格莱斯顿(William Ewart Gladstone,1809–1898)在 1868 年即将担任英国首相的时候宣布:"我的使命是平定爱尔兰。"为了完成这个使命,他的自由党将为此做出"牺牲"。他将作为"真理与公正的上帝"的代理人执行这个使命。(Seaman 232–233)

　　"使命"、"牺牲"、"真理"、"公正"和"上帝"这些词汇表明基督教在维多利亚时代至高无上的地位,和对维多利亚时代价值观的影响。如果汉语词汇"使命"只是带着英雄色彩,那么英语词汇"使命"在此之外可以清楚看到它与基督教的亲缘关系。传教士(missionary)是肩负使命(mission)的人,"使命"就是传播上帝的声音,传播基督教教义的重任。"使命"与"英雄"看似没有必然联系,但如卡莱尔所说,基督教本身就是英雄崇拜的例子(卡莱尔,第18页),肩负使命的人即使尚不是英雄,也是神的使者,优于一般人。使命感是维多利亚时代的人自愿臣服英雄的心理表现,是民族优越感的道德面具。从国家首相到传记作家,使命感为维多利亚时代的人创造了造英雄的动力,为侵略扩张制造了合理化的理由;英雄崇拜培养了民族优越感,刺激起狭隘的民族主义,最终扩大为殖民主义。

如前所述,福音派强调的基督教教义与世俗的功利主义思想的结合制造了典型的维多利亚时代的虚伪。格莱斯顿首相代表英国政府对爱尔兰进行剥削压榨,却以上帝的名义,美其名曰是为了完成伟大的使命,其理由显得"再合理不过"。爱尔兰人贫穷吗? 那是因为他们懒惰;他们早婚,养育大家人口,这严重违反了维多利亚时代基督教英国国教英格兰人的做法;他们以专吃土豆为生有罪。土豆容易生产,光吃土豆等于培养懒惰;而且土豆农作物一旦生病,那将意味着颗粒无收的大饥荒。还有,许多爱尔兰人住在利物浦和伦敦地区的贫民窟里,卑贱低下;他们的天主教拥有太多牧师等等。格莱斯顿貌似合理的逻辑中潜藏了这样的暗示:爱尔兰人卑劣,英格兰人高尚;爱尔兰人是浑浑噩噩的劣等民族,英格兰人是品质优秀的优等民族。对于爱尔兰人这样充满恶习的民族和异教徒,基督教英国国教的维多利亚人有权执行十字军的使命,征服爱尔兰,不惜做出牺牲。

1910年时任英国首相的亚瑟·詹姆斯·贝尔福(Arthur James Balfour)在众议院发表同样论调的演说,证明"英国在埃及"的合理性。在这次演说中,他称英国人统治埃及是履行伟大的职责,"这一职责不仅是我们,也是整个文明世界赋予我们的使命"。"使命"(mission)在英雄崇拜价值观的怂恿下,已成为殖民扩张的合法而冠冕堂皇的外衣。这在萨义德的《东方学》中有精彩的论述。(萨义德,第37-60页)

为强占掠夺的行径披上基督教道德的外衣是维多利亚时代资本主义价值观念的一个典型特色，从上例的思维模式中可以明显地看出这样的特色。这种价值观念的虚伪性决定了其自相矛盾的表现形式。"贫困的根源在于懒惰"是对福音派通过勤奋工作改变命运价值观念进行推导的必然结果。这种观念在维多利亚时代很有市场。可是社会现实是：不少人因为不占有生产资料，即使想通过勤奋工作来改变自己的命运，也找不到可做的工作。从这些例子当中无不看出，"英雄"和"使命"等冠冕堂皇的辞藻与私欲和掠夺行径之间的矛盾是维多利亚时代价值观无法回避的焦点。掠夺者和被掠夺者之间又存在一种遏制和被遏制的关系，即掠夺者对被掠夺者的遏制。前者所寻找的伦理根据体现在格莱斯顿贬斥爱尔兰人的思维方式中，即宿命式的等级观念。这种宿命等级观念与通过勤奋工作可以改变自身命运的福音派观念也是维多利亚时代价值观念体系中自相矛盾的一种表现。

宿命式的等级观念既在维持资本家和工人的政治经济关系中起作用，在男女两性相对社会地位上也有充分的体现。只要稍加注意人们还会发现一个问题：无论是著名的普鲁塔克《平行传记》，还是卡莱尔的《英雄与英雄崇拜》，里面都没有妇女的身影。英雄是伟岸高大的男神。究其原因，依然是英雄崇拜价值观使然。

在一部《重塑维多利亚女王》的论文集中，编者认为，"维多利亚女王在英国历史研究和英国文化研究中消失是 20 世纪的现象"（Homan 2）。事实上，女性在维多利亚时代的话语系统中就处于一种无音或低音状态。在英雄崇拜的逻辑中，民族优越感合理合法，性别优越感合理合法。英雄是男性家长，他是利他的，他关心的是公众事务、国家大事，他的事业是崇高的；妇女的天地是家庭，活动范围属于私人空间，她的事务因而是私人性的。她从事的家务是鸡毛蒜皮、琐事，是渺小的，微不足道。妇女地位之低下，甚至没有做公民的资格。公民是那些男性户主自由人,"妇女、仆人、奴隶和拿工资的劳动者是下等人"(McClelland 100)。公众的与个人的(public/personal)分野成了英雄崇拜价值观区分优劣的分界线。

因此,维多利亚时代的几部女王传记虽然称维多利亚是"时代精神"(the spirit of the age),但都把热衷家庭氛围,注重私人空间的女王写得平常一般,以致后人断定"在需要纪实性传记材料的集子中,维多利亚有权入选的唯一许可证是她的那顶皇冠"(Alison Booth 72)。在《著名的英国妇女》(1884)或《当代著名妇女》(1869)之类的群传中,维多利亚被她的女臣民英雄的光辉照耀得越发黯然无色。而其他女性之所以才华卓著,是因为她们从事了公众事业,参与了国家大事。因此在这些传记中人们就会看到,当维多利亚女王逃出宫廷事务回到壁炉边、耽于小家庭的温暖时,南丁格尔在忙于重新安置帝国的机器,为公共大事业鞠躬尽瘁。[①]不关心诸如殖民政策等等国家大事的维多利亚女王被认为是无所作为;亲临海外战场前线的南丁格尔被尊为英雄,甚至在美国内战中被奉为妇女的楷模。

综上所述,维多利亚时代的价值观建立在重道德观念的福音派基督教教义和重利益的功利主义思想的基础之上,表现为上帝至上(往往以上帝的名义掩盖世俗的利益)、英雄崇拜(耶稣是最大的英雄)、大男子主义(女性和奴隶是低等人)、重公共事业(宏伟),轻私人空间(渺小)等特征,以道德戒律掩盖私利之心的虚假伪善

---

① 维多利亚时代关于女王的传记有:William Henry Davenport Adams, *Celebrated Englishwomen of the Victorian Era* 2 vols. (London: F. V. White, 1884);C. Crey, *The Early Years of His Royal Highness the Prince Consort* (New York. 1867a);James Parton and Horace Creeley, eds. *Eminent Women of the Age: Being Narratives of the Lives and Deeds of the Most Prominent Women of the Present Generation*(Hartford, Conn.: S. M. Betts, 1869).

是这一价值观的标志。

第二节 价值观的反抗

如果我们继续沿用传统的批评方法，将作品分为内容与形式两个部分，以此理论背景考察"新传记"，那么"新传记"对维多利亚时代价值观的反抗是全面的，既表现在内容上，也表现在形式上。在内容上的反抗使斯特拉奇为首的"新传记"作家获得了"偶像推倒者"(iconoclast)的评价；由此衍生的形式反抗一方面使斯特拉奇被欢呼者称颂为英国传记史上的第二个里程碑，另一方面也被反对派贬斥为不尊重史实的"胡编乱造者"(fictionizer)。本节将考察"新传记"在内容上的反抗。

在《传记的本质》一书中，著者约翰.A.葛拉提专辟一章，论述传记作家对传主的选择。诚然，一部传记诞生的初始原因多种多样，但是"新传记"作家对传主的选择明显带着反叛的意味。如果说维多利亚时代的传记对于传主的选择意在"塑造"英雄形象，"新传记"作家选择他们的传主则是意在大刀阔斧地剥离英雄身上的虚饰，"还原"传主的本来面目；或者树立反抗维多利亚时代价值观的楷模，或者以传记做矛，痛击维多利亚时代价值观的要害。在分析传记作家对于传主的选择时，里翁·艾德尔创造性地发挥弗洛伊德的心理分析中的移情概念(transference)，认为传记作家不可避免地存在移情作用，即传记作家会因为对传主的爱憎而不自觉地歪曲传主的真实面目。[①]按照艾德尔的分析，移情作用使斯特拉奇以爱恨交加的口吻为维多利亚女王、伊丽莎白女王和南丁格尔作传，在这些女传主身上投射了他母亲的形象。斯特拉奇的母亲"这位兰卡斯特门大宅的女

---

①Edel 14. 移情作用：见本书第 30 页注释②。

王,大权在握,说一不二,意志坚定,不可战胜",是斯特拉奇女性传主的隐性模特,因为他的母亲如同英国女王领导了英国历史的方向一样,有意无意地指导了斯特拉奇的生活方向。因此,斯特拉奇要做的是,通过传记写作反抗专横跋扈的母亲对他的控制。(Edel, *Writing Lives*:77)艾德尔还援引了霍尔洛伊德的《斯特拉奇传》中的实例证明他用移情说分析斯特拉奇的合理性。

移情说的确帮助从某些方面解释了传记作家在传记写作中的主体性问题,但也暴露出全面解释问题的局限性。这是因为事情往往不是靠几条理论加几段传记例证证明这般简单。①移情说只解释了斯特拉奇同个人家庭环境和自我小环境的关系,而忽略了他同社会大环境的关系,相当于切断斯特拉奇同社会的联系,而孤立地将他放在家庭环境的温箱里加以观察,然后做出解释。比如单靠移情说难以回答下面这些问题:斯特拉奇写维多利亚女王,为什么不写她身为国家首脑的宫廷之争、外交大事,却独辟蹊径,偏偏选取女王儿女情长的恋爱婚姻与家庭做展示传主性格的主要场景?他写伊丽莎白女王为什么要从有关她个人生活的传说(甚至是绯闻)展开,而将国事天下事居于全书从属地位?对于南丁格尔,他为什么一定要破除她手持灯盏的天使形象?坚持强调南丁格尔和陆军大臣赫伯特(Sidney Herbert, 1810–1861)好似性别错位?而且,在斯特拉奇所有的长短篇传记中,他也不只是以赞美的语气单单写女性。在斯特拉奇充满嘲讽的文字漫画中,戈登将军一面虔诚地信奉基督教,一面肆意违背基督教教义,但也看得出斯特拉奇对他临危不惧的英雄气概肃然起敬。在写李鸿章的短篇传记中,作者在对这

①传记的材料只可供参考,用于做佐证其证据性有待详查。英国当代著名传记作家理查德·霍尔姆斯说过:"传记作家总是要从许多已经充满虚构和再虚构的材料中建构起或组织出一个事实图案来。"见 Holmes, 1995:17.

位东方外交家不解的同时也流露出对他的敬佩之意。

所以移情说看问题有道理,但不全面,对于"新传记"作家对传主的选择问题,还需再从另外的角度来加以补充解释。移情说从传记作家主体的心理情感角度看问题,我们不妨再从作者主体的理性一面——"新传记"的哲学基础——对选择传主的问题加以考察。

"新传记"的哲学基础在其汲取的思想资源中形成。在前文分析中我们看到,"新传记"的思想资源有一个共同点,即反叛性。无论是穆尔哲学、罗杰·弗莱的艺术美学思想,还是弗洛伊德的心理分析,或陀思妥耶夫斯基的心理剖析,都贯穿着清晰的否定之线和反叛精神,这很好地解释了深受其影响的新传记为什么胆大妄为,锐意反叛,以杀父的姿态重写维多利亚时代的历史。加之受到20世纪初科学思想的影响,"新传记"的反叛在二元对立的哲学思想基础上展开。伍尔夫命名"新传记",其中就蕴含着二元对立思想的内涵,如同现代主义时期的其他文学艺术一样。所谓"新"喻示着还有一个对立面"旧";"新"与"旧"相反两极喻示着一种二元对立的紧张关系。然而这种关系紧张到什么程度?它反映了什么?在戏剧、小说与诗歌艺术中,张力是产生特定效果必不可少的艺术手段,但在现实中,张力恐怕是某种现象的信号(signifier),回答前面的问题首先要看"新传记"作家们对"新"与"旧"的概念如何界定。在伍尔夫一代人的眼里,"新"与"旧"是时代的标志。"新"意味着"反叛"的乔治时代(布雷德伯里,第163页);意味着平等的传记作家与传主的关系,意味着传记写作可以灵活引入小说技法,为了突出传主的个性允许有限度地跨越"真实性"的界限[①];意味着传记像小说与诗

---

①例如斯特拉奇为证明南丁格尔从小就具有做护士的倾向,虚构了南丁格尔童年缝补布娃娃断腿的情节。(EV 116)然而这种写作方法是危险的实验,因为传记的生命力是以"事实"说话。

歌一样同属文学艺术领域;"旧"暗示的是道貌岸然的维多利亚时代与用清规戒律束缚人的创造性和天性的维多利亚时代价值观;指的是传主与传记作家的主仆地位,流水账式的真实,无个性可言、索然无味的刻板传记和被当作历史的伟人传记,是按部就班、循规蹈矩的编年史理念。"新"与"旧"还标志着两个不同时代在价值观上的对立。"新"传记观重在刻画人性人格,用感性画面感受人物;"旧"传记观在于树立英雄榜样,用理性说教教育大众。"新"中蕴藏机智,生动活泼,颇富娱乐性,是人与人之间的交流;"旧"里含着盲从,古板僵化,极具工具性,是神与人之间距离。①

故而"新传记"哲学理念的基础是二元对立思维模式。因为"新"与"旧"的观念如此对立,截然相反,不可调和,"新传记"表现出的否定精神呈现强烈的反叛性和革命性。《维多利亚时代名人传》被评论为"反抗的行为,杀父的姿态";是"同老一代人的争吵,这种争吵出于个人的原因"(Ferns 48;Millicent Bell 53);正如同这个时期的思想史,"两极分化,比例不均;失去平衡"(Levenson 186)。应当说这是一种特殊的二元论。它强调二元,但不意味着各有其半,"一分为二"。这里的二元是极端对立的两极,水火不容的两元。"新"与"旧"的对立二元产生出许多相关变体:传统 / 现代、事实 / 虚构、上帝 / 世俗等等。互为两极的二元如此对立,以至在双方互动的紧张关系中,"破"与"立"成为"新传记"的斗争形式。在这个形式之中,二元论的动力学是"不破不立","破字当头,立在其中";"立字当头,破在其中"。"破"是根本,是目的,"立"从属于

---

①英雄崇拜实际上是神化了英雄,从而使得传主与读者的距离仿佛是遥不可及的神与自己之间的距离。见 Virginia Woolf, "The Art of Biography" and "The New Biography". Lytton Strachey, "Preface", *Eminent Victorians*. Edmund Gosse, "The Ethics of Biography".

"破","立"意味着"破"。在"新传记"的写作实践中,作家们或将传主当成"靶子"(斯特拉奇语——见《维多利亚时代名人传》前言),或将传主的生平当成展现理想的平台,其目的是通过"破"——直接打击——和"立"——展现理想——两种形式,反抗父辈的价值观,反思维多利亚时代。

为此,从"破"与"立"二元对立的哲学思想考察,我们可以得到另一部分答案。斯特拉奇选取的传主以显赫的历史性人物为多——他们不是国家首脑,就是社会名流。选取维多利亚女王和伊丽莎白女王为传主说明了什么?纵观英国历史,两位女王代表了两座国力强盛的巅峰。如艾德尔所总结,伊丽莎白为英国造就了一个无情的贵族阶级,英国开始在欧洲强大起来。维多利亚为英国造就了一个以家庭为中心的庞大中产阶级,英国在世界上强大起来。两位女王代表的是英国的过去,英国的历史;《名人传》中的四位名人代表的则是维多利亚时代的精神支柱。曼宁红衣大主教代表的是主宰英国社会支撑人民信仰的宗教,南丁格尔代表的是维多利亚社会倡导的博爱精神,阿诺德博士体现的是维多利亚时期的教育制度,戈登将军代表的是维多利亚时期四面扩张的殖民主义思想。在第一次世界大战结束的历史语境中,在怀疑主义盛行的氛围中,斯特拉奇选取标志着英国辉煌的历史和标志着维多利亚时期社会精神支柱的人物做传主,显然他要做的不是在满目疮痍的废墟上继续为英国的过去涂脂抹粉,因为这时的英国正处于"反叛的乔治时代","没有一个活着的英国作家可供当代作家们效仿"(Woolf, 1928: 11)。他要做的是"逆着潮流"重新解释历史,重新解释既定观念,"先睁开人们的眼睛然后再叫人们如何去看"(Ibid 22)。

在斯特拉奇传记文本中维多利亚时代崇拜的英雄被彻底改写。英雄不是伟岸高大的男神,不是传统观念中所谓道德高尚、心地纯洁的伟人。南丁格尔傲然挺立在男人之上,连连挫败男人的嫉妒和排挤,不断成功地实现自己的愿望。内阁大臣锡德尼·赫伯特已经是人中之杰,但是在他和南丁格尔的友好往来之中,他们的工作规则与常理不同:南丁格尔像男人一样"行动、决策、大获全胜",赫伯特倒像女人一样"鼓励、加油,在一旁鼓舞士气"。如此密切的友谊,非但"没有人说闲话。而且南丁格尔最忠诚的崇拜者之一是赫伯特夫人"(EV148)。然而南丁格尔是英雄吗? 斯特拉奇把赫伯特对作战部的改革功未成、人先死迁罪于南丁格尔执意改革的决心。"假如南丁格尔不是那么狠心,赫伯特不会死;然而那样她就不是南丁格尔了。巨大的创造力会产生巨大的毁灭力。完全是她的野心在作怪。"(EV 161)这就是说,如果英雄标志着有超常能力的人,具有这种品格的人未必是男人。而英雄壮举的背后未必是高尚感人的动机,卑劣的动机爆发出的力量也能产生外表英雄的壮举。

斯特拉奇有意为女性拨乱反正。在《维多利亚女王传》中,他对维多利亚晚年的昏庸表示愤怒,特意引录了维多利亚那篇歧视女性的信件:

> 1870年,她的眼睛落到一份支持妇女享有选举权的报告上,她提笔给马丁先生写信,表示了女王的愤慨:"女王最为急切地支持每一个能够对这场疯狂的、邪恶的'女权'运动及其所带来的可怕恶果进行口诛笔伐、并制止这场运动的人。女王自己这个软弱的女性打算不顾女人的情感与本性而对其进行遏止。女人——就该用鞭子痛打一顿。妇女选举权的问题使女王无比愤怒,不能自己。上帝创造的男女本不相同——那么就让男女两性各守其位。……是女人,却不做女人,这个人就会变得最可恨,最没有心肠,最令人讨厌,而且,男人要给软弱的性别提供的保护将用来保护什么人? ……"(QV 260)

维多利亚的愤怒表现了她的无知与昏庸，也表现了斯特拉奇对女性的同情。这使得一些学者认为斯特拉奇在反抗维多利亚价值观的过程中，对女性有所偏爱。艾德尔据此发展了移情说，近年学者据此发展了同性恋说。[①]但是如果全面观照斯特拉奇传记，他不只是出于同性恋心理，对女性表同情，更重要的是意在颠覆维多利亚时期的英雄观。在《维多利亚女王传》中，女王维多利亚并不是一个英雄。相反，在她丈夫阿尔伯特的比照下，维多利亚真正显出"性别的弱势"。比如晚年的维多利亚有多么愚蠢，对几十年间英国发生在政治、经济、文化上的巨大变化她愚昧无知，一窍不通，却耽于在臣民中掀起造神运动，把神性的光环套到自己头上。她根本不懂得 1897 年的英国是从 1837 年走过来的，不知道这期间工业发生了怎样的变化，科学和宗教与过去有怎样的不同。而相比之下，阿尔伯特对科学甚为关心，对宗教了如指掌，尤其重要的是他通达世故、精通能够洞察历史、使人向善的艺术。在仇外排外的氛围中，阿尔伯特没有怨天尤人，而是一如既往地拼命工作，直到生命的最后一息。所以在这部女王的传记里，英雄是维多利亚的丈夫、男人阿尔伯特。

那么伊丽莎白女王是英雄吗？在《伊丽莎白与埃塞克斯》里我们看到，伊丽莎白时代的宫廷看起来是彬彬有礼的上流社会，表面之下是残忍、腐败、咬牙切齿。（E&E 65）当培根的一名下属莫名其

[①]例如，巴利·斯波尔认为斯特拉奇之所以在传记中崇尚艺术，违反潮流，同情女性，实际上是掩盖他个人同性恋生活的悲剧。传记被斯特拉奇用作表现自我境遇的面具，这一做法对作者和读者都是一副解药。"斯特拉奇笑了，整个世界都乐了。"（Strachey smiles, and all the world is gay）意思是说，选择女性传主写作的过程医治了斯特拉奇的心理创伤，而他给人们奉献的传记也给读者带来阅读享受。Spurr 152.

妙地遭到惩罚,要被切掉耳朵时,伊丽莎白竟然会利用这个机会两面渔利。直到伊丽莎白战胜西班牙无敌舰队,一次次粉碎来自外国的阴谋,把她的宠臣送上断头台,伊丽莎白的形象是外表优柔寡断,内心坚强如钢。(E&E 265)伊丽莎白是胜利者、成功者、征服者,但她不是英雄。处决了埃塞克斯,她自己也迅速衰老。在她和埃塞克斯的情感游戏中,埃塞克斯是输家,但伊丽莎白也不是赢家。或者换句话说,斯特拉奇想表达的主题思想是,闪闪发光的王冠下面是比拼智慧的冷漠与玩弄阴谋的残酷游戏。这个思想听上去非常老生常谈,的确,维多利亚时期人们对伊丽莎白就有类似看法。对此,本文将在下一节中继续展开。这里引用伊丽莎白的例子,是希望说明斯特拉奇并不是像移情说所认为的那样,是在这部副标题为《一部悲剧史》的传记里做一回当王者的梦。斯特拉奇的目的是向维多利亚人的英雄观念发起进攻,重新解释英雄的含义。

再举一个英雄例子:我们熟悉的弗朗西斯·培根。即使在今天我们头脑中的培根仍然是智慧超人,颇富逻辑,是英国文艺复兴时期的光辉典范,其流芳百世的成就涉及许多领域,宛若一部百科全书。他充满睿智的警句式名言常常被我们看做是他的化身,他的至理名言给他留下一个哲学大师的形象。然而斯特拉奇似乎告诉人们,正是这些华丽的辞章,工整的修辞格式,貌似无所不包的比喻和饱含哲理的语言迷惑了世代人们的视线。像弗洛伊德在无意识理论中所描述,语言并不准确表达意识深处的存在。在《伊丽莎白与埃塞克斯》的文本里,真实的培根有着"大毒蛇"般的栗色眼睛和"变色龙"般的头脑。人性中宝贵的情感与同情心远离培根,为个人利益精心算计是他的本性。当埃塞克斯决心到伊丽莎白那里去为培根争取大法官的位置时,培根瞻望前程,会有高尚的念头,例如一展才华为国效力,然而高尚在他的全部动机当中所占比例太小,他像伊索寓言中的牛奶女工一样迅速幻想出这个职位即将为他带来的金钱利益和种种好处,他的野心愈发狂妄膨胀。然而当埃塞克斯成为叛军时,第一个背叛他的是他自认为的亲信、"明智的"培根。培根对当初提携自己的恩人落井下石,毫不留情。

再看伍尔夫的三部传记《奥兰多传》、《弗拉狮传》和《罗杰·弗莱传》的传主。奥兰多是什么人物? 在欧洲文学史的人物长廊里名为奥兰多的不乏其人。16世纪文艺复兴时期意大利诗人阿瑞奥斯托(Ludovico Ariosto, 1474–1533)写过一部传记性质的著名史诗《疯狂的奥兰多》(*Orlando Furioso*, 1516, 1532)。骁勇善战的奥兰多是为法国国王效力的一名意大利大将;莎士比亚戏剧《皆大欢喜》中的人物贵族奥兰多聪明善良但命运多舛,郁郁寡欢,仿佛不幸注定与他相伴。"啊,通过别的男人的眼睛看幸福,这有多辛酸",通过他的独白可以想见他的可怜处境。虽然伍尔夫在《奥兰多传》中提到非洲和法国风景,但显然她的奥兰多不是意大利军人,也不是莎剧中的轻喜剧主角。在《奥兰多传》的前言中,伍尔夫在一长串致谢名单中,提到感谢大英博物馆和英国国家档案馆为她写作此书提供的帮助,这似乎说明伍尔夫笔下的奥兰多在历史上确有其人。(*Orlando* 8)但是从奥兰多生活了三百五十年、先是男性后是女性的故事发展情节看,伍尔夫的这位传主显然是个虚构人物,《奥兰多传》是小说,而不是传记,是假传记包装的小说;或者,充其量是像一些评论家所说,是"仿传记"(mock biography)。①这似乎一下子划清了一个界限:《奥兰多》不适合在传记研究当中讨论。但是问题

①一般评论将《奥兰多传》直接看做是小说(fiction; novel);另有些评论将《奥兰多传》看做是历史幻想小说(historical fiction and fantasy)。(Marcus, 2000: 240)还有一些评论将《奥兰多传》看做是"仿传记"(mock biography)。Nadel 120; Roe, Sue & Sellers, Susan: xvi. 美国著名文学理论家哈罗德·布鲁姆认为《奥兰多传》是一部乌托邦幻想小说。其文笔的优美、喜剧场面的安排和人物塑造,使之成为伍尔夫有可能进入文学经典的五部作品之一。见 Bloom 438.

是,既然《奥兰多传》是小说,伍尔夫为什么要用小说形式假冒传记?在此写作过程中,小说家伍尔夫与传记作家伍尔夫有没有一定的联系?如果有,这是一种什么样的联系?从这个意义上来说,本文的考察范围中应当包括进《奥兰多传》。

还有另外一个事实:《奥兰多传》与斯特拉奇的《伊丽莎白与埃塞克斯》同年发表。这是巧合还是有特殊意义?伍尔夫为什么要写一部由男变女的贵族的虚构传记,而斯特拉奇要写一部五十几岁的女王与二十几岁的宠臣的历史浪漫故事?用移情说来解释,这是两位同性恋作家在各自的作品中描述了共同的梦想,表达了同样性质的个人情感——而个人的就是政治的。[①]人际的爱,而不是无法证明的神爱,才是文明的标志,性别不是生活的障碍。这种理想显然隐含着对维多利亚时代循规蹈矩的道德观和唯心主义哲学观的反拨。从传记角度讲,《奥兰多传》以仿传的形式,实现了当时"新传记"的一些目标——传记不仅不是像维多利亚人所要求的,是按部就班的貌似客观的记录,而是有许多可能性的艺术,绝对观念是不可靠的。《奥兰多传》将对维多利亚时代价值观的反思,重写大英帝国历史篇章的努力,和对于阅读的探讨全部糅进一个貌似"玩笑"的严肃疑问之中。然而奥兰多毕竟是虚构的传主,整个仿传不能遵循伍尔夫自己对传记艺术的要求:传记 = 大理石般不可动摇的事实 + 彩虹般多彩的人物性格。("The Art of Biography,"221–228)

[①] "个人的就是政治的"是英国现代主义作家反抗传统价值观的吁求之一。这种观点的前身是对19世纪"公众的"与"私人的"分野的争论。争论的中心是妇女的社会地位问题。19世纪流行的观点是男人 = 公众 / 国家、社会;女人 = 私人 / 家庭。"新传记"作家不仅有意识模糊"公众"与"私人"的界限,而且将"私人的"概念进一步引申为"个人的",在更深层次上质疑维多利亚时代价值观。见 Hall 30.

所以《奥兰多传》在本文的讨论中只限于被用来帮助说明"新传记"研究的某些问题。

回到前面的问题：伍尔夫为什么要选择奥兰多做传主？事实上，《奥兰多传》中除去传主生活了两个世纪，并发生了性别变化的貌似荒诞的情节以外，传主或原形在生活中确有其人。她是伍尔夫的同性恋朋友、尼柯尔森的妻子维塔·塞克维尔－韦斯特，但书中传主名字用了奥兰多。文本标记中的虚构贵族奥兰多其实叙说了真实贵族维塔·塞克维尔－韦斯特的某些故事。我们不免要问，即使伍尔夫有意要讲述一个亲密朋友的故事，她为什么要用奥兰多而不是其他名字作为替代？选择奥兰多这个名字有什么特殊含义？对于奥兰多名字的追踪将会揭开伍尔夫的原始意图。

伍尔夫嗜书如命，博览群书。在她的阅读视野中，有多少奥兰多出现过？我想起码有两个：意大利诗人阿瑞奥斯托的奥兰多和莎士比亚的奥兰多。

史诗《疯狂的奥兰多》叙述意大利军人奥兰多如何为法国国王效力，骁勇善战，疯狂追求爱情而未得。从故事层面上看这个奥兰多与伍尔夫的奥兰多没有任何联系。但是史诗《疯狂的奥兰多》在很大程度上也是述主人公故事的传记。从传记的角度看，《疯狂的奥兰多》和《奥兰多传》有许多其他共同之处，比方通过传记提出对现行价值观的思考和如何书写人的生平等；两部文本都批评了社会流行的价值观念与文学形式。《疯狂的奥兰多》描述了英雄骑士奥兰多如何头脑发昏，不惜一切追求缥缈的爱情，否定了中世纪骑士高大勇猛、一身正义、集人类全部优点于一身的形象，而代之以草率鲁莽、耽于不切实际的幻想的平凡人骑士形象；《奥兰多传》将传主置于超时代、超性别的框架之中，挑战了以绝对观念为基础的维多利亚时代价值观的性别模式与时间观念。传记的英雄观，性别观和对欲望目标的追求在两部不同时代的作品中得到了同样的挖掘。而同样的问题也成为两位作家关注的焦点,"阿瑞奥斯托质疑这样的说法,即人的一生可以被准确地描绘出来,伍尔夫质疑的是人的一生能否被写出来。两人都有一套叙事理论:一件艺术品包括人的一生中不完美之处,赞扬传主对理想的追求"(Kovalesky, "Abstract")。阿瑞奥斯托的奥兰多为伍尔夫提供了质疑传统的镜子,启发了她对传记写作艺术的深刻思考。

莎士比亚的奥兰多是喜剧《皆大欢喜》中的主人公。贵族奥兰多机智英俊善良,但运气不好,做了国王的哥哥出于嫉妒设法谋害他。罗斯琳(Roselind)女扮男装,巧设计谋机智地向奥兰多求爱,最后花好月圆。这启发了伍尔夫对作品进行更大胆的改写,不仅蔑视维多利亚时期的女性观,而且挑战如莎士比亚这样的经典大家,蔑视维多利亚时期的英雄观。她借用奥兰多,而不是罗斯琳的名字做传主,赋予他/她不只是易装的形式改变,而是彻底由男变女、生活跨越几个世纪的大变。在伍尔夫的笔下,是男人奥兰多和变成女人的奥兰多多次主动求婚,这整个颠倒了莎士比亚的文本策略,给严肃的经典开了一个大玩笑。伍尔夫显然是七十年后女性主义批评的先锋,她们采取了同样的颠覆策略。"女性主义批评在解释伍尔夫与布鲁斯伯里人的关系上发生了一次重大转变。他们不是研究布鲁姆斯伯里男人(如斯特拉奇,罗杰·弗莱,克莱夫·贝尔)如何对伍尔夫产生重要影响,而是转向研究伍尔夫同其他女性(维尼莎·贝尔、韦尔利特·狄肯森、维塔·塞克维尔 – 韦斯特、伊索尔·史密斯)在个人、性别和职业方面的关系。"(Marcus, 2000:210)奥兰多是伍尔夫为展示她的理想而设置的一个舞台。

对于弗拉狮的选择,至少有两方面的原因。弗拉狮是一条狗。为动物作传记,作者是不是出于"标新立异"的目的?毕竟诗人庞德曾笼统概括现代主义文学与艺术的特点是"出新"(make it new)(Ferns 48),也许伍尔夫的写作动机里有此因素,但这种解释未免使问题过于简单化。到 1931 年《弗拉狮传》发表时,动物传记不"新",也不"异",1802 年英国就已有威廉姆·宾利的三卷本传记《动物传》(*Animal Biography*)。(Nadel 184)如果不是为了"标新立异",那么选择狗做传主说明了什么?

也许回答这个问题首先要问另外一个问题:"可不可以为狗写传记?"虽然 1802 年英国有过狗传记,但 19 世纪下半叶道德至上、英雄主义的风气统领了维多利亚时代价值观。传记必须"具有教育意义、必须非常有用,能够帮助人,指导人,激励人"(Nadel 18–19)。显然这样的传记里只有伟人、高尚的人才能胜任传主的位置。在这样的框架中,没有思想意识的狗不仅绝对不能入传,它对擅长意识流写作的小说家伍尔夫本人也是一种挑战。所以虽然伍尔夫称写作《弗拉狮传》如写《奥兰多传》一样是开一个"玩笑",她在选择弗拉狮这条狗做传主时,就已经在无意识中暗含了对维多利亚时代英雄崇拜价值观的鄙夷。①

然而《弗拉狮传》的意义还不止于此——它在更广阔的背景上向维多利亚的宇宙观进行了挑战。《弗拉狮传》依据的理念显然是,动物与人一样有权入传。换句话说,在伍尔夫眼里,不仅传记作家与传主的关系是平等的(见伍尔夫文章《新传记》);动物和人的地位也是平等的,所以在人的范畴中,英雄与凡人也是平等的。在这个观点中,我们看到了弗洛伊德学说的巨大影响。②

---

①《奥兰多传》是跟伍尔夫的朋友维塔开生活玩笑;《弗拉狮传》是跟斯特拉奇用传记形式开玩笑。见 Quentin Bell 42.

②1914 年伍尔夫的丈夫莱纳德(Leonard)开始阅读弗洛伊德的《梦的解析》,准备为弗洛伊德的《日常生活病理学》写书评。伍尔夫虽然因为身患精神疾病,本能地拒斥弗洛伊德精神分析,但在与布鲁姆斯伯里人的交往中,不可避免地受到弗洛伊德学说的影响。[Roston 227(86n); Quentin Bell 20]

第一次世界大战之后,弗洛伊德在英国的接受情况和 20 世纪 80 年代在中国的接受情况有着相似的一幕。战争期间,弗洛伊德因为是敌对国的犹太人,他的著作禁止在英国翻译出版,战后弗洛伊德译著猛增,1919 年到 1925 年间,英国翻译出版了弗洛伊德著作 13 卷。只是最吸引英国知识分子注意力的是弗洛伊德建立在性与无意识的联系之上的心理分析。(Hynes 365)

但是弗洛伊德对 20 世纪乃至对未来世纪的重大贡献是:他改变了人的宇宙观。看看他对宇宙观的解释, 就可以领略他的学说(如果还有人认为他的学问还不足以称之为理论的话) 的革命性。弗洛伊德毫不留情地指出,人如此自信,以至创造出一种叫做"宇宙观"的形而上学概念。"它以某种凌驾一切的假定为基础,统一地解决我们生存中的所有问题。所以,它没有留下任何未做解答的问题。"(弗洛伊德,1987:190)这就是说,人太相信自己的理性,太自以为是,而人之所以如此,是因为人无可救药地具有自恋情结,这决定了他在茫茫宇宙中必将遭受来自科学研究成果的重大打击。结果,哥白尼的日心说、达尔文的进化论和弗洛伊德对无意识的发现重创了人的自尊心,使人不知所措,弗洛伊德称之为"三次重创"①:

1933 年英国学术期刊《细察》(*Scrutiny*)刊载一篇对斯特拉奇新作《人物与评论》(*Characters and Commentaries*)的书评。作者批评斯特拉奇的文学批评不过是一些华而不实的辞藻堆砌,认为斯特拉奇之所以能够成功,是因为他本能而直接地盗用弗洛伊德学说,随意自由联想,迎合了人们希望通过"人物"生平满足他们的幻想欲。作者认为斯特拉奇是影响布鲁姆斯伯里人的罪魁祸首,"伍尔夫最近表现出来的道德败坏与堕落(如她的《奥兰多传》、《普通读者》(第二集)、《弗拉狮传》)就是这种氛围最坏的影响之一"。见 Holroyd,1971:105–106.

①Freud,S.E. vol.17:143. 吉莲·比尔认为,另有英文译本将"重创"(loss)译作"创伤"(wound),足以可以见出这三次重创对西方人产生的重大影响。Beer,2000:9.

在文明发展的过程中，人获得了在动物王国中主宰同类的地位。然而，人对于如此高的地位仍不满足，反而变本加厉在自己的本性同其他动物的本性之间划出一条鸿沟。他否认动物也有理性，他给自己赋予了长生不死的灵魂，并声称他是神的后代，神允许他斩断他与动物王国之间的群体联系……我们都知道，半个多世纪以前达尔文与他的合作者及他的前辈们的研究结束了人在这方面的假设。人不是与其他动物不同的生灵，人也不是优于其他动物。人本身就是动物的后代，和某些种类的动物血缘关系较近，与另一些动物的血缘关系较远。（Freud, S.E. vol.17：140–141）

不自量力的人以谁为代表？在西方，基督教一直掌管着人的精神世界，教会神职人员自称是神的使者，是联结上帝与凡人的纽带。在维多利亚时代，以上帝为中心的精神领域如此强大，"以上帝的名义"渗透在一切官方行为、一切貌似正义的行动和一切冠冕堂皇的理由之中。神意味着正确、正义和伟大。所以弗洛伊德学说在伦理道德方面剥下了这些观念的人为面具，让人实实在在地面对真实的现实。在这个层面上，弗洛伊德学说对维多利亚虚伪的价值观不啻是致命的打击，它是《弗拉狮传》的理论武器，《弗拉狮传》是弗洛伊德伦理道德观的生动图解。

当然伍尔夫选择狗做传主，这其中还有移情作用的因素。弗拉狮，实有其名，是维多利亚时代英国著名诗人布朗宁夫人的爱犬。为这条狗做传记，显然与它的主人有关。伍尔夫一向仰慕英国雄厚的文学传统，对文学前辈满怀崇敬之心。但是对布朗宁夫人，她的敬意之中还有个人因素。原来布朗宁夫人的经历与她自己的经历有许多相似之处。她曾经这样描写布朗宁夫人：

　　她小时候母亲去世;她独自一人读了大量书籍;她最亲密的兄弟淹死了;她深受疾病折磨;她被暴君般的父亲关在维姆波尔大街上的卧室里,几乎就像关在修道院一样。(*Collected Essays*, vol. I:212–213)

　　这样的经历简直就像伍尔夫本人经历的翻版。伍尔夫 13 岁丧母;她博览群书;她亲爱的哥哥在她 24 岁时去世;她不断受到精神病袭击;她的父亲像暴君一样严厉,不苟言笑。就大环境来说,布朗宁夫人生活的时代与《弗拉狮传》写作的时代没有多大不同。(Hermione Lee 138)《弗拉狮传》的写作因而在某种程度上是伍尔夫一次自我感悟(self-revelation)的过程,讲述布朗宁夫人的故事也就是重历伍尔夫自己的故事,狗不过是担当了叙述者的角色,真实的叙述人是伍尔夫本人。

　　论述至此,再回到前面所提出的问题:伍尔夫为什么要用小说假冒传记? 与多数对斯特拉奇在传记中滥用小说技巧的批评不同的是,英国学者马库斯认为,在现代主义时期传记与小说是互为影响,相互渗透的。(Marcus, 1994:92)从历史上看,小说与传记的亲缘关系在西方由来已久,小说的诞生即是始自摹仿传记。一些小说的书名以人物名字为题,是这种摹仿留下的痕迹,例如笛福的《摩尔·弗兰德斯》、夏洛蒂·勃朗特的《简·爱》、狄更斯的《大卫·科波菲尔》等等。这也是巴赫金在小说研究中专辟一章"古希腊罗马的传记和自传"讨论普鲁塔克传记的一个重要原因。(巴赫金,第324–340 页)但是《奥兰多传》与《弗拉狮传》在 20 世纪初的英国文坛傲然挺立,显得独树一帜。作为狗传记,《弗拉狮传》貌似沿袭了1802 年威廉姆·宾利的三卷本《动物传》开创的传统。但《动物传》的副标题"真实的动物类生平、礼节及其经济的奇闻"传达出全书的写作宗旨:严肃而认真地娓娓道出动物的故事;而《弗拉狮传》的特别之处是它的"戏说"、玩笑意味和游戏态度(颇具后现代意味,也许后现代文学从这里汲取了灵感)。①《奥兰多传》展露的则是对时间、生命、历史和文学的忧虑、沉思和冥想,但却把这一切包裹在虚虚实实的评述之中,以多彩的自然景观和哲学思考映照人物的思想活动。作者的超然没有反射出距离的冷漠,反而表现出对主人公的哲学关怀。②

英国学者米范姆认为,小说家伍尔夫本人其实根本不相信传记,用虚构手法写作《奥兰多传》与《弗拉狮传》纯粹是为了开玩笑,

①《弗拉狮传》一开场就让人感受到作者的故作认真,例如:"举世公认,本回忆录的主人来自一个最伟大世系的家庭。因此它名字本身的来历古老得让人记不住了,这就不奇怪了。好几百万年前,现在的西班牙还在形成的躁动不安之中。多少代过去了;植被出现了;在有植被的地方,大自然法则命令道,出现兔子!在有兔子的地方,上苍命令道:出现狗!这里不需要有什么疑问或评论。但是如果我们要问为什么那只逮兔子的狗名叫巴儿狗,就不免疑问重重,困难重重。"(Flush 11)

"就像恋人把他的情人唤作怪物或是猴子,西班牙人把他们的爱犬叫弯钩或曲曲弯,因为巴儿狗根本不是那样……"(Flush 12)

②例如:"……(奥兰多)还有一件更鲁莽的事情要去做,而她确实做了。她邀请蒲伯先生同她一起回家。因为,倘若赤手空拳入狮窟属鲁莽之举,乘划艇航行大西洋属鲁莽之举,单腿立于圣保罗大教堂之顶亦属鲁莽之举,那么独自与一位诗人回家,则是鲁莽中之鲁莽。诗人将大西洋与狮子集一身。一个溺死我们,一个咬死我们。我们即使能逃脱狮口,也要葬身汪洋大海。一个能够摧毁幻觉的人,无异于洪水猛兽。幻想之于灵魂,如同空气之于大地。没有好稀薄的空气,植物就会死去,色彩就会褪尽,我们行之于上的地球就是一堆烧焦的炭渣,我们踩踏的是灰泥,炙热的鹅卵石灼烤我们的双脚。了解真情,我们就完蛋了。生活就是一场梦。梦醒之后,我们就会死去。夺走我们的梦想,等于夺走我们的生命……"(伍尔夫,第116–117页)

调节写小说的疲劳。(Mepham 174)用开玩笑与调节疲劳来解释伍尔夫以小说仿传记的事实未免使问题流于表面。透过现象的表面,我们看到,作为小说家的伍尔夫在两部仿传中主要还是在做着弗洛伊德所说的"艺术家的白日梦",但与此同时,她对维多利亚时代价值观所支持的维多利亚时代的传记理念进行了攻击,表现出她对传记真实性的深刻怀疑。维多利亚时代的价值观认为英雄是崇高的,伟大的,为了保持英雄的真实,传记的材料只能严格地如实照搬照排。在伍尔夫看来,不要说英雄本身的事迹是否绝对高尚而伟大是一个值得思考的问题,通过语言表述的传主的事迹是否真实可信同样令人怀疑。传记家艾德尔发现,传记读者对传记中的事实很少抱有怀疑,在读者的观念中,传记和照片差不多。(Edel, *Writing Lives*:38)伍尔夫的两部仿传就是表明,传记的真实性并非凿凿可信,严丝无缝,像维多利亚时代的人所认为的那样。一般传记读者过于相信传记的形式,在相当的程度上把传记真实性的保障寄托在传记的形式,而不是传记的内容上。无论传记的内容是否属实,以传记形式包装的外貌依然呈现出一副传记的面孔。在很大程度上,传记的形式决定了人们对传记内容的信赖。伍尔夫这一近乎虚无主义的观点彻底否定了维多利亚时代传记的理念。

《奥兰多传》和《弗拉狮传》为伍尔夫反抗传统观念、锐意实验创新提供了一个广阔的天地,《罗杰·弗莱传》则把伍尔夫从想象世界拉回现实世界。表面上看来,伍尔夫为罗杰·弗莱做传,正应了葛拉提所划分的作者"选择传主"几种类型之一种:传主找上门来。(Garraty,1964:155–177)罗杰·弗莱去世后,其亲属请求伍尔夫为他作传,伍尔夫欣然同意。但伍尔夫同意为罗杰·弗莱作传,一是因为罗杰·弗莱是她的朋友,另一方面在伍尔夫眼里,罗杰·弗莱是反传统的现代派伟大导师。艺术评论家罗杰·弗莱素称布鲁姆斯伯里群体的智囊,他加入到布鲁斯伯里文化圈中,使得这个松散的团体从以讨论哲学为中心变为以讨论艺术为中心。他的反传统美学思想提倡普通人的艺术人生,深深影响了斯特拉奇、凯恩斯和伍尔夫这些布鲁姆斯伯里人。在美学观点上罗杰·弗莱堪称那个时代的先声。1910 年,弗莱在伦敦第一个举办后印象派画展,首次将法国画家高更、凡·高、塞尚介绍到英国,伦敦评论界对这些完全违反传统的再现艺术的画展报以一片"震惊"。这次画展成为伍尔夫划分现代与传统的分界线,她断然宣称,"在 1910 年 12 月左右人的性格变了"(Woolf,1928:4)。罗杰·弗莱的批评才能使得他的观点对现代派文学和艺术产生了巨大影响。他提出,"审美品质的根本与形式有关";这一观点激发了庞德进行意象诗的实验,促成了新批评理论的形成。他从弗洛伊德对肛恋的分析,看到弗洛伊德学说的伟大意义:"认识到我们的精神本质不过是建立在粪堆上,这是医治所谓高贵气质和道德教诲的上好解毒剂。"(Hynes 366)所以伍尔夫为罗杰·弗莱做传,是在以立的形式张扬反传统的思想。

外交官尼柯尔森选择的传主几乎是斯特拉奇传主的深化翻版。斯特拉奇写两位女王,尼柯尔森写维多利亚时代最富影响的文人之一桂冠诗人丁尼生。斯特拉奇要人们透过伊丽莎白的袍子去看真实的女王,尼柯尔森在《丁尼生传》中居高临下地宣告那一代人的讽刺立场:"今天我们含笑面对维多利亚时代的人。"(E&E 11; Nicolson,1923:1)斯特拉奇通过中学校长汤姆斯·阿诺德讽刺维多利亚时期英国的教育制度;尼柯尔森通过回忆他的家庭教师和他在牛津大学的几个同学进行了同样的进攻。不管是家庭教师还是大学教授,他们都在编织欺骗自己也欺骗他人的谎言;英雄的概念在那位家庭教师的矫揉造作之中,其实是一个虚拟的、没有真实意义的字眼,是一个她不断设法让自己相信,也让孩子们相信的幻象。英国外交部的运行机制透过牛津大学教授、外交部职员和佣人的表现,显得荒唐可笑,最后连作者本人也成了嘲笑对象,就像伍尔夫所说:"每一个传主都在他/她那面明亮的、不断缩小的镜子里反射出不同的尼柯尔森……如是,尼柯尔森似乎是在说,我们主要生活在我们朋友的镜子里面。"(*Woolf*, "The New Biography,"233)

但有一个问题,即使尼柯尔森有意步斯特拉奇后尘,像斯特拉奇一样反抗维多利亚时代的价值观,像他一样锐意在形式上创新与突破,独具匠心地将自传与小说、自传与他传巧妙地结合在一起,但他所选择的传主,譬如丁尼生,有什么特殊意义?丁尼生作为维多利亚时代的突出代表人物,几乎是维多利亚时代文化层面的化身。20世纪初,英国大部分老一代人把维多利亚时代看作是一个和平安详、国力强盛、充满闲情逸致的时代。(Johnstone 267)外国人如法国作家莫洛亚也只是认为,维多利亚时代像人类许多时代一样,虽有非常可笑之处,也有令人赞羡之处(Maurois 6-7);但在"新传记"作家眼里,维多利亚时代的强盛其实是一种极富欺骗性的幻象,各种矛盾被掩盖在貌似辉煌的丰功伟绩下面,虚幻遮盖了真实,而帮助建构起这个大幻象的是维多利亚时代的两种英雄:军人和文人。因此,重写《丁尼生传》,就是要重新描绘丁尼生的真实面孔,重新解释历史。在尼柯尔森的笔下,诗其实并不是丁尼生用来发现真理的场所,而是被他充当先知的预言台,为统治阶级的道德观念服务,"充当先知就是充当道先生"(斯特拉奇语,见 Maurois 127)。维多利亚时代的道先生意味着死守刻板的原教旨绝对观念,在绝对观念的自恋情结里陷得如此之深,以致不可能以超然客观的态度看世界,从而无法洞察世事,探求真理。苛刻的道德信条不仅不能使社会真正步入真善美,反而以僵化呆滞控制、束缚了人。如果英雄不是探索真理,从而实现真善美的终极目标,而是靠几近幻想的想象去预言,这是不是太具讽刺意味了呢?

第三节　"新传记"的话语

虽然在最初阶段许多评论认为斯特拉奇的《名人传》从社会效应上、表现手法上和传记观上都有前人的传记理论与传记实践的成果铺路,它的成功几乎是水到渠成的结果,但有学者认为,作为整体现象,"新传记"像现代主义小说一样,与传统有一种突然断裂感。"新传记"猛烈的反叛精神常常被解释为肆无忌惮地"推倒偶像",有时被看做是第一次世界大战之后突然出现的、史无前例的愤怒之音。美国学者阿尔提克断言,《名人传》带着猛烈的反叛精神突然出现在第一次世界大战结束的时候,如同18世纪末鲍斯威尔的《约翰生传》一样,事先没有任何预示性征兆。(Altick,1966:283)的确,从传记艺术的角度考虑,斯特拉奇的传记成功地使传记重新回到鲍斯威尔之后丢失已久的文学传统,这一点是他前面的传记作家不可比拟的。《名人传》之前的《卡莱尔传》和自传《父与子》虽然揭露了被奉为神明的宗教的虚假伪善,大胆挑战了维多利亚时代的价值观,但是在传记叙事艺术上与维多利亚时代的传记传统相比,没有特别突出的革命性变化。故而,在这个角度上,斯特拉奇的出现仿佛突如其来,他的传记堪称英国传记史上的第二座里程碑。然而,如果我们把各种因素考虑在内全面地考察"新传记",比如"新传记"作家为什么既写传记同时也发表传记理论?"新传记"为什么锐意攻击基督教?"新传记"为什么如此大胆地进行形式实验?我们会发现,"新传记"的产生并非突如其来。

1900年爱尔兰诗人叶芝有过一段关于时局变化的描述:"人人都从高跷上下来了;因此没人喝酒还要再带上黑咖啡;没人发疯了;没人自杀了;没人加入天主教会了;或者有人加入但是我忘

了。"①这段话非常玩世不恭,语气中既透着"新传记"式的讥讽,也有"新传记"提倡的超然态度,并且隐含着二元对立的思想。今天的变化暗示了过去的社会面貌。维多利亚时代向人们承诺的通过努力工作就能致富,就能获得救赎,就能走向幸福的价值观给人提供的不是真实而是幻觉,犹如没有向人们提供脚踏实地的鞋却给了人仿佛提高了却时刻都有摔下来可能的高跷;与此同时,功利主义与及时行乐的快乐主义态度又导向世俗的时髦,土产酒加进口咖啡曾经是维多利亚人追逐的时尚;当科学发现严重地打击了掌管精神生活的宗教时,宗教在民众当中的统治地位崩溃了。上帝不在了,没有人再相信原来的那些圣经教义;而寄生于维多利亚时期基督教信仰躯体上的过度自信,矫饰虚伪,虚假冷漠等等精神,也随之枯萎下来。接踵而来的,是各种观念发生了变化。如福柯所发现,这个时期人们对疯癫的定义也有了新的解释,持不同观点、无辜的非理性的人不再被歧视作疯癫,因此"没人发疯了"。曾经身受严格的道德戒律的禁锢与世俗社会生活活动激烈竞争双重挤压的人,解除了宗教观念对人的精神束缚,自杀的人少了。②

　　叶芝的描述表明,在 20 世纪初,宗教已经失去了原先的精神统治地位。尽管叶芝的描述中没有猛烈批判基督教,他玩世不恭的超然语气和嘲讽态度却显然是 20 年后现代派作家们的先驱。这段

---

　　①叶芝举出天主教会的例子,泛指包括天主教在内的基督教在人们心目中的地位一落千丈,而不是单指人们不再信天主教。见 Ellmann 115.

　　②当然关于这种变化还有许多其他原因,福柯即从马克思主义理论的角度解释了这一变化。他认为 19 世纪末人们改变了对疯癫的看法,是因为禁闭"影响劳动力市场"——用于禁闭的"传统的慈善事业"被认为"是一种有害的财政支出"。福科(说明:本书引用了两个版本的"福科"文献,其译者采用了不同译名。此为《疯癫》一书引文),第 206－224 页。

文本既描述了当时极富特点的变化，又代表了当时一代作家的敏锐观察与文学创作风格。这种风格在爱德华时代延续下来。关于爱德华作家，伍尔夫曾有一篇著名文章把包括 E.M.福斯特、斯特拉奇、乔伊斯等人在内的作家划入乔治时代①，以别于之前的爱德华时代②里的"四大名家"(big four)，即 H.G.威尔斯、班奈特、哈代和高尔斯华绥四位著名作家，仿佛这两个时代的作家截然不同，完全没有任何相关性。的确，从写作艺术上，四大名家与现代派之间的确呈现一条清晰的分界线。但不可否认的是，在观念上，爱德华时代的作家们就像叶芝一样，开始了在世纪之交时已经形成的越来越强的否定语境中对传统观念的反叛与批判。这种批判精神孕育了"新传记"，预示了它的诞生。经过爱德华时代这一段承上启下的时间，"新传记"的反叛如同"新传记"的艺术一样，不是突如其来，而是渐至猛烈，目标逐渐明晰的。所以，爱德华时代是研究"新传记"不可跨过的一个阶段，这个时代在很大程度上确定了"新传记"的反叛方向。

"新传记"向维多利亚时代价值观猛烈进攻的靶子之一是基督教，这固然是由于在维多利亚时代的价值观中，福音派教义与功利主义思想结合之后产生了充满虚假伪善的意识形态，给社会带来

---

①乔治时代：1910—1936 年。

②爱德华时代：1901-1909 年。伍尔夫对作家的时代划分所依据的标准显然不是严格的时间概念，而是思想观念与写作风格。所以虽然福斯特在爱德华时期已经发表了四部有影响的小说《天使惧于涉足的地方》(1905)、《最漫长的旅行》(1907)、《看得见风景的房间》(1908)和《霍华兹庄园》(1910)，她仍将福斯特归在乔治作家当中。这种划分代表了当时一类人的观点。见 Woolf, 1928: 4. 埃尔曼认为"爱德华时代"一词更多的是隐含了社会意义而不是文学史的意义。见 Ellmann 113.

巨大影响,但是重新审视基督教却是从爱德华时代就开始了,爱德华时代最明显和最重要的变化是人们的宗教观的变化。科学发现与社会进步在维多利亚时代晚期打破了福音派基督教教义制造的种种神话,宗教至上的价值观瓦解了。曾经给人以安全感的宗教失去了信众,上帝消失了。与之相适应,意识形态领域和社会话语系统也发生了变化。与维多利亚时代上帝至上观念相呼应的话语系统中最重要的概念"使命"、"牺牲"、"真理"、"公正"和"上帝"等遵从神的意旨的宏大字眼消失了,代之而起的是"职责"、"责任"或"义务"等与人有关的平实概念,mission 换上了 duty。职责代替了使命,向神负责变为向人负责。人重新成为关怀的对象。

　　duty 取代 mission 的意义是什么?作为一个伦理概念,duty 本来意思是因道德、法律或宗教的原因而义不容辞的责任,即义务。康德曾经非常强调建立在理性基础上的"义务",认为所谓义务是使人向善,而不是使人幸福。义务的内容不是满足人取乐或寻找幸福的自然本性。康德提出善的意志(Good Will),即做正确的事,尽职,或遵守道德法律。义务就是义务,不管你想不想做,你必须去做。康德认为,最高的道德准则是,"你在行动时仿佛不是受意志驱使,而是你的天性使然"。康德坚决反对功利主义一切从功利目的出发的思想,反对把行善看做是手段,而始终把它看做是目的。因此,维多利亚时期的价值观强调的义务与康德的思想大相径庭,在福音派基督教描绘的彼岸世界的遥远目标里,mission 的意义庄严而神圣,代表了为国家利益、民族利益、所谓大多数人的精神历程而奋斗的宏大事业,而 duty 作为道德戒律对个人的强制性要求,成了实现远大目标的辅助。在维多利亚时代功利主义的思想中,每个人必须尽"义务"为上帝勤奋工作,目的是为了到达那个彼岸世界。当宗教消失了,与之相关的话语系统渐次退场时,duty 突出到前台,并被赋予新义。G.E.穆尔的《伦理学原理》中重新确立了 duty

在伦理意义上的外延与内涵。按照穆尔的定义,"义务"的伦理学意义是:"比任何其他可能的选择都会在世界上产生更多的善的行为。"(Moore 198)也就是说,相当于汉语意义上的"义务"、"职责"、"责任"、"责任感"等概念的最终指向是善,或者说善是这些概念的最终目标。而穆尔强调这种善不是遥远的、无法证明的存在,结果好的事物即是善。因此职责代替使命,意味着以神为本的价值取向转向以人为本,人走进了社会舞台的中心。

为了善的目标,责任感驱使人把警醒社会当作己任,同时也能听从正确建议。而有能力警醒社会的人必定是具有远见卓识的人,是知识精英。因此,在宗教消失后受到强调的 duty,其基础是对人的理性的强调和由此引发的精英意识。也就是说,对于社会的弊病精英们不能视而不见,他们必须承担起拯救或医治社会大自我的义务而责无旁贷。

从爱德华时代起,责任感意识是作家们的明显特征。作家们把拯救社会当作自己义不容辞的责任,其动机带着鲜明的入世色彩,很有宗教情怀,只是从爱德华时代现实生活成为人们瞩目的对象而非上帝至上的基督教。①在责任感的驱使下,针砭时弊,向维多利亚时代价值观开火被知识分子们视为向善的职责。著名传记作家高斯 1903 年发表评论,鼓励传记作家勇敢地揭露传主的缺点,但要不怀敌意,不作强调,"这不是选材的问题,而是责任(duty)的问题"(Gosse, 1962:118)。也就是说,传记要揭露,这已不是传记艺术自身的内部问题,而是一个关乎善恶标准的伦理问题。小说家 H. G. 威尔斯发表系列科幻小说,因为他感到有责任告诫人们,科学无

---

①爱德华时期,宗教消失,但与之相适应的话语系统没有马上形成,因此,人们仍然沿用过去的宗教概念表述上帝死亡之后的新观念。见 Ellmann, "Two Faces of Edwardians"。

节制发展会带来什么样的负面影响。斯特拉奇强调，"伟大的史学家的首要责任（first duty）是做一名艺术家"（Strachey，1909：20），从艺术的视角考察历史是史学家必须履行的第一项职责，因为艺术具有发现真实的眼光（vision）。对于维多利亚人为福音派所鼓吹的神的目标而无限放大的世俗职责（duty）的含义，用 duty 的高尚责任感掩盖个人的野心和个人的非分之想，斯特拉奇报以辛辣的讽刺。①在斯特拉奇的笔下，南丁格尔在克里米亚战斗前线的几里路长的伤员病床忙碌了一天之后，她还要处理大量信件，这是"她所有的责任（duty）中最令人敬畏的一项"（EV 134）。"令人敬畏"一词反衬出可笑的救苦救难的形象。而戈登将军服从 duty 的范围远远超出军人应尽的职责，基督教赋予的无形义务是他自觉服从的最高义务，他在随身携带的袖珍本《圣经》上读到的是，"跟从上帝的指引是人义不容辞的职责；而如果上帝的手指向大起大落的巨变，那么背过身去离开那个方向不仅是徒劳的，也是不虔诚的"（EV 211–212）。那么哪里是上帝指引的方向？在戈登的足迹中，他镇压过同为基督徒的中国兄弟，在非洲杀戮了与他拥有相同信念却被称为异教徒的"野蛮人"。这些行为与《圣经》的教义显然大相径庭，因此"上帝指引的方向"其实是维多利亚时代为帝国主义殖民主义扩张侵略寻找的上好借口而已。

斯特拉奇虽讽刺维多利亚时代盲目尊神的责任感，同时也认为上帝消失固然使人们摆脱了虚假伪善，矫揉虚饰，却也造成了一个巨大的真空，以致一切陷入混乱，一切显得不踏实，如伍尔夫所描写的："所有的事物都在我们周围晃来荡去；我们自己也动来动去。"为乔治时代辩护的伍尔夫，盼望评论家能够拨开迷雾，于混乱

---

①斯特拉奇嘲讽维多利亚时代的责任感，认为那种责任感建立在基督教的绝对观念的道德观之上，与爱德华时代向人负责的责任感有着本质的不同。

之中指点迷津:"难道评论家没有责任(duty)告诉我们,或至少去猜测,我们正在往什么方向发展?"(Woolf,1958:11)在《罗杰·弗莱传》里,伍尔夫再次明确阐明责任的重要性:

> (艺术评论家)的诸多职责(duties)不仅仅限于进进出出画廊之间。艺术家与大众之间无论如何应当沟通起来。艺术评论家的责任(duty)之一是负责艺术家的作品受到公正的经济待遇。(RF 97)

责任感使得知识分子在上帝消失、精神世界出现真空时,自觉担负起拯救社会的职责。这意味着他们不仅要表达思想,向社会发出忠告;也要能够听取精英的忠告,将理论化为实践。斯特拉奇的写作实践就是一例。双行法是斯特拉奇传记的一个艺术手法,这一手法是在自觉接受英国传记作家库克的理论基础上发展而来的。库克认为:"在传记里和在小说与戏剧中一样,对比与衬托常常非常有用:英雄需要一个坏蛋;如果传主的材料里能够恰好提供一个坏蛋,那么对一部好看的传记就是格外的运气。"(Cook 282)库克的双行法是一正一反对照式的。在斯特拉奇的传记文本中有很明显的双行法对应:

$$《名人传》:曼宁主教-纽曼主教$$
$$南丁格尔-约翰爵士$$
$$戈登将军-伊芙林爵士$$
$$《维多利亚女王传》:维多利亚-阿尔伯特$$
$$《伊丽莎白与埃塞克斯》:伊丽莎白-埃塞克斯$$

看得出来,斯特拉奇发挥了库克的双行法,不仅有敌我双方的正反双行,也有亲情关系和友情关系的双行。斯特拉奇的双行法视野更加宽阔了。以斯特拉奇的《维多利亚女王传》为例,在交织着多重视角、多重人物内在关系的背景下,《维多利亚女王传》并排着一条双重叙述线索:维多利亚的故事和阿尔伯特的故事。女王与丈夫阿尔伯特的言谈举止形成如此鲜明的反差,使人不禁联想到17世纪荷兰画家伦勃朗(Rembrandt Harmensz Van Rijin,1606-1669)的人物肖像。伦勃朗用光与影的强烈对比突出人物的精神面貌,使画中人的面部产生出醒目的真实感。斯特拉奇用阿尔伯特的冷峻、有条不紊,在排外情绪之中的苦闷心态和极度的敬业之心反衬女王的平庸与无常。纵然在阿尔伯特死后的近四十年里,阿尔伯特依然是一个影子主宰着斯特拉奇笔下的维多利亚女王。当女王屡屡遇刺需要修改宪法以保护皇室人员时,维多利亚会想到已故丈夫处理这种事务的态度(QV 240);她之所以没有随心所欲,置国家大事于不顾,是因为"也许对于阿尔伯特严格避免走极端的怀念使她没有走入进退两难的境地"(QV 262);时代在进步,而维多利亚的宗教观在激烈的宗教改革的大变动时代根本没有变化过,即使原来的宗教信念"也许还是阿尔伯特的观点影响了她,因为阿尔伯特在宗教问题上的看法是先进的"(QV 259);王权的衰落也看得出来两人的对比。观维多利亚加冕后的几十年生涯,1840年到1861年王权力量上升,但这是阿尔伯特苦心经营的结果;此后王权开始衰落直至1901年,那是因为阿尔伯特亡故的缘故。(QV 261)

所以,斯特拉奇发展了库克的传记艺术主张,把英雄与坏蛋的双轨模式发展成超过敌我关系的多种变体。这也容易理解,因为英雄的定义不再像维多利亚时期那样绝对,人们的观念已经接受了相对论的世界观。在反传统的语境中,旧观念被否定的同时,一切都有可能。在斯特拉奇双行法里两个对立的面中,有的从当事人角度看是敌我关系,在读者看来未必。例如戈登与伊芙林,在当代后殖民主义理论家看来,他们都是殖民主义分子。维多利亚和丈夫阿尔伯特,主人公自己不认为他们是敌我关系(维多利亚认为他们是恩爱夫妻),读者更不这样认为。伊丽莎白与埃塞克斯长期看是情人,短期看有时却是敌手。斯特拉奇传记里主人公英雄 / 坏蛋身份不明朗,这给心理分析批评派搭设了一个良好的解剖手术台。所有的二元对立关系都可看成自我的两个面,有如一枚硬币的两个面没有好与坏之分。也正是基于心理分析的这种假设,一些批评认为斯特拉奇的双行法是受了普鲁塔克平行传记的影响。不能说斯特拉奇没有受过普鲁塔克的影响,历史学家向来是斯特拉奇关注的对象。但是对《名人传》产生直接影响的是库克和爱德华时期其他作家的影响,库克的《南丁格尔传》(1913)是《名人传》的参考书目之一。斯特拉奇在前言中特别指出,没有这本书,"尽管我自己的研究规模与考察角度都与它大为不同,但不可能完成我的目标"(EV ix)。

另外一例是传记中的故事安排。请看《名人传》中南丁格尔传的第一段:

> 人人知道南丁格尔的事迹。那位圣人般的、富于自我牺牲的妇女,出身高贵却为了救护伤员,把安逸生活抛在一边的纤弱女子,那位手持灯盏的女士,穿行在斯库特战地医院的恐怖之中,用她善行的光辉把生命垂危的士兵的病床看作神圣不可侵犯——这一切我们耳熟能详。然而事实真相并不是这样。事实上的南丁格尔并不是简单的想象所描绘的那副形象。她是另外一种风格,目的也是另外一个。驱使她的那些动机是大众根本想象不到的。现在,不管那些小鬼是什么,都让我们甚感兴趣。因此真实的南丁格尔身上有趣的东西比传奇中的多;招人喜爱的东西却少得多。(EV 113)

从现代叙事学的观点看，这一段落明显沿着故事的语法结构"时间、地点、人物、做什么"展开，"斯库特战地医院"既表明了地点，又暗示了时间——克里米亚战争；人物：南丁格尔；"用善行的光辉把生命垂危的士兵的病床看作神圣不可侵犯"，是人物的所作所为。但是这似乎只是故事的背景，故事的结论在下面昭然若揭——事实上的南丁格尔是另外一种风格，其动机是芸芸众生根本想象不到的。将故事的结果在开篇就交代开来，固然是小说中的悬念手法，但这一故事模式也是实践了另外一个小说理论的观点："一个故事的结论应当包含在它第一页的精华之中。"这是 1914 年美国作家爱迪丝·渥顿（Edith Wharton，1862–1937）发表在《泰晤士报文学增刊》（TLS）上有关小说艺术的重要观点。（Ellmann 127）

既搞艺术创作同时也探究理论问题，是现代派们的一个共同特征。诗人 T.S.爱略特的《荒原》是现代主义文学的经典，其理论篇章《传统与个人才能》是现代主义文学的精华。在本书的三个研究对象这里，每一位作家既发表传记，也发表传记理论。这种现象的背后也是责任感意识的一个外化表现。现代主义时期的作家们认为明智的人有责任担负起传达新思想的义务，在精神废墟上重建文明。然而对精英的期待，对智慧的指望并不只是生自爱德华时代，这也是一次大战后普遍流行的幻灭感的重要原因。人们曾经想当然地假设社会名流必定具有强烈的社会责任心与责任感，相信他们的决定必定饱含智慧、千真万确，但这一信念被第一次世界大战的炮火打得粉碎，满目疮痍、尸横遍野的废墟彻底摧毁了西方人的信念和信心，信任危机于是紧随而来，愤怒与玩世不恭的情绪在所难免。人们感到残酷的现实终于让他们看到了事实真相。奥地利传记作家茨威格愤慨陈词，其感遗憾："1914 和 1918 年我们亲眼见到，战或和的具有世界历史意义的决定不是出自理智和责任感，而是由性格最成问题的缺少理性的幕后人物做出的。"（茨威格，第88页）英国作家 E.M.福斯特概括大战给人们带来的影响时，心底一片荒凉。"大战导致人们对于一切事物产生了幻灭感，却不带任何悲剧因素。对一切事物的责任（duty）、意志、自律都失去了价值，神秘主义与无私意识受到怀疑"（Advani 200），如果理想残存了下来，也变成了观望，斯特拉奇等作家"不想完善自己也不想完善这个世界"①。不难理解，在这样的氛围中，"新传记"为什么大量采用讽刺语气。道德感被战前称之为"为保卫文明而战"的世界大战打得落花流水，原来坚实可信的东西，现在荡然无存。前所未有的荒原废墟破坏了人们最后的一点信念，也给了"新传记"等现代派作家以锐意实验的机会和环境。"新传记"作家不想完善这个虚伪的世界，不想再用它腐朽的道德标准完善自己，而是想彻底打破它，以艺术为出路，在艺术的形式上寻找各种可能，创造一个新世界。他们相信罗杰·弗莱的观点：形式即是内容。追求形式就是追求真理。在他们看来，这是他们义不容辞的职责和义务（duty）。

　　第一次世界大战被许多评论认为是形成"新传记"作家强烈的反叛精神的重要原因之一，因为第一次世界大战滋生了怀疑主义情绪，并使之在西方社会普遍流行起来。哲学上的怀疑论不相信既定观念中的真实性，在生活中的表现是怀疑传统观念所宣扬的真实价值。怀疑主义不仅像上面福斯特和茨威格的话所显现的，影响了英国和奥地利，也影响了所有参战的欧洲国家。新弗洛伊德主义代表人物埃里希·弗洛姆战时正在德国，在他的回忆中，1918 年他

---

①福斯特的话本身是战后玩世不恭社会风气的一种表现。斯特拉奇等现代派作家并非不想完善自己完善社会，而是不想按照维多利亚时代的价值观念去行动。他们反抗维多利亚时代的价值观，把艺术放到第一位，这些都是向善的努力。

正陷入重重困惑之中，对所发生的一切感到不可思议，他"越来越深深地怀疑一切官方的意识形态和声明，坚信'我们必须怀疑一切'这个论断的正确性"（弗洛姆，《在幻想锁链的彼岸》：第 7 页）。在英国，19 世纪末宗教信念大厦坍塌之后怀疑主义已经在人们迷茫的精神状态中露头，世界大战的浩劫给人们的精神创伤上再添新痛，使怀疑主义在一战之后成为主流。到爱德华时期，人们开始对维多利亚末期的宗教进行批判性思考，对维多利亚时期的价值观进行反思，这些在一战后形成洪流。在怀疑主义的氛围中，从爱德华时代开始出现反思基督教的作品，勃特勒的自传体小说《众生之路》和高斯的自传《父与子》在这样的气氛中得以出版。乔伊斯的自传体小说《一个青年画家的肖像》中质疑基督教的主要部分写于这个时期（1907–1908 年）。斯特拉奇《维多利亚时代名人传》中的"红衣大主教曼宁"部分于 1912 年开始动笔。穆尔的反基督教道德观的《伦理学原理》也在 20 世纪初出版。高斯 1903 年在《大同世界》杂志上发表文章《传记中的伦理》，从理论上将维多利亚时代宗教至上的道德观公然逐出传记写作。他的观点非常鲜明："要把一个男人的传记写得既有价值，又有趣味，让认识传主或与他相关的人叫好，这是不可能的，更不要说写女人的传记了。"这就是说，传主认识的人越多（因此这类传主往往是名人），他的传记可能越发枯燥。否则，传记作家的处境就会非常尴尬，甚至窘迫。因此，传记写作实际上等于一场冒险，但他鼓励传记作家，"下定决心，不要怕沾上某些原罪"；不要害怕越轨，正确的作法是应当考虑"如何在良好的审美趣味和善良的情感范围之中尽量去越轨"。（Gosse, 1962:113, 114）

反思基督教的一个结果是，维多利亚时期英雄崇拜的价值观贬值，英雄的角色和概念受到质疑。维多利亚时期卡莱尔盛赞英雄，坚信"英雄崇拜是一个永恒的基石，时代可以据此重新确立起来"（卡莱尔，第 24 页）。当卡莱尔宣扬的英雄对普通人仿佛是遥不可及的神时,另一部畅销书《自力更生》(*Self Help*, 1859)从功利主义出发宣扬只要自助,人人可以成为英雄。作者鼓动人们不要靠制度,不要等伟人,恺撒来了会带来专制;靠自力更生,就能创造幸福。在爱德华时期,作家们开始质疑幸福的背后是不是自力更生的美德,英雄是否伟大真实。康拉德 1904 年发表的政治小说《诺斯特罗谟》(*Nostromo*)展现了物质如何征服了英雄,使英雄成为道德败坏的人。萧伯纳的剧本《巴巴拉上校》(*Major Barbara*, 1905)表现了现实中"英雄"的丑陋面目,道貌岸然的背后是最不光彩的行径。威尔斯的《托诺-邦盖》(*Tono-Bungay*, 1909)展露了英雄与坏蛋在一个人身上大起大落的荒诞性。但是,爱德华时期作家对英雄价值观的质疑都落在社会这张大网上,而没有继续深入下去,这在现代主义作家看来,是在主题外围打转,不得要领。"新传记"作家从更深的层次上质疑并讽刺了英雄的价值观。比起爱德华时期的作家,他们得益于弗洛伊德精神分析学说、大战激起的普遍性幻灭与愤怒,和蓬勃发展的现代主义艺术运动。

然而值得注意的是,爱德华时代的作家抛弃宗教观念,却没有抛弃宗教语言。宗教消失后,新型话语系统没有及时跟上,原来的宗教话语被保留下来,但被赋予新意。无论是"义务",还是"奇迹"都已经改变了原来的意义。前面已经论述过"义务",另外还有"奇迹"也是突出一例。既然上帝死了,圣经意义的奇迹消失了,生活被当作新宗教;与之相对应,生活中的"奇迹"被用来指生活中不可思议的事情。(Ellmann 116–117)H.G.威尔斯的自传体小说《托诺·邦盖》(1907)里的人物说:"我真正想谈的恰恰是生活。"(Ibid 120)但现实生活不像上帝那样是令维多利亚人确信无疑的英雄;生活有时不但没有生气,而且非常无聊,常常让人捉摸不定。伍尔夫的叙述人评说奥兰多参加的伦敦社交活动时说:"社交界既是一切,又什么也不是。社交界是世上威力最大的调制品,又根本不存在。"

（伍尔夫,第110页）爱德华时代的作家发明了"生活奇迹"的创作方法,即在艺术创作的过程中改变自我。埃尔曼（Richard Ellman）举例说,叶芝的《演员女王》(*The Player Queen*)里的人物一再申明,一个人越下工夫装扮成某人,他就能够成为那个自我或者那个面具。(Ellmann 121)改变自我的方法到"新传记"作家那里达到出神入化的地步。斯特拉奇可以进入传主的意识,与其共思想,共感受,而没有人工痕迹,一切显得天衣无缝(seamless)。(Woolf, "The Art of Biography":221–228)当伊丽莎白为如何处理叛逆的埃塞克公爵费尽心机时,我们看到第三人称显现的内心独白:

> 也许她也疯了。难道她没有看出来自己正在走向崩溃?让他自由,叫他一贫如洗,让他蒙受耻辱,但给他留一条生路;这么办,她是不是选择了一个最危险的办法?她一辈子都热衷于中庸之道,这曾为她带来所有的荣耀,而眼下这中庸之道竟然成了一种偏执,就要让她无计可施。她全身瘫痪了,顾不上在意即将降临的厄运。（E&E 237）

作者离开了叙述者的位置,在他人自我的躯壳里表演起来,在文本效应上实现了叙事更加生动的效果。

从另一个角度看,改变自我实质上意味着关系的改变,创作主体的我可以把握我的写作方向,把我和我的写作对象的关系变成我和我自己的关系。这种关系的改变如伍尔夫所说,是传记作家从奴仆式的地位上升到平等的地位。关系改变了,传记作家在奴仆地位时的各种束缚解除了,这不仅使作者有可能用意识流的形式扮演传主,也为作家提供了用人与人之间的关系看问题的角度,从而发现了新的内容。用这种方法阐释的传记文本产生的结果不是令人赞羡和敬畏,而是使人为之惊叹。比如维多利亚女王和仆人的关系。维多利亚丈夫去世后,她对贴身男仆约翰·布朗显得忠心耿耿。(QV 236)布朗对她指东道西,批评训斥,维多利亚不但没有勃然大怒,反而好像很欣赏。原因是这位阿尔伯特带来的仆人常常使她想起过世的丈夫。(QV 237)在这里,斯特拉奇利用又一个事件说明阿尔伯特是英雄,维多利亚很平庸。她表面上高高在上,是统治万人的君主,实际上和仆从(社会等级的另一端)是一类人,甚至在仆人之下。这才是她对仆人的欺侮不但不生气,反而很开心的真实原因。

尼柯尔森的《某些人》里也重复了维多利亚的故事模型。外交大臣科曾伯爵在外交场合上叱咤风云,不可一世。但他的一些表现却和他的那位没有受过多少教育的黑人男仆阿科托尔区别不大。这位仆人不是醉酒就是生病,置外交场合于不顾,科曾的下属们辞退他的那天晚上,科曾像奴仆一样顺从地答应给下属们背诵丁尼生的诗,对于仆人的被辞退,他感慨万分:

> 我年轻的时候,也会笑话我的上一辈人。但是年青人都是没有同情心的。你们今天晚上上楼后会在背后笑话我。今后你们会学我如何摹仿丁尼生的样子。然后事情就这么传开去。……我,为阿科托尔感到难过啊。我喜欢那个人。(SP 212)

从生活中人与人之间的关系出发阐释传主,在维多利亚时期是不可想象的写作策略,阐释的结果令持有传统观念的人不可思议,甚至愤怒。这一写作策略的变化既是由生活变成新宗教之后的一个结果,也是社会变化的一个反映。所以伍尔夫强调20世纪初世道变了(Woolf, 1928:4-5),在很大程度上,在新世纪里是人们关于人际关系的观念变化了。

综上所述,虽然伍尔夫坚持乔治时代的作家与爱德华时代的作家有着本质区别,但"新传记"作家明显承继了许多爱德华时代开始的风尚，正是在爱德华时代开创的氛围中他们完成了自己的话语表述，在价值观的反叛中进行艺术形式的实验。同时，我们也发现，如果把"新传记"比喻成一个试管婴儿，那么在促成其诞生的种种条件中有爱德华时期对基督教的全面质疑、第一次世界大战带来的怀疑权贵和讽刺语气；此外，还应当补充一条，文学传统与文化传统所提供的文学底蕴（包括维多利亚时期）。①文学传统滋养了包括"新传记"作家在内的现代主义时期作家，在语言文字层面实现了从现实主义到现代主义、从维多利亚时代的传记到"新传记"的转变。

传统是一柄奇怪的双刃剑。它僵化的规则，过时的戒律往往严重阻碍新思想、新形式的诞生；而新思想、新形式的诞生往往也借助于传统惯用的语言修辞篇章结构常规，或者诞生于对传统的新言说。所以，细读现代主义作家，他们笔下的传统踪影显而易见。伍尔夫的丈夫在给斯特拉奇的信中曾为他的发现甚感惊讶——他们的笔法竟然与亨利·詹姆斯1904年发表的《金碗》很相似（Quentin Bell 177）；斯特拉奇和罗杰·弗莱被有些评家认为是维多利亚人。（Honan 41–42）猛烈进攻维多利亚时代的价值观的人如何与此同时扮演维多利亚人的角色？ 反传统与传统之间如何实现矛盾的统一？

我们可以通过下面的例子，进一步探讨"新传记"在文化层面与传统的联系。

第一个例证是斯特拉奇的《伊丽莎白与埃塞克斯》。这是一部在接受市场上通俗文化与高雅文化发生碰撞的传记，一面它的市场销量居高不下，另一面评论家认为它是一个大败笔，将关注焦点对准斯特拉奇失败的原因。伍尔夫认为这部传记的失败是因为缺

---

① "新传记"对维多利亚时代价值观的反抗常常借助18世纪的文学传统思想，但在本文中对传统的讨论主要限于维多利亚时期的传统。

乏足够的原始材料,作者只好用虚构填补空白,而虚构与事实水火不相容,见了面两者会互相毁灭对方。虽然弗洛伊德本人给斯特拉奇写信,高度赞扬了斯特拉奇在这部传记中成功的心理分析尝试,但指责斯特拉奇滥用心理分析的批评者不乏其人,人们尤其不能接受作者要从"女王的王袍下面看过去"的态度。(E&E11)然而在大量的评论中,评家的主要视点集中在真实与虚构、心理分析的真实性和成书的时间因素对传记的环境影响等等,很少有评论像类比斯氏其他传记一样,把《伊丽莎白与埃塞克斯》与维多利亚时代价值观相联系,个中原因耐人寻味。诚然,这其中有许多因素,譬如,到 1928 年《伊丽莎白与埃塞克斯》出版时,英国社会大气候已经发生了变化,虚假伪善的维多利亚时代的价值观已经不是社会生活的中心,人们关注的焦点是战后社会文化的重建问题。真实性、客观性成为问题中心。而另外一个重要原因是这部"悲剧史"的传记文本在许多方面继承了传统,符合了人们的审美习惯。斯特拉奇笔下的伊丽莎白心狠手辣,冷漠无情,这种形象的安排恰恰是维多利亚时代伊丽莎白文本的延续。

在英雄崇拜的维多利亚时代,造神运动从来没有停止过。许多学者认为伊丽莎白时代的伟大辉煌是维多利亚时代的叙事造就出来的。伊丽莎白时代的力量来自两种身份的人:作家与水手。伊丽莎白时代的作家成了超越时代的作家;伊丽莎白时代的水手使英国海军称霸海上。但是后世对伊丽莎白的评价却是另外一个故事,也许从伊丽莎白画像的变迁可以看出些许端倪。在 1850 年之前的画像里,苍老的伊丽莎白面色铁青,一幅难以取悦的形象,画面中同时出场的大臣不是侧影,就是背影,卑躬屈膝。1850 年之后,为了迎合维多利亚生儿育女的需要,画像内容变成三岁伊丽莎白、伊丽莎白在皇家幼儿园、伊丽莎白登基等等。小伊丽莎白可亲可爱,勤奋好学。维多利亚时期的历史学家托马斯·阿冰顿·麦考利

（*Thomas Abington* Macaulay，1800–1859）在公开讲演中称赞维多利亚比伊丽莎白"温和"、比伊丽莎白"更好"。（Watson 94）油画的变化表明在维多利亚时代对伊丽莎白女王的叙事中，在大众的文化记忆里伊丽莎白强悍但不可爱。

有两个有代表性的文本具体体现了这个时期人们对伊丽莎白的看法：一个是著名的《与文学家和政治家的想象谈话》（Walter Savage Landor，*Imaginary Conversations of Literary Men and Statesmen*）；另一个是引起 1848 年大讨论的油画《伊丽莎白女王发现自己不再年轻》（Augustus Leopold Egg，*Queen Elizabeth Discovers She Is No Longer Young*，1824–1853）。前一个文本中对伊丽莎白的描述几乎没有人影，伊丽莎白身上展现的是一个凶猛的动物世界，狡猾、凶狠、苍老却依然咄咄逼人——

> 那两排长长的雪貂牙，把那张脸切分得比例恰当，好似一根削了皮的黄瓜倒挂着。那狐狸般的眼睫毛和那眉毛！两只野火般的眼睛宛若她的舌头一样能言善辩，又如她的爱意一样灵活多变，那眼睛里闪烁着如此的目光——好像山豹打哈欠时的目光……神啊！这只皮包骨头的苍鹰，垂垂老矣，只剩下两只利爪和那一身羽毛。（Landor 177）

也许男性作者对女性，尤其是女强人的苍老最为感兴趣，但爱戈的油画《伊丽莎白女王发现自己不再年轻》要表达的是一个问题，以及由这个问题引起的思考：伊丽莎白为什么突然衰老了？在爱戈的油画中，伊丽莎白面带愠色，大臣们似乎在向她请罪，一位宫女手拿镜子却从伊丽莎白的背后照过来。据这幅油画的解说词称，这幅画构思于伊丽莎白最后一次生病。她要人取来镜子，而二十年来她没有照过镜子。这场病在她处决埃塞克斯之后加速了她的衰老。伊丽莎白永不衰老的神话被这幅油画戳穿了——爱戈用油画书写了一篇政治檄文。当代学者对这幅油画的阐释是,伊丽莎白"在处决埃塞克斯之后非常忧郁,这致使她发现了自我;她的罪过似乎以突如其来的崩溃性衰老形式显现出来"(Watson 91)。受爱戈油画的影响,1845 年圣诞前夕的儿童剧演出中,伊丽莎白是一个穿着女人衬裙的男人。1875 年另一幅油画《伊丽莎白一生中的事件》(David Wilkie Wynfield, *Incident in the Life of Elizabeth*)直接为埃塞克斯鸣不平。画中的伊丽莎白故作真诚,埃塞克斯真正感动得五体投地,作者的意图昭然若揭:伊丽莎白不仅欺骗了埃塞克斯,也欺骗了制造伊丽莎白神话的同代人。(Ibid 92)

如是,相对斯特拉奇而言,维多利亚时期的伊丽莎白故事是一个潜伏着的前文本,在斯特拉奇打算改变写作方向,探究那一段千古谜案的爱情故事时,这个前文本被唤醒,被使用,为他提供了"清晰的表述能力"(萨义德 282),从而形成 20 世纪初受弗洛伊德影响的明确话语。

第二个例证是伍尔夫的《罗杰·弗莱传》。从创作思想和写作风格上,《罗杰·弗莱传》都是最接近维多利亚时代传统传记的典型文本。伍尔夫曾在日记中写道:"罗杰·弗莱的传记能写六本书:情感与艺术。"(转引自 Rustin 1, 5)但实际情况是,在伍尔夫的纪实作品中,甚至是在她所有的作品中,《罗杰·弗莱传》的读者最少。这部传记出版后的四十几年中,颇受批评界冷落,"评论家们将其看作与她主要作品不相干的怪异作品(anomaly)。伍尔夫的大多数作品另行出版过新的版本,唯有这部严肃的正宗传记被排除在外"(Gillespie xi)为什么这部传记会受如此冷遇?艾德尔在《为生命而传:传记写作原理》一书中将《罗杰·弗莱传》和《奥兰多传》当作两个典型个案,用大量篇幅讨论了事实与虚构的问题。他高度赞扬《罗杰·弗莱传》如何尊重事实,表述如何艺术,繁简处理如何恰到好处。从传记写作的技艺来说,艾德尔的评论中肯准确,但这不等于说,《罗杰·弗莱传》技艺精湛,堪称传记精品。相反,伍尔夫有意回避的东西,成了导致这部传记最不受欢迎的主要原因。伍尔夫在这部传记里回避了什么?我们发现,富有特色的小说技巧在这部传记里黯淡了。与《奥兰多传》和《弗拉狮传》相比,具有伍尔夫特色的诗性语言、内心独白、意识流、闪光的思想评论等等在艺术家弗莱的传记里转为暗色和低调,而力求客观但却机械冷漠的语言时而展现在聚光灯下,多姿多彩的生动语言只用于表现静态的形象描写。另外,罗杰·弗莱在传记里是一个为真理而奋斗的战士,他大胆支持冲破传统观念的后印象画派,以求实的态度,用犀利的分析证明后印象派的艺术魅力。作者仿佛忘了高斯所强调的,传记作家就是要在富有同情心的范围内尽量去"越轨",即说实话(Gosse,1962:114);忘记了斯特拉奇所主张的"传记作家的任务不是唱赞歌;而是袒露事实"(EV ix);也忘记了她自己赞叹过的 20 世纪传记发生的可喜的变化,而在 1940 年的《罗杰·弗莱传》里树立了一个维多利亚时代的传记英雄罗杰·弗莱。[①]从语言层面上看,套用尼柯尔森的理论,我们可以把《罗杰·弗莱传》的失败看做是事实的科学性毁灭了传记的文学性。但是如罗杰·弗莱本人所认为,一切形式都是有意味的,伍尔夫回避小说技巧,用貌似客观的科学语言营造"客观性"与"真实性",意在掩盖她在传记里所未述或不能述之事的尴尬。亨利·詹姆斯曾把故事与小说的关系比作针与线的关系,艾德尔借题发挥,认为在传记中选材与设计就是针与线的关系,也就是说传记的设计离不开选材。(Edel, *Writing Lives*:86,204)从选材上看,罗杰·弗莱的事迹光彩照人,思想超前,富有

---

① 伍尔夫指出 20 世纪初发生一个可喜的变化,传主的亲属心胸坦荡了,从而使得传记艺术发生革命性的变化成为可能。Woolf,"The Art of Biography":222.

人文主义精神;作为传主,弗莱恰是维多利亚人锡德尼·李和库克等人所提倡的"有建树的人"。从传记内容上看,《罗杰·弗莱传》是一座伟人纪念碑。传主饱含智慧,坚韧不拔,奋发向上;为真理而斗争,英勇顽强。罗杰·弗莱被描绘成一尊完美的雕像,没有缺点,没有道德习俗中不能接受的污点。或许不能说《弗莱传》这部形同维多利亚时代葬礼式传记是伍尔夫有意回到老路,继承"新传记"作家所竭力反对的维多利亚时代传记传统,但这反映出另外一个传记里至今没有解决的问题:传记的伦理问题,即死去的人是否应该保留隐私。

在伍尔夫的其他文本中,我们甚至为其中的维多利亚时代文学传统的美而惊叹,英国学者吉莲·比尔认为,伍尔夫是维多利亚时代文学传统的集大成者:"维多利亚时代风格的写作到哪里去了?罗斯金的重叠式长句、卡莱尔式的比喻、狄更斯式的怪诞抒情……发生了什么事情?有一种回答是,这些风格都跑到伍尔夫的作品里了——有些还发生了奇特的变化。"(Beer,1996:92)对于没有大量的英国文学传统经典文本和英国文化知识积淀的中国读者来说,最让我们把伍尔夫同19世纪文学传统联结起来的恐怕是两者相同的思想。在我们读到《奥兰多传》中乐此不疲的景物描写、天气描写与时间描写时,我们很难不联想到19世纪的风景油画、罗斯金的画论和英国人世纪末的焦虑。比如《奥兰多传》里关于钟声、追云的描写。在那些声与色追逐、钟与云竞赛的描写中,意象派的艺术宗旨、世纪末的焦虑全都展现在一派混乱的气氛之中。那云走得急,钟声敲得紧,黑色压得让人透不过气来,一如19世纪约翰·康斯泰堡的油画。但我们不禁要问,庞德的话固然有道理,用自然界的物体做最恰当的象征,伍尔夫为什么偏偏选择云?乌云有什么特殊的意义?在维多利亚时代的艺术评论家罗斯金的《现代画家》里,我们看到了两条平行线。"云的服务"是罗金斯主张的一个美学原则。风景中的运动是罗斯金的理论和伍尔夫的描写中很重要的一个内容。罗斯金的画论中使用了"闪"、"浸透"、"吹"等动词表现风景画的意蕴;伍尔夫用了"聚"、"扩散"、"敲"等动词表现风景里的情绪。罗斯金的画评中，美感来自愤怒的云与云间的裂缝相对比;阴影与白云相对称;日出对日落;人与草对应……;伍尔夫的描写里，美感在乌云与城市、黑暗与璀璨的灯光、声声紧的钟声与云行走的速度的对比烘托中产生。

在斯特拉奇和尼柯尔森的传记里也有相当的维多利亚时代"画意"。《名人传》被许多评论家认为是一部充满英国现代主义时期著名漫画家迈克斯·毕尔波姆(Max Beerbohm, 1872–1956)的"漫画精神"的文字漫画，其具体形象更像法国现代主义作家鲁韦尔(André Rouveyre, 1879–1962) 的人物漫画。1901 年，毕尔波姆在《漫画精神》一文中的理论总结仿佛是《名人传》的写作指导:

> 完美的漫画是，在一个小小的平面上，用最简单的手段，最精确的夸张，最恰如其分地表现出一个人的各种特点——在他最典型的时刻表现他最优美的姿态。(Beerbohm, 1928:148–149)

如果说斯特拉奇用传记漫画名人使老一代人不能接受，认为这是大逆不道的推倒偶像行为，其实，用绘画手段漫画人物、或漫画体面的名人却在维多利亚时期就已开始。每周一刊的漫画杂志《名利场》(*Vanity Fair*, 1869–1914)副标题是"政客、社会名流、文学大师一周展"，其"目的是揭露当代虚荣心及其当事人"，政界要人、教授、社会名流等都受到了夸张的讽刺。尼柯尔森的传记《某些人》里面描述的教授形象可以说是莱斯利·伍德(Leslie Wood)[①]题

[①]杂志《名利场》的专栏画家。

为"教授"漫画的文字说明。"新传记"这些明显的努力表明,作家们试图用文字描绘绘画艺术和小说艺术所欲表达的速描意图,这一方面使传主形象更加切近真实,另一方面扩大了传记艺术的可能性。

在语言层面上,帮助"新传记"实现反叛与实验目标的却是传统的语汇与句法结构。斯特拉奇的传记里充满陈旧的华丽修辞结构,伍尔夫的文本中透着唯美派佩特(Walter Pater, 1839–1894)崇尚的美丽,尼柯尔森的笔法里带着狄更斯的叙事风格。语言学家罗曼·雅各布森说过,说话与写作涉及两种作用,"对某些语言单位进行选择和把它们组合成更为复杂的语言单位"。而在正常的言语行为中,隐喻与提喻都在不断起作用,因文化模式、人的个性与语言风格的影响而偏重使用一个,压抑另一个。(洛奇,第451、452页)这也就是说,在正常情况下,无论对语言的选择和组合是使用或构成隐喻还是转喻,比喻是言语行为中的必然现象。戴维·洛奇通过现代主义小说书名的变化印证了雅各布森的论断:现实主义小说是转喻性的。他进而推断现代主义小说是隐喻性的,例如现实主义小说的书名往往以地名、人名为主;而现代主义小说往往具有很强的隐喻性,如康拉德的《黑暗的心灵》、E.M.福斯特的《印度之行》等。从这个意义上说,《维多利亚时代名人传》的书名也具有非常现代的意味,"名人"的意义不只局限于四位传主自身的一生,而是象征了维多利亚时代价值观的精神支柱。但是具体到文本层面,"新传记"的语言结构遣词造句更多地反映了另一种比喻形式——传统的比喻形式,在此试举两个典型例子。

第一个是关于军事用语的比喻。斯特拉奇在《维多利亚时代名人传》的前言中一个突出特点是运用军事用语比喻词形容传记作家与传主的关系。斯特拉奇要求传记作家要出其不意地向传主发起进攻;从侧翼,抄后路。在第一次世界大战的背景下,这些军事用语的比喻连同四位名人的传记一道无疑产生了强烈的讽刺效果。斯特拉奇的潜台词仿佛传达着这样一个信息：发动大战的名人们要人们，既然你们好战，我们就共同使用战争话语较量一番。但问题是，如果对名人，特别是道貌岸然的传主，发动袭击这可以理解（因为在斯特拉奇一代年青人看来，大战正是被英国所谓名人权贵们策划挑动起来的），但是斯特拉奇在《维多利亚时代名人传》前言中并没有对传主详加界定。这样一来，他的观点就可以看做是针对传记艺术的一般性论述，适合任何传主。那么，即使我们可以把斯特拉奇如此阐发他的传记观看作是他反抗上一代人的义愤之举，仍不免感觉他的打击面太广。传记作家大可不必对所有传主横眉冷对。事实是，在对《维多利亚时代名人传》诸多的指责性批评中，人们主要谴责斯特拉奇对事实的精确性不够，为了媚俗，有时不惜捏造事实，是推倒偶像者（iconoclast）等等。而对于被"新传记"追随者誉为宣言书的那篇前言，除了认为它没有新意外，没有其他非议。为什么？这有些耐人寻味。难道在历年的批评家那里，出其不意地袭击传主这种主张言之有理，或是老生常谈？原来，如同这篇前言中使用的"工匠"比喻来自18世纪的约翰生一样，军事用语的比喻来自维多利亚时期广义的文学传统。

美国学者霍德曼的研究表明维多利亚时期人们喜好使用军事用语的比喻。卡莱尔被比作勇敢的战士，说真话无所畏惧；同时也是一个好斗分子，被视作希特勒的先行者。（韦勒克，第109页）人生在他看来是一个刀光剑影的战场，人的任务就是全力以赴投身到这场战斗中大干一场，在恶劣的环境中磨炼自己的性格，使自己有所成就。如果作家选择传主都有艾德尔所说的移情作用，那么卡莱尔所选择的两位传主恰好表达了他的斗士思想。他在《约翰生传》的文章里赞誉约翰生具有"一名真正战士的精神"；在《斯特令传》（*The Life of John Sterling*，1851）中盛赞斯特令如何勇猛，不怕胜败,具有真正的兵的风范。维多利亚时期的科学语言也使用军事性用语。达尔文把生物进化看做是竞争的结果,《天演论》(*Evolution and Ethics*,1893)作者汤姆斯·赫胥黎在此基础上把人的一生比作西西弗斯向山顶滚石头的过程,社会的道德进步因此被看做一场同自然本性力量较量的"格斗"(combat)。人生是"求生的斗争"(struggle for existence);是连续不断的任意战斗(free fight);在他评判达尔文《物种起源》(*On the Origin of Species*,1859)里的生物进化思想时,他的警告所使用的比喻也非常具有战斗性:"一个作家如果执意要把自己的教条当作武器,他最好手抓这件武器的把柄,而不是锋利的刀刃。"他以丁尼生鼓舞士气的诗句结束题为"天演论"的演说:"意志坚强 / 努力、寻找、发现、决不屈服 /……然而在到达终点之前 / 还可以做一些崇高的壮举。"[①]由此我们可以看出,军事用语在维多利亚时期已经成为公式化比喻语言,沉淀在大众记忆之中。传记向来被认为是死者的纪念碑,把造碑的过程看做是一场你输我赢的战斗,一次传记作家同传主的军事较量,也许在当时的人们看来是顺理成章,因而只把斯特拉奇划归"偶像推倒者"行列而不多加其他评论。

第二个是科学术语"解剖"的比喻。尼柯尔森在《英国传记发展史》中写道:"创作性传记需要的不只是判断:它需要科学的解剖,这种严格的超然物外的科学观是自传作家永远无法传达的。"(Nicolson,1933:15)这即是说,传记是一种解剖活动,按照这个比喻,传主是待解剖的尸体标本,传记作家面对的是解剖对象,他必须按照科学的要求进行工作,而不掺入任何其他杂念。只有这样,传记才能保证其科学的真实性。马库斯认为尼柯尔森的这种比喻从科学角度把传记从伦理道德、社会习俗的束缚中解放出来,而维

---

① 见 Hoberman 27;Thomas Huxley,*Evolution and Ethics*.

多利亚的价值观要求传记必须用于树碑立传,必须富有教育意义,为道德服务。尼柯尔森强调传记人物描写要精确,事实收集要具有客观性,表述要中立,这一些观点都是对维多利亚虚伪、虚假、滥用感情的回应。(Marcus,1994:104)这里的问题是,伍尔夫论述传记艺术时使用大理石和彩虹比喻传记中的事实与传记应当描写的传主的性格,尼柯尔森为什么使用"解剖"打比方?加拿大文艺理论家诺斯罗普·弗莱的《批评的解剖》里面也用到这个比喻。之所以我们对文学批评家弗莱的比喻没有特别在意,是因为我们想当然地把弗莱的解剖对象看成是作品。而尼柯尔森的"解剖"联结的联想客体是人体,因此产生出由科学生发的,具有严谨内涵的联想意义。用科学术语打比方,也是爱德华时期的一个特点。锡德尼·李解释英国《国民传记辞典》的编撰目标就是化学家普利斯特雷(Joseph Priestley,1733–1804)进行科学阐述的目标——"在最小的范围(compass)内包括进尽量多的知识"(Sidney Lee 55)。但是尼柯尔森不只是借用科学术语说明传记作家必须持超然、严谨的科学态度对待传记写作,科学比喻还表现了他对传记前途的担忧。在他的担忧中我们看到了小说家威尔斯(H. G. Wells,1866–1946)科幻系列中的类似担忧。威尔斯1896年发表的《莫洛医生的小岛》(*Dr. Munro's Island*)中,主人公莫洛医生运用活体解剖制造了许多兽人,并制定了严格的法律统治这些兽人,使其为他服务。小说表明,一味从事科学,而不考虑其他因素,最后会带来灾难性的后果。尼柯尔森强调传记要科学化,要严谨、超然、冷静,但是他也提醒只注重这些科学要素最终会使传记的文学性灭亡。他预见,未来科学传记将变得专业化、技术化,将会出现分工细致的传记,如社会学传记,美学传记、哲学传记等等,重点因此将会落在分析与科学方面,而这必然会减弱文学对传记写作的努力。他相信:"科学兴趣对文学兴趣具有敌意,这种敌意最终会证明是毁灭性的。……传记离科学越近,

离文学就越远。"（Nicolson，1933:154–155）

　　爱略特说过，诗人和艺术家"的重要性以及我们对他的鉴赏就是鉴赏他和以往诗人以及艺术家的关系"（爱略特，第 29 页）。同样道理也被用来评价传记现象。在与维多利亚时代传记的对比中，"新传记"反映出它的强烈反叛性和艺术革新的实验性，但与此同时，反叛与实验不是凭空而来，而是站在传统的靴子里实现的。传统不仅孕育了反思传统的思想，也提供了表述反传统思想的语言模式。

　　本章重点从思想层面上探讨了"新传记"的反叛性。无论是"新传记"对绝对观念和表面真实性的怀疑，还是对基督教教义的虚伪性、英雄崇拜价值观和维多利亚时代的性别观的猛烈批判，都体现了"新传记"在否定语境中的反叛精神。然而，"新传记"的反叛性与历史有着复杂而密切的关系。一方面，在维多利亚时代恪守条律的清教式福音派基督教教义与以利益为第一位的功利主义的奇异结合，形成了以虚假伪善为典型特征的价值观，维多利亚时代的价值观因此成为现代派们进攻的靶子；另一方面，"新传记"的反叛之所以猛烈而引人注目，有其历史铺垫。维多利亚时代末期到爱德华时代，社会发生急剧变化。宗教消失，宗教语言继续存在，生活和人与人之间的关系成为人们关注的新宗教，这些为"新传记"的诞生做了历史准备。此外，"新传记"虽反抗维多利亚时代的价值观和与之相适应的传记形式，同时也继承和延续了维多利亚时代文学传统的许多方面。

自斯特拉奇之后，没有哪个优秀传记作家胆敢忽视写作艺术。

　　　　　　　　　　——罗伯特·吉丁斯（Gittings 39）

第三章

"新传记"的实验性

在"新传记"研究中有两种比较普遍的现象:要么注重分析"新传记"对于维多利亚时代价值观的反抗,将斯特拉奇称为"推倒偶像者"、第一次世界大战后揭丑文学和心理传记的鼻祖;要么侧重"新传记"的艺术实验性,集中分析"新传记"在传主"性格"描写上的成败,探讨讽刺笔法及多种艺术手法的运用,将斯特拉奇奉为实验先驱、英国传记史上的第二个里程碑。劳拉·马库斯指出,无论是伍尔夫把《名人传》称之为"漫画",还是传记作家霍尔洛伊德对《名人传》的讨论,几乎都是游于感性层面、单一的理解与认识,这表明人们 "没有能够发掘出斯特拉奇把传记用作文化批评的潜力",是一个很大的疏漏。(Marcus,1994:16)马库斯的意思是说,单纯讨论"新传记"的反叛性或实验性都不能全面地观照"新传记",只有把两个因素纳入同一考察视野,挖掘二者之间的关系,在此基础上回答为什么"新传记"对维多利亚价值观的反叛如此激烈,对于传记艺术①的改革如此激进,才能看到"新传记"的本质。

那么,"新传记"的反叛性与实验性是怎样一种关系? 保罗·约

①本章所讨论的"传记艺术",从英文义 art of biography,意指传记的写作之道,包括传记观,传记写作规律、技巧与技艺。

翰逊指出英国文化中有一种传统现象：牛津大学把高才生送进英国议会参政议政，剑桥大学则发展秘密组织(指斯特拉奇参加过的使徒会)，专门给社会施加影响，提建议。(约翰逊，上：184)的确，在英国，这是有剑桥大学背景的知识分子的一个特点。哲学家罗素、维特根斯坦、艺术评论家罗杰·弗莱或小说家福斯特等人都有这种倾向。剑桥大学毕业的斯特拉奇多次表明他"写传记是因为他对人有着浓厚的兴趣，对艺术甚为关切"(Johnstone 77)；他的目的"是施加影响，不是出人头地"，是"用少量的话毒死大量弄虚作假的妖魔鬼怪"(Garnett 155)。可见，"新传记"作家以在文化上拯救社会为己任，反叛性始终处于首位。斯特拉奇之所以重视艺术在传记中的运用，因为在他看来，艺术具有特殊的洞察力，能够帮助传记实现真实性的目标，因此实验性在"新传记"中居于第二位，实验性是为反叛性服务的。以下本论将从三位作家的传记观出发，探讨体现实验性的"新传记"的艺术主张。

第一节　精神的自由

尽管相当一部分评论认为《维多利亚时代名人传》的前言没有新意，其中主要观点都是他人的，但支持者一致认为《名人传》的前言是"新传记"的宣言书，是斯特拉奇传记艺术主张的集中体现。斯特拉奇的传记艺术主张是以反叛性为基础，对维多利亚时代革命性传记观的总结，可以归纳为四个要点：选材特别、叙述生动；篇幅简短、精神自由。其中精神自由不仅是斯特拉奇传记艺术的核心，也是"新传记"艺术的核心。精神自由是什么？所谓精神自由是指传记作家不受传记写作目的之外各种因素的影响，保持独立判断，独立思考、独立设计的精神。斯特拉奇认为，传记作家只有保持精神独立，才能在传记中完成选材、设计和掌握篇幅等其他任务。传记作家不是道学家,传记不可用作道德工具;他不是传主的奴仆,跟在传主的身后亦步亦趋,他没有义务只唱赞歌;相反,他的义务是按照自己的理解,将真相展示出来,显示一个性格突出,特点鲜明的传主。(EV ix)无论面对什么样的传主,传记作家必须持中性态度。

保持传记作家精神自由的立传主张对维多利亚时代的传记观和价值观是一个巨大打击。传记作家保持精神自由意味着人们必须面对事实。而事实真相可能是残酷的,有违人们头脑中传主的既定形象。然而就像达尔文进化论的发现一样,真实是残酷的,但人们必须摘去蒙在心头自我欺骗的面纱,坦然接受现实。传记作家就是要像维多利亚末期的弗鲁德一样,客观中立地直述传主卡莱尔真实的婚姻情况,而不被师生情或其他因素的移情作用所左右。就是要像高斯那样在父与子的关系中看到维多利亚时代传统习俗、道德观念和价值观对人的压制和束缚,并且坦然面对。在斯特拉奇看来,弗鲁德当年因为实话实说卡莱尔的婚姻状况而遭长达数年的围攻,高斯的《父与子》因揭露基督教氛围下家庭中冷漠的亲情关系而不得不匿名发表,勃特勒的自传体小说《众生之路》因描写牧师夫妇的虚伪而只能在死后发表,这些都是维多利亚时代的悲哀。传记作家没有精神自由,结果只能是人云亦云,谎话连篇,自欺欺人。没有真实,只有虚伪。

传记作家保持精神自由,不只是不加保留地陈述事实,还要自由发挥想象,大胆运用各种新思想、新方法和其他艺术手段去认识、理解和表述时间给传主留下的空白,用一条逻辑的链将这些空白连成一个有机的艺术品。当传记作家摆脱精神束缚和心理压力的时候,他的想象力穿越了两个主体的时空——他自己和传主的生活空间。[①]叙述呈现出多姿态多彩、生动活泼的立体面貌,请看斯

---

① 杨正润先生提出传记里存在着两个主体:传记作家的创作主体与传主的历史主体。在此本文引用杨先生这一观点。(杨正润,2003:106)

特拉奇在戈登将军传里的一段描写：

> 卡托姆(苏丹的一个地方——笔者注)局势恶化的消息传到英国并不慢,人们顿时忧心忡忡。最先预料到形势严峻的是女王维多利亚。"戈登将军处境危险,这非常令人震惊,"她在3月25号给哈亭顿伯爵的电文里这样说道。"我们必须设法救他……你负有义不容辞的责任。"女王本能地、准确无误地预料到了全国人的情感,并表达出来。4月,卡托姆和开罗之间继续通信联络,而除了一些谣传说大难就要临头,北方仍迟迟未见消息。卡托姆终于降下一块神秘的帷幕的时候,英国国内不安的情绪越来越浓。人们纷纷写信给报纸,在报纸上发表头条文章或者登记筹集救济捐款。五月初,民众的吃惊到达顶点。现在一切大白,戈登将军危在关头,而政府根本没有采取任何营救措施。5号,圣詹姆斯厅举行了抗议声讨会;9号海德公园举行了群众集会;11号曼彻斯特开过一次大会。……(EV 263)

在这个片断里,斯特拉奇的思想自由翱翔在材料的海洋上空,在展示英国国民对戈登处境的反应,暗示对殖民主义的谴责方面,他没有任何思想负担。他要做的,是如何让已掌握的事实按照他的艺术设计完成既定目标。所以我们看到片断中事实被艺术地排列成梯式时间,以时间为序依次推进,在修辞上形成极为紧迫的阅读张力,仿佛救援戈登义不容辞,天经地义。斯特拉奇留下的暗示是,英国国民上上下下不问戈登为什么会在万里之外的非洲"遇难",而为了支持戈登征服非洲,他们狂热的爱国情绪达到极点。正是这些人的盲目热情导致了战争和殖民扩张,从女王到平民,维多利亚时代的国民精神负有不可推卸的责任。

传记作家的精神自由了,顾虑解除了,接下来是在排除干扰,揭露事实之外，必须围绕传记的最终目标，在传记艺术上大胆实验。从选材到叙事，乃至篇幅，都要从艺术的角度认真考虑。选材要特别,这有什么意义？在斯特拉奇看来，这首先是一个神与人谁是第一位的问题。他认为，维多利亚时代葬礼式传记虽然只歌功颂德,不报道传主的负面信息,但其实并不是尊重人。维多利亚时代的传记作家把传记看作一项为树碑立传必须履行的程序，传记写作因而是例行公事,完成任务而已。要么，按照卡莱尔世界历史就是伟人的传记的观点,传记为历史所用,是历史的工具。然而,斯特拉奇认为，真实的人，而不是以英雄作代号的神，在宇宙中实在太重要,不能随便把人仅仅当作历史的一个表征,不能把人随意当作历史的注脚。(EV viii)因此，为了表现这一个特别的人，用直接的方法、按部就班地叙述既不可能，也不可取。斯特拉奇指出，修史立传者的先决条件必须对传主不甚了解。传主的资料太多,对传主过于了解,传记作家反容易被材料所淹没,即使像爱德华·吉本一样的史学大家也会在海洋般的材料面前发抖。(EV vii)只有在对传主不甚了解的情况下,才可能对其资料删繁就简,以致简单明了,才能达到艺术的完美境地。换言之，如资料员一般罗列材料记录传主,结果只会产生编年史或流水账,而不是传记。编年史反映历史规律,而传记必须表现人的性格。从这个意义上说,传记对资料进行取舍,如同艺术家对雕像进行设计。在表述选材方法时,斯特拉奇展现了他的讽刺。他把传主／传记作家的关系设定为你死我活的紧张状态,传记是张力最佳时刻迸发出的火花,这种敌我类比、战争类比在第一次世界大战的背景下暗讽了那些发动大战的名人权贵们。紧张状态被两个比喻表现出来:敌我关系和大海与泛舟者的关系。在敌我关系中,斯特拉奇鼓励传记作家要像一名战士,出其不意地朝着传主深不见人的暗处突然射去雪亮的探照灯。(EV vii)这种观点同维多利亚时期卡莱尔的英雄观形成自然比照。卡莱尔在论及英雄时激情澎湃:"在一切时代和地方,英雄都受到了崇拜。将来亦然如此。我们都爱戴伟人,爱他们,敬仰他们,在他们面前屈服。"(卡莱尔,第23页)相比卡莱尔的匍匐在地、臣服英雄的观点,斯特拉奇的敌我比喻形成鲜明反差。显然,在第一次世界大战的硝烟之中,斯特拉奇用为英雄树碑立传的传记摆开了另一个战场。传主不再是崇拜的偶像,不是受人盲目尊重的英雄;战火中的传记作家变成了战士,英雄演变成战士笔下的敌人。没有尊重,失去尊严。如果用移情说解释,敌我关系的类比是斯特拉奇蔑视权威的表现,是他反战情绪的发泄。(《名人传》写于一次大战期间)我们似乎可以想象出斯特拉奇嘲弄那些挑起一战的权威们的表情。另一方面,斯特拉奇把传主与传记作家比作大海和泛舟者,传记作家是探险者,在茫茫的资料海洋上泛着小舟,在这里那里放下一只小桶吊上一些独具特色的东西。传主变成神秘莫测的大海。似乎传记作家随时有葬身于大海之中的危险,并且他充其量只能捕捞上一些事实真相的碎片,难获全体。这个比喻再一次说明,传记里的传主即使是英雄,其形象也仅是他本人大海一样全貌的冰山之尖,而不是如维多利亚时期所标榜的神。无论是敌我关系,还是大海与泛舟者的关系,都体现了"新传记"作家二元论的哲学理念——传主与传记作家的关系是你死我活,没有中间道路可走。同时也说明了斯特拉奇的传记观,即整体意义上的事实真相是无法企及的,传记中英雄的概念不是绝对的。

造成整体意义上的事实真相难以企及的因素有许多方面,除选材外,还有一个重要方面是叙事语言。虽然斯特拉奇还没有像今天的后现代主义者们对语言的局限性有如此深刻的理解,但他认为面无表情漠不关心的悼词式传记不可能表现传主的真实面貌。而要实现传记的真实性,叙事必须生动。表面上看,追求叙述生动是组织文章的修辞问题,但这个追求的背后是一个更加广阔的人文背景,依然涉及现代人与维多利亚人对人的态度问题。斯特拉奇多次批评英国不像法国拥有传记大师和优良的传记传统,指责传记艺术在英国甚至被贬为写作手艺。维多利亚时代传统传记里充斥着乏味的、言不由衷的谀美之辞和漠不关心的叙述风格;不讲选材,不讲设计,不讲中立客观的叙事态度,像送葬人面无表情的例行公事。然而传记如何避免变成送葬人例行公事式的悼词?除了选取向传主进攻的角度,展现传主的生平,斯特拉奇似乎并没有指明"新传记"叙事的具体方向。叙事在什么程度上才是生动的?《名人传》自身提供了传记仿效的样板和实验的多种可能性。粗略地归纳起来,就是在传记写作中运用多技巧,多手段,以达到加强表达效果的目的。许多其他艺术的技巧,如戏剧技巧、小说技巧、讽刺手法等,都是传记艺术摹仿的对象。各种其他艺术技巧的使用提高了传记的可读性,同时给作家以更广阔的艺术创作空间,充分展现他的艺术创造力。以《名人传》中《阿诺德博士传》的开头与结尾为例,传记始终贯穿了一个首尾相接、前后呼应的环形结构,象征着形式的完满,显然这是典型的小说式结构。但是这里的完满,不是指维多利亚传统传记里从生到死的完整结构,而是以人寓事,象征事情的完整叙述,并以此引发思考。有始有终的叙述指的不是阿诺德从生到死的生理生命,更多的是指他的职业生涯。而一个中学校长的职业生涯在社会巨变时期必然与大社会关系紧密,个人生命的意义在社会价值上突显出来。这就是为什么在起始段里作者设置了一个令人不安的悬念:校长位置出现空缺,谁来出任? 教育应该怎样改革? 而在末尾是一个新的然而更加发人深省的悬念——阿诺德校长学校里的中学生只崇尚武力,注重仪表,难道这就是英国教育改革的结果? 传主的生命意义通过传记作家的阐释跃然纸上。

　　"新传记"实现叙述生动的一个突出手段是讽刺。讽刺是现代主义时期流行的表现手法。特别是在大战刚结束时,小说、诗歌、漫画、戏剧无不使用讽刺技巧。这其中的一个重要原因是生活具有相当的讽刺性。第一次世界大战用隆隆炮声和尸横遍野毁灭了西方文明,摧残了人的心理,但战后从前线回来的将士所获得的军功章上却刻着"为了文明的大战"的铭文。生活制造了讽刺,为艺术提供了天然摹仿对象,从而得到了来自艺术的讽刺报复。从效果上看讽刺使得传记叙事更加活泼,但如艾德尔所说,讽刺也会歪曲传主形象,讽刺常常更富喜剧色彩。斯特拉奇用战斗的比喻讽刺世界大战,用凶猛狡猾的动物比喻讽刺维多利亚时代道貌岸然的名人形象。南丁格尔优裕的家庭环境将她像大鹅般抚养成人,而她却令人吃惊地长成一只鹰,最后变成一只母老虎。戈登将军不过是只土耳其公鸡。讽刺是斯特拉奇"描写冲突、描写含糊不清和矛盾心理的最好工具"(Edel, *Writing Lives*: 82)。然而,在"新传记"中,讽刺不只是工具,在工具性的背后,讽刺其实是一种态度,"一种分隔模式。它把讽刺者和他所代表的人与他所攻击的对象分隔开来——把我们与他们,或我们与你们分隔开来"(Hynes 243)。这种态度产生于对讽刺对象价值观的深刻怀疑,是表达异化感、幻灭感最恰当的模式。这也是为什么"新传记"在一战后如此受到欢迎,以至最后发展到揭丑文学的原因之一。讽刺使传记生动耐读,有效地传达了传记作家的意图,表达了他的愤怒情绪和他的无奈——虽然讽刺也变形了叙事文本,以至一些评论认为以斯特拉奇为首的"新传记"作家并不客观。(Garnett 154–155)

此外,传记篇幅连篇累牍、洋洋洒洒是否能够帮助实现传记的真实性?斯特拉奇提出传记的篇幅必须简短。篇幅问题虽然成为"新传记"的艺术主张,但如许多评论指出,这不是斯特拉奇的首创。早在《名人传》发表前二十几年,伍尔夫的父亲莱斯利·斯蒂芬等人就多次主张传记篇幅要从标准的两卷本减短。毕尔波姆1914年的短篇传记《松树街2号》("No. 2. The Pines")是20世纪最早的短篇传记。篇幅长短看似简单的形式问题,但是这一问题的实质是篇幅缩减后,能够保证传记的历史真实性吗?或者如加拿大学者奈德尔所反问,传记篇幅加厚,譬如两卷本标准传记,就一定能反映传主的历史真实性吗?(Nadel 14)传统的维多利亚人把传记看做是肖像,传记写作是肖像制作;按照历史顺序排列大量原始资料就是在塑造雕像。这种理念的逻辑是,大规模堆集真实的原始材料,耸立起来的便是真实的雕像。但在斯特拉奇看来,大海般的原始材料一方面注定使传主神秘莫测,另一方面如果不艺术地对之进行处理,不仅不能帮助竖起一座真实的雕像,反而会淹没传主的真实形象。事无巨细地罗列资料,不加消化地拼贴事实,把传记胀成"胖子般的两大卷"(斯特拉奇语),只能埋没真实性的光华。而且传记作家很难穷尽一个人一生海洋般资料(包括有形的和无形的);充其量他只能获取一些事实碎片,在此基础上加工的传记只能是速写,而难能是雕像。同时,篇幅简短不只是出于展示传主的美学考虑,也有利于读者的认知理解,篇幅越短,越容易被记识。(Nadel 60)传记篇幅短了,肖像变成速写,传主却在传记里活了起来,读者更加容易认识他/她了,传记反而被保存下来。所以,篇幅简短不只是长话短说的简单问题,删除一切冗余信息,甩掉一切无关紧要的内容是涉及传记真实性的原则问题,是传记作家的"首要职责"(first duty)。(EV ix)

如果说提倡传记作家精神自由,其目的是为了实现传记的真实性,那么围绕这一目的除选材、设计、叙事等策略外,还必须对事实进行阐释,而阐释的得力工具之一是心理分析。虽然弗洛伊德学说在 1919 年之后传入英国,斯特拉奇的《名人传》前言中没有提及心理分析,但《名人传》不断挖掘传主高尚事业背后的心理动机,被仿效者视作心理分析而效仿并发挥到极端。许多评论批评《名人传》滥用不成熟的心理分析,特别举出南丁格尔传的例子,批评斯特拉奇为了进行心理分析,甚至不惜编造情节。艾德尔推断,在斯特拉奇感觉需要的时候, 他会在传记里给维多利亚女王脖子上挂一根项链。①斯特拉奇写作《名人传》时,没有研习过弗洛伊德心理分析,弗洛伊德心理学是在《名人传》发表之后的一年,由斯特拉奇的弟弟翻译介绍到英国。《伊丽莎白与埃塞克斯》则是明确使用了心理分析。如果说《伊丽莎白与埃塞克斯》的心理分析表明斯特拉奇受了弗洛伊德心理学的影响,那么在《名人传》中的心理分析纯属不自觉行为, 作为传记艺术仿佛是斯特拉奇实现反抗维多利亚时代的价值观主要目的的意外收获。然而,心理分析在斯特拉奇有一种潜在的必然性。斯特拉奇强调"打捞有特点"②的标本,主张揭露传主高尚事业背后的真实动机, 这种传记观决定了心理分析在

---

①评家们在肯定斯特拉奇对传记艺术做出重大贡献的同时, 也指出他的传记观有许多值得商榷之处。弗恩斯认为斯特拉奇对传记艺术的贡献有两个:心理分析与短传记。弗恩斯指出这二者之间相当矛盾:心理分析需要大量证据性材料,因此决定了传记不可能简短。他举例说,这就是为什么20世纪60年代发表的《斯特拉奇传》仍然是两卷本。但事实上,斯特拉奇并不是心理传记作家,他写《名人传》时,弗洛伊德理论还没有正式引进英国;《伊丽莎白与埃塞克斯》虽然受到弗洛伊德的称赞,所用的心理分析也不是特别令人信服,致使这部传记受到许多批评。对英国二、三十年代产生重要影响的心理传记是弗洛伊德的《达·芬奇的童年》。所以吉丁斯说斯特拉奇的传记具有心理分析倾向,并指出他对南丁格尔心理分析的可笑之处。葛拉提的研究表明,甚至一些"新传记"作家也反对后来出现的心理传记。但不管怎么说,"新传记"后期的心理传记和揭丑传记都受了斯特拉奇 "新传记"的启发。Ferns 48;Gittings 41–42;Garraty 143. Edel, *Writing Lives*:82.

②斯特拉奇在《名人传》的前言里主张,传记作家应当向传主出其不意地发起进攻。他应当在传主海洋般的材料里放下一只小桶,打捞起"有特点的样本", 然后仔细考察。(EV vii)

他的传记里几乎在所难免。因此,从某种意义上说,传记要表现什么的大方针一旦定下来,使用什么技巧几乎成为必然。心理分析是"新传记"反抗维多利亚价值观的好工具,也是弗洛伊德反抗传统观念的好工具,因为无论是维多利亚时代的价值观,还是弗洛伊德面对的传统观念都是建立在虚假伪善的基础之上。

就传记艺术主张而言,许多评论认为斯特拉奇并没有提出新方法新观点,《名人传》的前言在很大程度上是重复前人的传记观与传记实践。传记的篇幅应当简短的主张从 19 世纪末就有人开始实行了,塞缪尔·斯迈尔斯(Samuel Smiles,1812–1904)[1]的《工程师传》(*Lives of Engineers*,1861–1862)即是一例。警句式名言"写好一生如同过好一生一样难"出自卡莱尔。"文学写字匠"(Journeymen of letters)一词仿效了约翰生。[2]"送葬人"的比喻也不是斯特拉奇的发明。早在 1800 年英国出版的一部《传记大词典》(*Universal Biographical Dictionary*)的前言里,作者约翰·沃特金(John Watkin)就使用过文学送葬人(literary undertaker)的概念比喻传记作家。当时这样比喻,是因为传记记录了人的一生,这种记录无疑具有纪念性质,传记因而犹如教堂墓地中刻着铭文的墓碑。对死亡的关切一直是维多利亚时代人们的兴趣点,诗歌有专门歌咏死亡的诗体"挽歌"(elegy),小说里经常有表现遗产遗嘱的情节;但在生活中人们对待死亡的态度从浪漫回落到实用,循规蹈矩,例行公事。传记在许多人心目中不过是一次葬礼上的悼词。(Dunn 157)如果"文学送

---

①维多利亚时期政治家、著名传记作家。他主张用传记教导人们自足自立,宣扬民族主义精神,在人的精神上为殖民主义扩张制定了合理合法的道德经。其主要思想见传记《自力更生》(*Self Help*)。

②1750 年约翰生抱怨传记写作成了工匠(journeyman)的任务,没有专业深度可言。Nadel 67.

葬人"在 1800 年不带贬义,高斯 1901 年在文章《传记的习俗》里用类似的比喻已显出明确的批判意义,它被用来鞭笞而不是赞美停滞不前、僵化呆板、乏味老调的传记写作。(Gosse,1901:195–208)吉丁斯因此认为斯特拉奇使用"送葬人"的比喻实为剽窃高斯的观点。(Gittings 38)综合诸家观点,诺瓦尔因此认为"《名人传》给传记带来的影响并不是它的前言而是它里面四个传主的故事"(Novarr,1986:27)。诺瓦尔的观点不无道理,然而我们可以说《名人传》的前言没有新意,但不是没有贡献。这篇前言的贡献在于,它综合了各派观点,代表了 19 世纪末以来英国传记作家努力的方向。在这些观点中,有 18 世纪传记家约翰生的传记思想,19 世纪历史学家卡莱尔的哲学思考,莱斯利·史蒂芬的传记主张,20 世纪高斯的传记反思和爱德华·库克等人的传记理论,还有 19 世纪法国传记观的影响。然而,前人们的传记艺术高见却是随着《名人传》而引起了人们的普遍关注。

此外,斯特拉奇提倡传记作家要保持"精神自由"的观点也值得置疑。本来,斯特拉奇提倡精神自由是基于对传记真实性的诉求。然而传记中的真实性是相对的。首先,一部传记不可能使用传主一生全部的一手材料,一是因为传主不可能留下一生中所有事实的一手材料,二是即使有这样的材料,传记也不可能全部使用。维多利亚时代的传记对材料不择其要,固然会造成材料淹没真实性的结果,对材料进行选择的过程也会影响传记的真实性。斯特拉奇主张作家要在传主的资料海洋中提取"有特点的样本"。然而,"有特点的样本"的具体标准是什么?哪些是传主出其不意的地方?把握这些标准的难度决定了传记真实性的不确定性。其次,叙事语言是又一次使真实性变形的过程。虽然面无表情的葬礼式传记不能够传达传记的真实性,但当传记大力摹仿其他艺术门类的技巧时,文本层面上语言的丰富变化与生动效果则常常从另一端遮蔽了传记的客观性。所以,从真实性的角度看,斯特拉奇的传记艺术"是时代的产物,是为那个时代服务的。它体现了 1914—1918 年世界大战浩劫之后的岁月里玩世不恭的态度"(Gittings 41)。即便如此, 如果一定要指明前言中哪些部分是斯特拉奇个人对传记艺术的贡献,那么应该说是强调传记作家的精神自由、倡导作家保持超然的态度,主张在传记中要"揭露"而不是"歌功颂德",或"强加于人"。

第二节 传记中的事实

斯特拉奇的传记艺术重在实现传记作家地位的转变, 和由此引发的传记外在形式的改变——从厚到薄, 伍尔夫的传记观更趋细致化,她关心的是如何展现传记中的事实。

事实是传记依据的本原。然而什么是事实? 其边界范围在哪里?尼采的笔记中曾经有过名言:"没有事实,只有阐释。"如果事实无法界定,阐释的依据是什么? 如果存在着叫做事实的事物,传记中的事实是否有其特殊性?对于这些问题,我们不妨先考察一下传记是否有其特殊性。

虽然 1928 年的牛津大字典将"传记"解释为文学的一个分支, 直到现在传记仍然并没有像小说、诗歌、戏剧一样固守在文学领域, 而实际上摇摆于文学与历史两大学科之间。传记虽然容许虚构,但这种虚构在规模上和程度上与虚构文学都无法相提并论。传记艺术强调在事实的基础上刻画传主的性格, 虚构文学艺术的人物刻画则更加自由自如;传记艺术强调突出传主的行动或性格,历史则强调突出由传主行动反映出来的历史规律。由于传记必须有据可依,传记艺术的规则更多,要求更多。换言之,传记更有其自身的特殊性。传主的资格就是传记艺术要面对的问题之一。

在虚构文学中,主人公的资格随作品的主题而定;在历史文本中,主要人物的资格因其对历史产生的影响大小而定;但传记常常因为受各种社会因素的影响,传主的资格常常是社会思想发生变化的风向标。

以伍尔夫的三部传记为例。在伍尔夫的三部传记中,两部越出了常规传记定义的界限。《奥兰多传》和《弗拉狮传》书名页上的文本标记与书中内容不符——书名页上虽冠以"传记"二字,但书中内容没有叙述现实中的人的故事。①毋庸置疑,这两部作品不是传记,而是以传记形式创作的小说,是虚构,不是纪实(nonfiction),充其量可以称作仿传记(mock biography)②,用伍尔夫自己的话说,是个"玩笑"。但是美国传记家艾德尔提出另外一种观点。他认为,这两部仿传也是传记,属松散自由式传记,反映了传记面对的重要的时间性问题。(Edel, *Writing Lives*:188,192)本文认为,以传记艺术的视角观照,两部仿传除反映了伍尔夫对传记问题的思考外,还反映了"新传记"的一个重要传记观:传主的资格问题。

谁有资格入传?在维多利亚时代"以善为本、道德至上"的价值观里,这是一个不言而喻的问题。伟岸高大的英雄是当然的传主,他负有教育芸芸众生的使命。传记被附加道德功能始自普鲁塔克,他的道德观是,用传记里性格鲜明的英雄教育大众。在维多利亚时代严律加实用的价值观中,普鲁塔克的传记道德观大受欢迎,因此被复制,被摹仿,被添加新的解释。塞缪尔·斯迈尔斯的畅销传记

---

①按照大英百科全书"传记"条目的定义,传记聚焦于个体的人(human being),讲述这个人的生平故事。*The New Encyclopaedia Britannica*,1984:1006.

②根据"新传记"的传记观,传记体小说与仿传记的区别在于二者侧重点不同。传记体小说以传记的形式写小说,重在讲故事;仿传记用虚构完成传记的任务——写主人公的个性。

《自力更生》(*Self Help*,1859)里的宣言是普鲁塔克道德观的当代重述:

> 伟人传记,特别是那些优秀人物的传记很有教育意义,用处很大,它们可以帮助人,指导人,鞭策人。有些最优秀人物的传记几乎可以同福音书相等——它教导人们如何高尚地生活、高尚地思考,为个人和世界的幸福而努力。(Smiles 39–40)

锡德尼·李的《传记原理》(*Principles of Biography*,1911)力主没有成就大事的人不适合做传主;活着的人不适合做传主,否则会使传记变成带有缺憾的残品。(Sidney Lee 12)爱德华·库克强调:"一个好的传主的首要的条件是,这个男人或女人的一生应当真正具有纪念意义,在他/她的事迹背后要有出色的人格,这个人物应当出类拔萃,并且很有趣。"(Cook 278)这种英雄在传记中因此个个"高尚、正直、仁慈、严厉","几乎总是大于实际面孔,头戴高帽,身穿长礼服"。(Woolf,"The New Biography":231)

然而在"新传记"作家看来,英雄的概念本身很值得怀疑。人依靠所谓理性推理,发明了"英雄"这个概念,但达尔文的进化论和弗洛伊德心理分析学说帮助人们发现,人过于自恋、过于自负了。首先,被人奉为最大的英雄——上帝——其实是无法证明的存在。其次,人本身也不是像他自己所认为的那样,是自然界中的万物之长,是鹤立鸡群的英雄,而仅是万物之一员。在大自然当中,人和其他动物一样,其行为动机源于最低下的本能,高大、神性等英雄特质不过是人的理性在想象中为自己脸上贴的金。"英雄"的概念用理性武断地规定了人高于其他动物,并且试图斩断人自身的多样性,把人塑成同一个模式(头戴高帽,身穿长礼服)。既然人不过是自然界中万物之一员,传记不应只是人的专利,真实的传记也应当包括其他物种的传记。

就人自身的传记而言,传主资格也是一个值得考虑的问题。什么样的人是英雄,因此值得纪念? 时代不同,评价标准就会有所不同。过去的英雄,现在也许另当别论。观念不同,评价标准也会不同。维多利亚时代的英雄在"新传记"作家眼里,实际是参与形成虚假伪善的价值观和发动世界大战的罪魁祸首。因此,以英雄的标准确定传主资格是荒谬的。从"有趣"的角度看,大人物有大人物的辉煌,小人物有小人物的风采。在以约翰生的话题为名的评论散文《普通读者》(*The Common Reader*)里,伍尔夫表达的历史观基于美学的自然论,完全是对维多利亚时代英雄史观的颠覆:

> 正是那些无名的大多数,他们的群众性吸引人;因为他们的身份不是像名人那样各自独立,他们好像互相被对方淹没了,他们的头衔、书名页、卷首插图都消融得无踪无影,他们的无数篇章都溶化在绵延不断的岁月当中,以致我们躺下看着这无数生平中如美丽的雾一般的内容,从一个世纪看到另一个世纪,从一个生平看到另一个生平。每一个景色都完全不同。我们看到的是一群人物。(Woolf,1938:118)

也就是说小人物参与了历史的创造,小人物的群体性和大英雄的独特性同样灿烂辉煌,他们也有权力被纪念,不应该被传记所遗忘。

综上所述,传记虽然介于文学与历史之间,其虚构性靠近文学,其因社会思想变化而受影响的特点接近历史,但传记的目标,即写什么人,写人的哪一方面才能更好地凸显其个性特点,使得传记具有自身的特殊性。

既然传记有其自身的特殊性,那么传记中的事实是什么?美国学者戴维·诺瓦尔在评论英国历史上的一位传记作家时曾说:"我们很喜爱那些用特别的洞察力和优美的文采表现出来的一针见血的事件、富有启示的逸事、悬念不断的叙事、甚至对动机的清晰分析,这些都是事实所代替不了的。"(Novarr,1958:495)在诺瓦尔的见解中,事件、轶事、叙事、分析等与事实似乎没有联系,只是你代替我、我代替你的关系。但是实际情况是,无论事件,还是轶事,在传记里它们必须是事实,必须具有真实性。叙事依赖语言,分析仰仗洞察力,虽然这二者给予传记作家相当广阔的自由发挥空间,但是传记中的叙事、分析同样必须以事实为基础。那么传记里的事实其确切含义是什么?《简明牛津英语辞典》对于"事实"的释义是:"已知的发生过的事情,或真实的事情";《微软电子百科全书英语辞典》的释义是:"被认为是真实的东西,可以被展示的东西,或存在着、或发生过的事情。"(汉语的"事实"与英语的 fact 不能完全对应。《现代汉语词典》所解释的"事实"指"事情的真实情况"。在《汉语大词典》里,"事实"是"事情的真实情况;实有的事情;或者事物发展的最后结果;甚至典故"。①可见汉语的"事实"一般不含"物",只指"事")伍尔夫认为传记里的事实不同于其他事实。首先,这些事实必须是硬件式的,如同博物馆里的物件,是看得见,有记录的。其次,传记里的事实必须经受读者的检验并且经得起读者的检验。再次,传记里的事实是动态的,与静止的科学事实不同。科

① *The Concise Oxford English Dictionary*,new ed.〔Oxford: Clarendon, 1976)371. "Encarta Dictionary Tools,"CD–ROM,Microsoft Encarta Reference Library 2004(Microsoft Corporation)1993–2003〕.《现代汉语词典》。北京:商务印书馆,1976 年。第 1042 页。《汉语大词典》(上)(缩印本)。北京:汉语大辞典出版社,1986 年。第 234 页。

学事实一经发现，永远不变，牛顿定律永远是牛顿定律；而人们对传记里的事实的态度却随时代变化而变化。过去被阐释为恶的事实，现在可能被心理学阐释为一种习惯。最后，传记的事实靠发现，即是说，传记作家必须发现并采用那些有利于阐发传记大主题的事实。

加拿大学者奈德尔认为传记中事实之重要如同人物在小说中的作用，是传记的根本成分，用于提供真实性、现实性和各种信息。(Nadel 4)但是事实是传记艺术的关键，并不是因为传记必须以事实为基础(这是不言而喻的)，而是因为形形色色的传记艺术如何处理事实的问题，这其中有技术因素，也有社会因素。围绕传记中的事实问题，传记作家高斯曾专门发表文章，论说"传记中的伦理道德"，提示传记作家不要担忧在传记里暴露事实，"而应当在良好的趣味与善良的感情的界限之内尽量去'轻率'"(Gosse, 1962: 114)。自从斯拉奇的《维多利亚时代名人传》问世之后，传记的伦理问题渐次退入背景，传主的亲属们"心胸开阔了，公众的眼光更尖锐了；人们再也不爱看皮像肉不像的纸人了。传记作家当然赢得了一定的自由度。他至少可以暗示传主的脸上有疤有皱纹"(Woolf, "The New Biography": 231)。传记应该掩盖事实，还是展示事实已不是问题。所以伍尔夫从技术层面对事实进行了更加深入的探讨，重新阐释了事实对传记的特殊作用。在她看来，事实是实在的存在、是实体，事实产生的真实性使得传记魅力无穷，超过了一般诗歌、小说和戏剧所能制造的紧张。事实使得传记激励人，鼓舞人，吸引人，发人深省。事实是传记的灵魂。事实对于传记如此重要，是不是充满事实的传记一定是好传记？悖论的是，事实的累加式堆砌并不能塑造一座精美的传记雕像。伍尔夫讽刺维多利亚传统传记让读者获得的"战利品"唯有事实。她以锡德尼·李的传记为例批评了典型的维多利亚式传记。锡德尼·李是传记作家，又是传记理论家。

他的两部由讲义整理发表的论著《传记原理》和论文《传记观》(The "Perspective of Biography,"1917/1918)产生过相当影响。在这两部著作中,李的许多观点听上去很反维多利亚时代价值观,譬如他主张传记要简短,不能让英雄崇拜的思想破坏传记的主题等。他把人的个性而不是道德因素放在传记的目的中加以考虑,强调"传记的目的是真实地传达人的个性"(Woolf, "The New Biography":229)。然而他似乎并没有深刻理解这一命题中真实与个性的关系,倒是伍尔夫阐释了李思想的理论内核。伍尔夫认为,以事实为基础的真实如同大理石,人的个性有如彩虹,如何将大理石同彩虹天衣无缝地合在一部传记里,是传记作家面临的最大困难。在李的传记实践中,他像其他维多利亚时期传记作家一样,对事实不加选择,对自己的理论囫囵吞枣,以致他的传记充斥着未加消化的事实,结果由事实构架起来的细节没能帮助突出传主的个性,没有使传主形象更加鲜明,反而使文本不可卒读。①伍尔夫借此强调:"为了让传主的个性之光照射出来,必须对事实加以操作;有些要加强光,有些要上暗色;在整个过程中,又不能使之丧失整体感。"(Woolf, "The New Biography":229)

那么如何操作事实?有没有操作的可行性?在伍尔夫看来,这首先不是技巧问题,而是观点的问题。首先必须摆脱维多利亚时代

---

① 当代莎士比亚研究专家塞缪尔·舒恩鲍姆(Samuel Schoenbaum)则高度赞扬了锡德尼·李的《莎士比亚传》。他称赞李的传记在20世纪70年代之前所有莎士比亚传记类出版物中最扎实、最简明,对材料搜集之广、之深,无人可以匹敌。伍尔夫之所以批评李的传记不可卒读,至少有两种原因。一是李的传记资料翔实,但缺乏文采,或者缺乏阐释这些资料的敏锐洞察力。二是因为"新传记"作家对维多利亚时代人的"代际"反抗,造成伍尔夫对李的传记做出偏激批评。(Schoenbaum 572)关于"代际"反抗的讨论,另见本书第一章。

的虚假伪善价值观，丢掉冥冥幻想，放弃矫揉造作，因为这些表征的背后是维多利亚时代的陈规陋习。解除了陈规陋习对思想的禁锢，人们就会发现，"随便挑来一个人的一句话、一次转头、他说过的一个词，他做过的一件事都显示了他的性格"；"用两个微妙的短语、一段精彩的描写就能把维多利亚传统传记几章内容全概括"。(Ibid 232)可以想见，这样处理的结果是传记篇幅变短，人物形象却更加生动活泼，像一个真实的人。然而用事实当中的哪句话，哪个词，哪件事去反映传主的性格，这需要调动传记作家的分析能力、归纳能力和想象力，去对这些事实进行分析与阐释，进而综合。这是一个微妙的环节，传记作家很容易发挥过度，肆意汪洋地去分析去想象，从而滑入小说家的领地。此外，还有一个大环境诱惑传记作家越界工作。这就是我们周围的现实世界。伍尔夫发现，现实中充满虚构的迷雾，扑朔迷离，生活里人们有时更像想象中的人物，我们会发现有人很像哈姆雷特，有人很像高老头，这种现象也诱惑传记作家情不自禁地运用小说创作方法，使用小说技巧。(Ibid 234)《伍尔夫传》作者之一·弗莉斯·罗斯甚至比伍尔夫更向前迈了一步，认为："人的一生像小说与诗歌一样是件虚构品——具有导向性的叙事结构。传记作家的任务就是开发这个虚构品。"(Rose viii)美国文学理论家弗·詹姆森认为世界本身就是以叙事的形状朝着我们走来。叙事不只是一种文学结构，而是一种认识论。(Sarup 178)这些观点无不说明我们现实世界的不确定性对传记作家的挑战。但是伍尔夫严肃告诫人们，维多利亚时期以事实捆绑传记作家，用理性控制人性实则是对人的不尊重，但反过来，"新传记"并不意味着传记作家的"精神自由"可以无度无界，以想象和虚构模糊传记自身的界限。传记的真实性建筑在事实的基础上，小说的真实性建筑在虚构的基础上。事实与虚构二者不可调和，不能共存，否则将会互相摧毁对方。斯特拉奇的《伊丽莎白与埃塞克斯》中的伊丽莎白女王正是因为过分虚构，从而使得这个形象既失去了像莎士比亚笔下虚构的福斯塔夫的真实性，也失去了《维多利亚女王传》中维多利亚女王那样的传记真实性。（Woolf, "The New Biography"：155）

这就是说，传记必须严守自己的文类身份，才能实现传记的真实性。然而如果小说向传记跨界，那意味着什么？譬如《奥兰多传》与《弗拉狮传》两部仿传记既是小说，为什么要摹仿传记？形式变化的背后有什么特殊意义？诚然，就作者本身而言，两部仿传都有意要在写作形式上跟斯特拉奇开玩笑，《弗拉狮传》里的斯特拉奇腔调让人忍俊不禁，《奥兰多传》的叙述人动辄要向读者诉说传记写作的苦衷。①但如法国传记作家莫洛亚所说："情感的主观性根本不会使艺术作品失去客观性。"（Maurois 103）对于现代主义时期的读者而言，为狗写传记或随意更改传主的物理身份之类的"游戏"态度本身挑战了维多利亚时代传统传记的严肃性，表现出对权威的不屑一顾。伍尔夫之所以敢于如此大逆不道，固然如某些批评所说，是受了斯特拉奇的影响，而斯特拉奇是滥用了弗洛伊德不成熟的学说（Holroyd, 1971:106），还有一个原因是伍尔夫对于事实与虚构界限的困惑。如她在《新传记》一文所描述，1910 年之后现实生活发生了巨大变化。在摆脱了宗教的控制之后，生活越来越真实

---

①《弗拉狮传》的例子，如："弗拉狮恨透了布朗宁先生。瞧他，西装革履，昂首阔步，身强体壮。他旋转着手戴手套的那份潇洒！每每见到他，弗拉狮就咬牙切齿。"（Burra 69）《奥兰多传》中的例子，如："极不凑巧，而且万分遗憾的是，正当奥兰多为国效力，事业如日中天的时候，我们却最缺乏他这一期间的资料。我们只知道他……"（75）"这种传记写作方法虽然自有其优点，但多少也直白了些。如果接着追究，读者还会抱怨说，他自己也会背出那段日历，用不着本出版社变着法子从读者腰包里掏钱。"（Woolf, *Orlando*：167）

了,但按照过去的观点看世界,现实中的许多现象却酷似虚构,这诱惑着作家摹写生活的笔滑向虚构。另一方面,维多利亚时代的传记反映了另一种现象:即使严格以事实为基础,传记并没有真实地还原传主的原貌。《奥兰多传》和《弗拉狮传》试图说明,传记的真实性很大程度源于其貌似纪实的形式,传记文体形式本身就是一个迷惑人的外包装。

既然事实与虚构处于如此危险的临界状态,是不是传记作家再次以新的形式被事实捆住手脚?伍尔夫发明了一个新词语,指出一个新方向,这就是:创造性事实(creative fact)。

如同使用"新传记"一词,伍尔夫对创造性事实也没有给予严格的定义。1939 年,她比较传记与小说不同的魅力,乐观地展望传记的前景——

> 传记作家使用真实的事实,取其冰山一角,塑造成一个整体形象,使我们看到人物的轮廓,这一切比诗人或小说家(除了最伟大的诗人小说家)更能激发想象力。很少有诗人或小说家能够写出让我们感受到真实性的高度紧张。但是几乎任何传记作家只要他尊重事实,就能够给我们的书架增添许许多多事实。他能给我们创造性的事实(creative fact),丰富的事实;有启发力的事实和能够产生联想的事实。(Woolf, "The New Biography":227–228)

事实具有启发性,能够使人产生联想,这在传记文学传统里已有过许多经典论述。普鲁塔克、约翰生、卡莱尔、斯迈尔斯等人都讨论过事实的这些特点。但是事实能够具有创造性,这是伍尔夫建立在"新传记"写作实践上的总结与发明。奈德尔理解"创造性事实"是指斯特拉奇式的虚构事实。譬如斯特拉奇在《维多利亚女王传》

里为了保证主题的完整，没有写女王临终前那段时间里的书信往来内容，从而造成从传记文本显示的效果看，俨然女王的生命史中不曾发生过临终前的书信往来（Nadel 7）；再譬如斯特拉奇为了说明南丁格尔自幼有着护理癖，创造了一个她童年包扎布娃娃的情节。（斯特拉奇的这一例虚构受到历史学家的严厉指责，许多评论也因此贬称"新传记"为"小说式传记"）"创造性事实"还包括斯特拉奇根据事实而创造的人物对话。奈德尔认为"创造性事实"是伍尔夫的一大理论贡献，是"新传记"提供的一个新方向。其产生的实践基础是因为生活中常出现事实的错位，往往很难分清哪是生活，哪是虚构，在这种情况下，一个生平很难基于这样的事实塑造出来。（Ibid 7–8）

但是这样看待"创造性事实"产生的原因未免抹平了"新传记"的革命性。"新传记"作家们主张事实要具有创造性，是相对"未加消化的事实"而言。要使传记里的事实动起来，活起来，必须发挥传记作家的"自由精神"，对事实进行主题性筛选。那么主题是什么？在"新传记"作家的眼里，传记的主题就是锡德尼·李所说的传记的目的：描写人的个性。围绕这个主题，作者必须用犀利的目光对原材料进行分析与筛选，从中选出最具说服力，具有多重阐释功能的事实。这种事实不仅对作者有创造性，还要对读者有创造性；读者必须能够理解这种事实的有效性。这样看来似乎有一条类似宿命论的暗线导引着创造性事实的形成：

　　　　　　　　　分析　　　　　　　创造性事实

传记目的：写个性→心理分析＜判断＜筛选事实＜启发性事实；

　　　　　　　　　想象等　　　　　产生联想的事实等

从上面这条线型表看来，创造性事实似乎是描写个性迟早要使用的策略。往历史上看,情况确有如此倾向。维多利亚时期的卢卡特（John Gibson Lockhart, 1794–1854）和约翰·福斯特（John Forster, 1812–1876）①都反对传记以道德为准绳,提倡传记写人的个性。传记中人的个性往往被行为动机凸显出来。如前所述对于动机的挖掘不可避免地要涉及心理分析,从而最终形成各类事实。但是如果说"新传记"作家幸运地实现了维多利亚时期革命性传记作家们的观点,并且从斯特拉奇起,传记作家赢得了应有的尊重,伍尔夫却并不是说传记作家的"精神自由"可以无限度发挥。在心理分析基础上产生的创造性事实可能略微远离历史性事实,但在传记的全景上,这种事实更能帮助突出传主色彩斑斓的个性,用奈德尔的话说,就是"牺牲部分细节与精确,但不失传记的总体真实性"（Nadel 205）。伍尔夫同时反复警告应当慎用创造性事实,因为事实与虚构不能混淆,想象这个仆人不能同时伺奉两个主人。（Woolf, "The New Biography": 234）

　　根据以上分析,伍尔夫定义的传记中的事实不是一成不变的科学事实,而是随时代变化而变化的事实。它应该具有启发性和创造性,能够使人产生联想。澄清传记中的事实意义重大,一方面,这从真实性的角度否定了维多利亚时代传统传记,颠覆了事实必定意味着真实的神话,另一方面,也对矫枉过正从而再次失去真实性的可能提出了警示。然而,在伍尔夫指出的三类事实的方向中,也存在着矛盾之处。尤其是创造性事实,它与虚构的区别在哪里？如何掌握创造性事实的度,才不致让虚构毁灭传记的真

---

①卢卡特的《司格特传》被认为是 19 世纪的优秀传记。他的心理小说《亚当·布莱尔》(Adam Blair, 1822) 被认为是和霍桑的《红字》(The Scarlet Letter, 1850)相媲美的反道德小说。约翰·福斯特的著名传记是《狄更斯传》。

实性?

第三节 传记的科学精神

无论是斯特拉奇抨击维多利亚时代传统传记缺乏超然性,还是伍尔夫警告传记作家不可滥用虚构手法,都体现了传记的客观性原则。而所谓客观性原则即是指传记作家对事实的阐释、分析及价值判断所把握的标准必须如同科学研究一样,客观中立,不偏不倚,不受外在因素的影响。尼柯尔森发现,维多利亚时代传统传记恰是因为缺乏科学的客观性,全篇充斥虚假伪善的道德说教,传主无一例外地是道德完善、但看起来却不真实的高大英雄,传记实际上沦为道德工具。究其原因是在这一时期道德至上的风气侵入传记,传记作家难能保持客观与中立的立场,从而导致英国的传记艺术在 1840 年到 1881 年之间走了下坡路,跌进低谷。而在此之前,启蒙时代的 18 世纪曾是英国传记的伟大时代,自由宽松的社会环境培育了约翰生与鲍斯威尔这样的传记大师。(Nicolson,1933:137)

纵观西方传记发展史,我们会得出结论,认为自由宽松、以人为本的社会环境是传记正常发展的必要外因条件。但接下来的问题是,既然传记以其真实性得以生存,为什么传记在社会发展中如此易变,有时不惜牺牲真实性的基础——客观性?尼柯尔森分析这其中的原因有二。一是由于传记自身属性不明朗。二是由于传记的初始目的使然。传记是什么?是文学吗?在英国,虽然直到 1683 年著名新古典主义诗人德莱顿(John Dryden,1631—1700)用"传记"的形式写了普鲁塔克,"传记"(biography)一词才开始流行起来,但"传记"形式中所包含的大量原始资料、各种叙事策略和精辟透彻的分析与洞察力从一开始就使它带有文学艺术的联想意义。(见

Kaplan, "Biography")按照尼柯尔森的观点,传记在本质上同文学有关系,也同历史与科学联系紧密。粗略地说,传记是文学(和小说很近)、但也是历史与科学。传记是小说,因为在传记的叙事过程中,无论是出于人物塑造的考虑,还是从传记的整体性考虑,都不可避免要运用小说的主要叙事手段——想象。如何用逻辑的链条连接因资料缺乏而造成的空白,如何在事实的界限之内选择最佳修辞手段突出传主的性格,都离不开想象。而经过想象的建构,虚构不可避免地或多或少登场,以致最终传记人物形象的真实性甚至取得了某种程度上小说真实性的效果。传记是历史,因为传记是关于人的一生的故事,狭义地看是有关这个人的个体历史;广义地看,这个人生活在人类社会的大历史断代当中,他或她的故事里必然带着那个特定的时空的影子。世界历史就是伟人的传记的观点也正是建立在传记的这一特点之上。而传记是科学的观点是指,传记必须以事实为基础,其资料的准确性同科学中采集的数据一样,必须实有来源,确有依据,经得起考证。但是,传记的这些特点并不意味着传记就是小说、历史或科学。相反,在严格意义上,传记不是这三类中的任何一类。传记不是小说,传记的真实性依据事实的支撑,而传记里的事实必须经受读者的检验。传记印证的是生活的特殊性,即某个人的生活历史,小说的真实性则在想象的基础上印证生活的一般性,即某类人的生活经历;传记不是历史,因为历史研究规律,而传记的重点是人的性格;传记也不是科学,科学事实一经发现,永远不变,科学发现的价值永远不变;而传记事实随时代变化而发生意义变化,与此相关的评价也发生变化。所以尼柯尔森总结:"传记没有明确宣称是文学领域里的哪一个分支,但它也从未在真正意义上孤立过。"(Nicolson, 1933:138)

本章第二节中提到,爱德华·库克认为传记应当写真正有纪念意义的人。这种观点在维多利亚时期很有代表性,这种理念暗示了

19 世纪传记好似纪念碑的类比,换言之,纪念是传记的目的之一。其实,传记的纪念性由来已久。在西方直到 17 世纪,传记一直是纪念性的, 由此生发出传记必须具有教育意义的观念——传记必须能够激励人,以伟大的逝者教育活着的人。尼柯尔森指出正是这种"纪念"目的使得传记从最初形成开始,就成为被利用的工具,其社会属性被夸大,传记中的艺术因而被忽略:

> 传记的发明是为了满足人的纪念本性:家人纪念已故者,我们于是有了挽诗、悼词和刻在墓碑上的花体字。部落要纪念它的英雄们,于是我们有了传奇和史诗;教会要纪念它的奠基人,于是我们有了早期的圣徒传。如此传记陷入神职人员的手中,而这些人是文化的主要阐释者。他们在纪念的意义上又附加了说教的成分,尽管有时仅仅出于宗派关系的目的,圣徒传被加上了显而易见的伦理说教。(Cook 278)

由此可见,传记的暧昧身份使得它对"时代精神"最为敏感,反映最直接,最迅速,往往成为"大众趣味潮汐上飘浮的稻草"。传记的纪念性目的则最容易使传记被利用为道德说教的工具。结果,"在蒙昧时代,传记是推论性的、道德至上的、说教性的、或者仅仅是流于表面的;在理性时代,传记具有诱导性、批判性,客观性和现实性"(Nicolson,1933:139)。

传记一旦沦为工具, 就会出现以道德条律为主旨操纵传记的情况, 而只要道德干预传记, 传记必然被层层束缚禁锢得呆板沉闷,英雄传主身上必然贴满假话空话应景套话,从而造成传主千人一面的程式化现象,传记失去真实性。因此,尼柯尔森认为,要实现传记的真实性,传记首先必须摆脱道德的干涉,保持像科学一样客观与公正。科学般的客观性是实现真实性的基础。而要保持客观性,传记作家必须保持"超然"(detachment)态度。维多利亚时代的传记正是因为缺乏超然性,而导致传记充斥着虚伪、虚假、感情肆意泛滥。按照尼柯尔森的诠释,英语 detachment 具有超然、超脱、不偏不倚等中立含义,在传记中是指传记作家远离伦理说教的目的,避免自身感情用事介入传记,站在高瞻远瞩的位置上客观、冷静、全面地认识传主。

那么传记作家保持"超然"的立传态度,结果会怎么样?尼柯尔森指出,只有远离道德伦理的干扰,保持自我的充分独立,才能保证传记的精确性(exactitude)。卢卡特的七卷本《司各特传》被维多利亚时代的人认为太坦率。尼柯尔森认为,这正是超然态度使然,正是这种坦率呈现了传记 "最完美的文学技艺"(Nicolson, 1933: 117–125)。他称赞弗鲁德在《卡莱尔传》中望着卡莱尔的弱点,嘴上就露出讽刺的微笑,因为弗鲁德保持了超然态度,为的是公正准确地展现传主的形象。高斯的超然态度使他敢领时代之之先,1907年首先拿出 20 世纪第一部人性分析样本《父与子》;而"斯特拉奇把我们带到一边, 从远处向我们展示了过去无人评说过的美与多样性"(Ibid 143)。尼柯尔森也暗示了一个规律:超然不仅意味着远离道德, 也意味着远离作家自身的情感投入。所以在尼柯尔森看来,自传难以客观,因为自传者很难保持超然态度,把自己作为样本放在科学的手术台上进行解剖。但如果传记作家保持冷静和居高临下的态度,往往这时讽刺产生了。当然,如吉丁斯批评斯特拉奇传记是那个时代的产物,超然态度便能产生讽刺效果也是指那个时代的传记而言, 因为那是一个批评上一个时代的时代。(Johnstone 267)

维多利亚时代的传记因为缺乏超然性而沦为道德工具,超然性因此是"新传记"深入探讨的传记艺术之一。莫洛亚的《传记面面观》从美学角度继续论说了"超然"。①在莫洛亚看来,人生本身就是一件艺术品。尤其是当人们用艺术家的眼光看人生的时候,人生波澜壮阔,五彩缤纷。阅读传记就是欣赏这件艺术品,是一种审美活动。"我们在阅读我们熟人的生平历史时,就好像在熟悉的地方漫步,唤起了我们的回忆并补充这些回忆。"那些已经离开人世的人物的传记如同剧院里上演的悲剧,其悲剧性"赋予我们的激情一种庄严的诗意"(转引自刘海峰、王成军,第150页)。传记的悲剧性也是锡德尼·李坚持传主必须是已故者的理由。死亡是命运给人安排的唯一归宿,因此人生注定是一幕庄严的悲剧,像悲剧一样能令人产生恐惧与怜悯的感受。在悲剧的意义上,将仍然健在者入传在审美方面因而就是一种缺憾,那种传记好像雕像缺了胳膊少了腿,美的力度大打折扣。

　　既是从美学看传记,莫洛亚依据的理论基础使人自然联想到美学经典——康德的《判断力批判》。不难看出,康德的著名论断,如审美判断与想象有关,与理解力(understanding)无关,审美满足感"完全没有功利性"等,为现代派们同传统观念斗争提供了理论武器。布鲁斯伯里成员艺术评论家克莱夫·贝尔试图据此在艺术与道德之间做出区分。他论辩道,艺术本身就是道德的,"一切艺术都是合乎道德的",因为"艺术作品是表达善的直接途径"。(贝尔,第10页)莫洛亚警告在传记里过分注重生活的道德条律便难能保持超然态度,因而损坏了传记的整体艺术。约翰生的《诗人传》就是一例。按照莫洛亚的分析,约翰生比斯特拉奇对传主挖苦得厉害。他笔下的弥尔顿所受到的讽刺与挖苦比斯特拉奇笔下的曼宁大主教

---

① 法国传记作家莫洛亚1926—1927学年应邀在剑桥大学作传记讲座。根据讲座内容,莫洛亚整理发表了《传记面面观》,对奠定"新传记"的历史地位,和"新传记"的流行产生了重要影响。

的遭遇远为激烈。莫洛亚认为约翰生的写作动机是受了道德论的驱使而媚俗,恰是这一点破坏了约翰生的文体效果。所以莫洛亚再次重复尼柯尔森和斯特拉奇的告诫:"保持客观性和超然性是最高的审美美德。传记作家要像小说家一样必须'揭露',而不是'强加于人'。伟大的传记总是生活中的哲学,但是如果直接表现哲学,那就什么目的也达不到。"(Maurois 62–63)

保持超然的态度,是为了实现传记的客观性,但具体实现传记的精确性,即事事查有实据,阐释合情合理,逻辑论证层层缜密,这是一个科学化的目标。在传记艺术中把道德与科学相联系,似乎距离很远,但在尼柯尔森这里,这两个概念就是两个时代的标志。如果说人类的传记注定要受时代精神的影响,那么可以说维多利亚时期的价值观注重道德,现代人注重的是科学。注重道德性的传记以神治人,注重科学性的传记强调科学性的实证,从而真正尊重传记的主体,因为"人对神学相信得越少,对人类的经验就相信得越多"(Nicolson, 1933:141)。

从科学的观念出发,尼柯尔森区分了两种传记:纯传记(pure biography)与不纯传记(impure biography)。强调历史建构与技巧建构的是纯传记;出于其他目的,或为纪念死者,或出于传记作家本人的主体性目的(或捧或打,或褒或贬)等等的传记是不纯传记。(Ibid 10)传记出于其他目的,传记作家很容易在情感上陷进传主的生平,难能"超然"。传记出于建构历史的目的与技巧本身的目的,传记作家不仅要考虑历史的客观性,也即科学性,还要考虑技巧方面的艺术性。这也是现代知识读者对传记的要求。像伍尔夫所说,现代主义时期一切都变了。小说变了,传记变了,读者也变了。20世纪的读者不是仅从传记中被动地吸取信息,他们同时参与"创作"。阅读传记是一个过程,在此过程中,读者不断进行着认同与比较,从而发现与个人经验相同的人类经验。传记成为读者反观自我的镜子。"他在传记中的某些人物身上看到了他自己,他同这些人物比较自己的感情和经历。"(Ibid 141)此时,读者要求传记里的事实查有实据,信息充分,没有误录误用,分析与阐释令人信服,同时他要求传记用简短的篇幅把传主海洋般的资料艺术地呈现在他眼前。

尼柯尔森认为阅读传记是反观自我的活动,莫洛亚则讨论了写作传记是表现自我的一面。在莫洛亚看来,作者在传主身上会发现读者在传记当中同样的阅读经验,作者在传主身上认同的特点越来越多,以致共同的情感越积越多,当这种情感达到一定程度,不得不爆发时,他必须找地方发泄。传记便成为这样一种"表达手段"(a means of expression)。莫洛亚认为在这方面写传记和写小说情况类似,这就是为什么福楼拜会说"我就是包法利夫人"的原因。(Maurois 103)他举出自己写作《精灵:雪莱传》的例子,说明"作者选择传主是为了迎合他自己性格中某种秘密的需要","传记在某种程度上是以传记为伪装的自传"。①如此说来,个人化、主观化是传记不可避免的,甚至是莫洛亚所提倡的,这岂不是与"新传记"作家们所提倡的超然客观的写作态度自相矛盾?莫洛亚则坚信:"情感的主观性根本不会使艺术作品失去客观性。"(Maurois 103)当然这种观点很有疑问。艾德尔认为,莫洛亚所说的"表达手段"其实就是弗洛伊德所说的"移情作用"(transference)。但是艾德尔强调,传记作家应该竭力避免移情作用。(Edel, *Writing Lives*:66)在此,本文的兴趣不是讨论传记作家是否应该与传主变成同一个人,而是试图回答为什么"新传记"作

---

①转引自 Leon Edel, *Writing Lives*:68. 托尔斯泰有过类似的观点, 他说:"艺术起源于一个人为了要把自己体验过的感情传达给别人,于是在自己心里重新唤起这种感情,并用某种外在的标志表达出来。"见普列汉诺夫 4。

家热衷于考察自我对传记的参与？这还是对维多利亚时代价值观的反拨。在维多利亚时期的传记艺术论述中，很少有人提到传记作家的主体性问题，也很少有人研究读者的问题。论述传记艺术的中心话语同这个时期里大多数非虚构作品一样，使用的是"应当怎样"的祈使语气。就大环境来看，据美国学者阿尔提克考证，维多利亚时期许多人终生喜爱读书，励志类图书一直畅销不衰，"道德故事、传记、布道书、各种宗教文学，礼拜天杂志从印刷机里成吨涌出"。知识分子下班之后继续学习，渴望懂得更多有关他们所生活的这个世界和这个世界上的居民的故事。书籍被看做是文明的产品与象征，英雄被看成是先知和文明大师；二者都是权威。这个事实说明当时的文化气候崇尚的是重视教育与思想（ideas）的价值观。（Altick，1973:64）但是无论是重视教育，还是重视思想的传播，维多利亚时代的读者大众都是被动的一群，没有自我，没有话语权，只是跟在励志书的后面奴仆般一步步地前行，情况与伍尔夫描述的维多利亚时期的传记作者与传主的关系一样。所以考察、关注与强调自我对传记的参与，实际上是强调人（包括传记作家）的"精神自由"，把人从不可动摇的绝对英雄观念下解放出来。只有在这种状态下，传记作者才能摆脱漠不关心的、悼词式的"葬礼式野蛮"（斯特拉奇语。EV，viii）；同时读者的自我对传记的参与鞭策了20世纪的传记作家坚持传记的客观性，从而实现传记的真实性。

科学性为传记奠定了客观性的基础，但是不是强调科学性的客观性意味着传记发展的乐观前景？尼柯尔森发现，读者阅读传记出于两种情况：一种是为了消遣；一种是为了求知。而求知对传记的要求是双重的，科学和文学各占一半。"对传记的科学兴趣最终要毁灭它的文学兴趣。科学兴趣不仅要求传记有事实，而且要求传记具有全部事实；而文学兴趣只要求部分事实或对事实的艺术再现。"(Nicolson,1933:154-155)艾德尔很不同意尼柯尔森的这个观点,他认为科学,特别是社会科学的新方法只能帮助传记实现艺术多样化,而不会泯灭传记的文学性。"只要人的大脑、神经和人体状况蔑视机械化,传记就不会是纯粹科学性的。"(Edel, *Writing Lives*: 40)但是在《英国传记发展史》中,尼柯尔森真正担心的恐怕不是传记的文学性会灭绝,而是传记被另一种"神"——科学性——所左右,从而难能"超然",再次走向低谷。

综上所述,强调传记的科学性实际上是强调传记真实性的基础——客观性。科学性既是传记实现真实性的保证,也是读者对传记的要求。超然性是保证科学性的客观性的前提。然而从自我的角度看科学性,科学性是一个矛盾的且理想化的目标。无论是传记作者,还是读者都希望在传主身上进行认同。读者的认同依据传记的科学性,即证据确凿的事实,合理的阐释,犀利的分析;但传记作者的认同往往因为自我的介入而使传记变形,从而不能保证传记的科学性目标贯彻到底,进而有损于传记的真实性。在语言表述层面,过分强调科学性也会因技术性原因而使传记囿于干涩抽象,进而失去文学表述的形象感。

本章分别从斯特拉奇、伍尔夫、尼柯尔森的传记观探讨了"新传记"的传记艺术。作为为反抗维多利亚时代价值观念目的服务的传记艺术,坚持传记作家的精神自由,不受外在因素的影响,从而保证实现传记的客观真实性,是"新传记"的灵魂。在此基础上,"新传记"强调传记艺术的独立性,摆脱道德对传记的影响与控制;主张艺术的"超然"性,与创作对象保持一定的距离。"新传记"也指出,传记实现客观真实性离不开事实,但是罗列事实并不能实现这一目的,传记中的事实必须按照艺术设计,艺术性地进行安排。然而,这一技巧既为实现传记的真实性提供了可能性,也提供了难度,使传记随时濒临小说的边缘,从而毁灭自身。追求传记客观真实性的目标看似中立,但与 20 世纪人们对人的关注关系紧密。阅读传记是一种反观自我的行为,写作传记是"表达"自我的手段。

斯特拉奇给后代发放了一个传记实验许可证。

——保罗·利维（Paul Levy 27）

结束语

  "新传记"以强烈的反叛精神、生动多样的表现形式和独立的自我判断面世,对维多利亚时代的价值观提出全面质疑。可以说,《维多利亚时代名人传》之所以能够引发"新传记"而形成一种很有影响的历史现象[①],除其形式新颖的原因之外,更重要的原因是它把传记作为向维多利亚时代价值观念发动进攻的武器。对于第一次世界大战之前的英国人来说,维多利亚时代不只意味着维多利亚女王统治的时期,而且意味着第一次世界大战之前的整个时代精神。美国学者海恩斯(Samuel Hynes)认为这一时代概念对于理解"新传记"非常重要,"因此我们就能理解斯特拉奇的书在 1918 年是多么重要。我们就会理解这本书(《维多利亚时代名人传》)在后来的几年里为什么那样有影响。斯特拉奇在大战结束之际回顾刚刚逝去的英国历史,把这段历史看成是既远又近的一段时间,是一段把过去与现在截然分开的大鸿沟"(Hynes 245)。

  "新传记"为什么在思想上具有强烈的反叛性?一方面,维多利亚时代以上帝至上、《圣经》至尊的福音派原教旨宗教意识为核心

---

  ①无论人们对"新传记"的评价呈现出多么大的分歧,自这部传记发表之后,人们对维多利亚时代的观点和传记艺术都被永远地改变了。

的道德观念以苛刻的戒律压制人束缚人，而另一方面，英国的社会已进入资本主义时期，自由竞争追求最大利润是商品市场经济的基本要求；因此，在世俗生活中，功利主义、拜金主义盛行。宗教道德规范的要求与世俗生活的要求相去甚远，二者的冲突挤压形成了一种以虚伪为特征的价值观。这种价值观的虚伪性逐渐为维多利亚时代后期及爱德华时代的人们所识破，因而对维多利亚时代的价值观产生反感有其认识论上的必然性。当然，认识论上的必然性也存在于19世纪和20世纪初科学发展所导致的绝对观念的坍塌和反传统意识的强化。人的政治经济关系变迁也是反叛意识产生的条件。

在反抗维多利亚时代价值观的努力之中，"新传记"彻底抛弃维多利亚时代传统传记的立传原则，使用多种艺术手段使传记的画面产生了立体的雕塑感效果。心理分析的运用使得作者自由进入传主的思想，以意识流的形式，将传主特定时间里特定行为的动机的来龙去脉"暴露"①给读者。讽刺则把作者的态度渲染到传记的画面中来，形成与旧传记截然相反的喜剧效果。"新传记"对传记艺术形式的追求所显现出来的实验性本身也是一种反叛，与哲学家G.E.穆尔倡导的艺术欣赏包括了最大价值的善的伦理思想有着密切的关系。有学者认为"新传记"的实验性表现了"新传记"作家们对艺术的深刻认识。在"新传记"作家眼里，艺术具有对存在的独特洞察力，艺术不是手段（means），是一种内在的善，本身就是有价值的，不需要另行验证。因此，"新传记"的哲学基础带有"为艺术而艺术"的色彩，"新传记"为在19世纪末不光彩地退出历史舞台的唯美派正了名。（Johnstone 45）

---

①英语原文为 expose，在"新传记"的语境中，相当于汉语"揭露"、"袒露"和"暴露"。

如同穆尔哲学发展了康德的伦理思想，但不是康德的伦理观一样，虽然"新传记"强调艺术的自律性、主张传记作家精神自由、免受道德的干扰等原则与唯美派颇有相似之处[1]，但是指导"新传记"的主旨不是"为艺术而艺术"信条，"新传记"作家不是唯美派。"新传记"的艺术实验与创新追求与唯美派的目的不同，它要重新解释被维多利亚时代的价值观念和传统观念变形了的历史，按照传记作家自己对真实性的理解，还原历史的"本来"面目。如果唯美派因为将艺术是向善之路的思想同享乐主义混在一起，而与社会习俗格格不入，从而显得"反叛"，其反叛是内敛式的，自律式的，回避社会的；而"新传记"的哲学主张的是，以艺术为基础的审美享受与人与人之间的关系是向善之路，而不仅仅是享乐主义，其反叛是入世的，直接和社会发生冲突。它要改变世界，以新取代旧。

那么是什么导致了"新传记"与唯美派的差别？除穆尔哲学、罗杰·弗莱的艺术美学思想的影响外，第一次世界大战也是主要原因之一。如果说在 19 世纪末唯美派还可以相信社会由社会名流负责，而远离社会与大众，钻进艺术的美丽外壳进行自我向善的努力，1918 年以后，幻灭感彻底摧毁了人们对维多利亚时期社会理想的信心，人们不再相信过去的价值观。而爱德华时代以来的人性关怀使知识精英的责任感愈来愈浓，拯救社会被"新传记"作家视为自己不可推卸的责任。

"新传记"是自我的艺术。爱德华时代以来，上帝消失，人的地

---

[1]例如唯美派代表人物之一佩特认为，艺术就应该表现思想，而感觉是万物对个性的影响，只有这种个性是能成功地表现多种感觉的艺术家。因此，"为了使人能够真实地表现感觉，就要求人们遵守纪律，具有自我克制和自我献身的精神，勤奋刻苦"。艺术的目的在这里是完善自我，与社会不发生关系。卡伦 705。

位上升,自我开始抛头露面。"新传记"所强调的选材、设计、保持超然客观冷静的态度,其实都是在使传记作家的自我介入传记合法化。在选材、设计和写作的过程中,传记作家的自我进入了传记,传主有时被当作传记作家自我的面具。比如在《维多利亚女王传》里,阿尔伯特从外貌("个子很高,四肢搭配得却不均匀",QV 98)、性格("与男人相处总比与女人相处容易",QV 91),到处处不得势的境遇(英国人总是把他当外国人)都暗示了传记作者本人不得志的现状。这似乎是说,"新传记"否定维多利亚时代的葬礼式传记,并非意在追求传记的客观真实性,而是争取权力的努力,即力求用艺术的方式表现自我的权力。伍尔夫的"创造性事实"的概念、莫洛亚的"表达手段"说和"母题"说、"新传记"奉行的直觉法等等更是为(传记作家的)自我进入传记的合法化创造理论根据。

然而,"新传记"为什么要以他传的形式张扬自我?这其中的原因至少有两重。一方面维多利亚时代以唯心主义绝对观念为基础的道德观念用彼岸世界的神话控制人们的精神世界,束缚人的思想,人成了神的奴仆,被极端漠视。社会组成神、英雄、权威、芸芸众生的等级结构和与之相配套的道德观念。然而以彼岸世界为中心架构起来的价值观念、道德观念和种种习俗最后证明不过是以虚伪、虚荣、自负为特征的遮羞布、以道德为幌子的狼牙棒。这激起了现代派们对维多利亚时代的道德观念、价值观念和陈规陋习的反抗。现代人怀疑与痛恨维多利亚时代的种种虚伪承诺,不再相信基督教编造的自欺欺人的上帝神话,转而更相信自己,相信自己的直觉,相信自己的智力。人代替了神成为现代派的中心。现代派要像撒旦一样,反抗主流世界的伪善价值观念,按照个人的理解,重新解释他周围的世界,破除神话,找回被歪曲了的历史真实。另一方面"新传记"强调自我是对老一代人的反抗。"新传记"痛恨维多利亚时代的价值观念,表现在传记中即是向主宰那个时代的统治阶级挑战。这是因为,在英国,控制全社会经济基础与上层建筑的阶级就是现代派们的父辈一代。如果只是反抗禁锢思想的价值观念和道德观念,"新传记"也许会像 19 世纪末的印象画派,虽反抗传统观念的种种束缚,但只是艺术家之间的活动;然而"新传记"引起了无数从一次大战战场上归来的年轻人的欢呼,不仅英国青年人为之欢呼,欧洲其他参战国的青年也为之欢欣,因为"新传记"代表他们一代人发出了愤怒的吼声。(Gordon 15)

新老之间存在着泾渭分明的界限。在年青人看来,是父辈一代人挑起了世界大战,把年青人送上战场,无谓地战死他乡,父辈一代是维多利亚时代价值观的始作俑者。父辈一代是所谓逻辑的一代,代表理性的冷漠;年青一代是直觉的一代,强调感性的人性关怀。[①]感性化使"新传记"作家重视直觉,而不相信从理性推演而来但实际上却无法证明的存在。克罗齐曾将知识分为两种形式:直觉知识与逻辑知识。直觉知识指通过想象获得的知识,或者是产生形象的知识;逻辑知识指通过理智获得的知识,或者是产生概念的知识。(克罗齐,第 268 页)而如海德格尔所定义,对于存在的直觉就是艺术(Michael Bell 28),这也可以从一方面解释为什么艺术受到"新传记"的重视。因此,无论是强调人的关怀,还是强调年轻人的愤怒,"新传记"发出了自我的呐喊。

张扬自我对于把传记从资料汇编里解放出来,变成文学艺术

---

①伍尔夫对她父亲莱斯利·斯蒂芬的描写清楚地表现了两代人之间的本质性反差,具有相当的象征意义:"如果给他一个思想叫他分析,比如穆勒的思想、边沁的思想、霍布斯的思想,他的大脑(凯恩斯告诉我的)非常锐利,思路清晰且简明:是剑桥分析派令人羡慕的榜样。可你给他一部传记、一个人物叫他分析,他就会显得非常愚钝,很小儿科,很一般化;一个拿着一盒彩色粉笔的小孩子都会画得跟他一样好。"(MB 126)

起到了积极作用。但是我们也要看到,"新传记"的反传统,并非彻底清除过去的一切,而是站在传统的靴子里审视传统。对于"新传记"作家而言,虽然他们对维多利亚时代价值观的反抗因为猛烈而更加引人注目,在某些方面延续传统却是他们不自觉的行为。甚至可以说,是优秀的文学传统底蕴帮助"新传记"实现了反叛的目的。另一方面,对于自我的张扬不可无度无界。自我被无限放大,如果变成新上帝,变成绝对观念,那么面临的最终结局或是自我毁灭,或是回到旧传记的老路上去。"新传记"后期发展成的揭丑文学和心理传记①无不是放任自我而以失败告终。在传记艺术的内部形式中,心理分析的依据是什么?阐释的标准是什么?如何掌握事实的选材标准?传记如何在摹仿其他艺术同时保持自身的特殊性?应不应该尊重传主?这些都必须在一定程度上忘我的超然态度中去把握。虽然斯特拉奇从此使传记作家不敢不艺术地写作(Gittings 39),但自我在传记中应当扮演什么样的适当角色是"新传记"给我们留下的思考。

---

①两次大战期间英国出现的心理传记不是当代意义上的心理传记。当时的心理传记用弗洛伊德理论机械地解释传主行为,经常牵强附会,遭到包括一些"新传记"作家在内的许多人的反对。见 Garraty,1964:143. 在当代,心理传记是心理学研究"心理历史"的一个分支,当代心理传记的定义是,"文本中清楚地使用了正规而系统的心理学知识的传记"(Runyan 201)。

附录

作品名称缩写表

E&E   Lytton Strachey, *Elizabeth and Essex : A Tragic History*. 1928. New York Blue Ribbon Books, 1932.
斯特拉奇：《伊丽莎白与埃塞克斯》

EV   Lytton Strachey, *Eminent Victorians*. 1918. London Chatto & Windus, 1945.
斯特拉奇：《维多利亚时代名人传》

Flush   Virginia Woolf, *Flush A Biography*. 1933. New York and London : HBJ Book, 1961.
伍尔夫：《弗拉狮传》

MB   Virginia Woolf, *Moments of Being*. New York : Harcourt Brace Jovanovich, 1976.
伍尔夫：《时时刻刻》

Orlando   Virginia Woolf, *Orlando A Biography*. 1928. London : Grafton Books, 1977.
伍尔夫：《奥兰多传》

QV   Lytton Strachey, *Queen Victoria*. 1921. London : Chatto & Windus, 1937.
斯特拉奇：《维多利亚女王传》

RF   Virginia Woolf, *Roger Fry : A Biography*. 1940. London : Penguin Books, 1979.
伍尔夫：《罗杰·弗莱传》

SP   Harold Nicolson, *Some People*. 1927. London：Constable and Company Ltd, 1934.

尼柯尔森：《某些人》

VD   Roger Fry, *Vision and Design*. 1920. ed. & intro. J. B. Bullen. London：OUP, 1981.

罗杰·弗莱《视觉与设计》

国外历年"新传记"研究博士论文目录① (1938—2002)

Alfieri, August Michael. *Thomas Beer, Freelance Writer and Writer and the Changes in the Literary Marketplace*, 1920–1940. State University of New York at Stony Brook, 1994, 488 pages. AAT ②9521604

Baizer, Mary Martha. *The Bloomsbury Chekhov (Russia, England)*. Washington University, 1985, 238 pages. AAT 8520785

Barber, Stephen Michael, *Virginia Woolf, in a Word: Writing as Aesthetics of Existence and Practice of Freedom. York University*, Canada, 1996, 367 pages. AAT NN10213

Bell, W.R., *Aesthetes, English professors, and Socialists: The British reception of Matthew Arnold* (1888–1948). Edinburgh University, UK. 1989. 40–2598

Benzel, Kathryn Nowicki. *Sexual Difference as narrative Technique: Cross–dressing, Redressing, and Undressing Female Protagonists (Woolf, Mailer, England, United States)*. University of Illinois at Urbana–Champaign, 1987, 302. Sources: DAI–A 49/01, p. 88, Jul 1988.

Bloomberg, Blanche R.. *The Critical Technique of Sainte–Beuve Considered in its Relationship to the Modern Biography as exemplified by Lytton Strahcey and Andre Maurois*. University of Southern California, 1938. Not Available from UMI

Cocherane, Hamilton Edwards. Roger North's 'Lives of the Norths': *A Critical Study*. University of Minnesota, 1985, 229 pages. AAT 8519270

Cooper, Burton Leonard. *The Cultural Environment of Lytton Strachey*. The University of Michigan, 1966, 184pages. AAT 6701719

Davidson, Virginia Spencer. *Endowed Renderings–Biography as Literary Artifact*. Harvard University, 1982, 211pages. Sources: DAI–A 43/07, p. 2353, Jan 1983.

Dickson, Jay Michael. *Modernism Post Mortem: Narrative and Sentimental Bereavement*

①材料来源：

美国、加拿大博士论文取自 <http://wwwlib.umi.com/dissertations/ >

英国博士论文取自 <http://www.theses.com/idx/ >

②AAT：出版号。2002 年本人在剑桥大学访学期间所收资料中，以美国的论文最全，加拿大与英国只有部分论文上网，其他英语国家没有。中国到目前为止尚没有"新传记"研究方面的博士论文。

After Victoria (*E. M. Forster, Virginia Woolf, John Middleton, Murry, Katherine Mansfield, Lytton Strachey*). Princeton University, 1996, 322 pages. AAT 9624934

Fleischer, Georgette. *Genre departures: Women writers and the crisis of representing national socialism and World War II* (*Hannah Arendt, Gertrude Stein, Rebecca West, Virginia Woolf, England, Ingeborg Bachmann, Austria*). Columbia University, 2002. 371 pages. AAT 3037700

Fulton, Marilee Line. *Virginia Woolf's Use of the Past: the Early Criticism to 'To the Light House'* (*History, Modernism, World War I*). University of New Hampshire, 1985, 307. AAT 8607457

Frank, Catherine Olivia-Marie. *Novel bequests: Law, literature, and the transmission of culture, 1837--1925* (*Charles Dickens, George Eliot, Wilkie Collins, Lytton Strachey, Virginia Woolf*). The George Washington University, 2002, 322 pages. AAT 3059884

Gardiner, J. P. *Èlite Perceptions of the Victorian and Edwardian Past in Inter-war*. Kent University, UK. 1999, A9a. 49–12126

Gerzina, Gretchen Holbrook. *Carrington: Another Look at Bloomsbury*. Stanford University, 1984, 247 pages. AAT 8420532

Gordon, Troy P. *Uncommon companions: Telling the story of a modernist cross-sex friendship* (*Virginia Woolf, Lytton Strachey*). University of Michigan, 2001, 315 pages. AAT 3029342

Hale, J. Keith, *The Rupert Brooke-James Strachey Letters*. Purdue University, 1994, 508 pages. AAT 9721855

Hoberman, Ruth Sarah. *Biography in England Between the Wars: Modernist Literary Strategies* (*Strachey*). Columbia University, 1984, 315 pages. AAT 8610771

Jones, Marjorie Cullen, *The Novelist as Biographer: The Truth of Art, the Lies of Biography* (*Forster, Gaskell, James, Woolf; Bronte, Dickinson, Fry, Story*). North-western University, 1983, 213 pages. AAT 8403436

Kovalesky, Genevieve. *A 'new biography' of her own: Virginia Woolf and the nineteenth century*. The University of Iowa 2001, 209 pages. AAT 3018587

Luftig, Victor Ernest. *'Intensities and Avoidances': Representing Friendship Between the Sexes in England, 1850–1940*, Stanford University, 1988, 320pages. AAT 8808388

McIntire, Gabrielle Shalom, *Writing time: Modernism, memory, and desire* (T. S. Eliot, Virginia Woolf). Cornell University, 2002, 285. AAT 3037264

Overend, Eileen. *Lytton Strachey and the Art of Biography*. University of Ottawa, Canada. 1980. Not Available from UMI

218

Reed, Christopher Gervais. *Re –imagining Domesticity: The Bloomsbury Artists and the Victorian Avant–Garde. Yale University*, 1991, 573 pages. AAT 9315199

Simson, George Kuppler. *Lytton Strachey's Use of His Sources in 'Eminent Victorians'.* University of Minnesota, 1963, 312pages. AAT 6407276

Southard, Kristine D'Onofrio. *Virginia Woolf: A Reception History of 'Mrs. Dalloway', 'To the Lighthouse' and 'Orlando: A Biography'.* New York University, 374 pages. AAT 3048873

Standridge, Karen Nancy. *The Reader in Virginia Woolf's Biographies: 'Something Betwixt and Between' (Virginia Woolf, Reader Response)*, University of Denver, 1993, 344 pages. AAT 9327758

Taddeo, Julie Anne, *The last 'Eminent Victorian': Lytton Strachey and the myth of the modernist rebellion.* The University of Rochester, 1996, 365 pages. AAT 9720525

Tipper, William C. *Without Descent: Evolutionary Discourse and Satirical Modernism in Samuel Butler, Lytton Strachey, and Virginia Woolf. New York University*, 1998, 202 pages. AAT 9831775

White, Mary Gassaway. *Writers among friends: A historical study of writing groups.* University of Southwestern Louisiana, 1999, 360 pages. AAT 9925313

参考文献

The New Encyclopaedia Britannica .Chicago: Encyclopaedia Britannica, Inc., 1984.

The New Encyclopedia Britannica, Vol. 2. Chicago: Encyclopedia Britannica Inc. 1989.

The New Encyclopedia Britannica, Vol. 2.15ᵗʰ ed. Chicago: Encyclopedia Britannica Inc. 1973.

Adams, William Henry Davenport. *Celebrated Englishwomen of the Victorian Era*, 2 *vols.*, London: F. V. White, 1884.

Advani, Ruskun *E. M. Forster as a Critic*. Kent, UK: Croom Helm, 1984.

Altick, Richard D. *Lives and Letters: A History of Literary Biography in England and America*, NY: Alfred A Knopf, 1966.

———. "Eminent Victorianism." *The American Scholar* 64-1 (1995): 81-9.

———. *Victorian People and Ideas*. NY: W. W. Norton, 1973.

Augustus, St.. *Confessions and Enchiridion*, Book X, trans & ed. Albert C. Outler. London: SCM Press, 1955.

Avery, Todd. "'This intricate commerce of souls': The Origins and Some Early Expressions of Lytton Strachey's Ethics," *Journal of the History of Sexuality* 13.2 (2004) 183-207.

Backscheider, Paula R.. *Reflections on Biography*. Oxford: OUP, 1999.

Baldick, Chris. *Oxford Concise Dictionary of Literary Terms*. Oxford: OUP, 2001.

Bakhtin, Mikhail. *Problems of Dostoevsky's Poetics*, ed. & trans. Caryl Emerson; intro. Wayne C. Booth. Manchester: Manchester University Press, 1984.

Baylen, J. O. "Book review of *Victorian Journalism: Exotic and Domestic: Essays in Honor of P. D. Edwards.*" *Victorian Studies* 43.2 (2001): 321-324.

Bayman, Henry. "Nietzsche, God and Doomsday: the Consequences of Atheism." 6 June, 2004. *Romantic and Gothic Horror*, ed. Raymond Nighan & Donna Freitas, 07 Oct. 2004

< http://www.stjohns-chs.org/english/gothic/works/Nietzgodanddoomsday.html>.

Beauman, Nicola. *Morgan: a biography of E. M. Forster. London* & etc: Hodder & Stoughton, 1993.

Beebe, Maurice. "What Modernism Was." *Journal of Modern Literature* 3, July 1974, 1073.

Beer, Gillian. *Darwin's Plots*. Cambridge: CUP, 1983, 2000.

———. *Virginia Woolf: The Common Ground*. Edinburgh: Edinburgh UP, 1996.

Beerbohm, Max. "The Spirit of Caricature," (1901), *A Variety of Things*. London: Heinemann, 1928.

———. "No. 2. The Pines," 1914. *And Even Now*. London: William Heinemann, 1920.

Bell, Michael. "The Metaphysics of Modernism," *The Cambridge Companion to Modernism*. Ed. Michael Levenson. Cambridge: CUP, 1999, 9–32.

Bell, Millicent. "Lytton Strachey's *Eminent Victorians*", *The Biographer's Art*, ed. Jeffrey Meyers. London: Macmillan Press, 1989, 53–55.

Bell, Quentin. *Virginia Woolf: A Biography*.(1972) London: The Hogarth Press, 1982.

Benton, Michael. "Literary Biography: The Cinderella of Literary Studies," *The Journal of Aesthetic Education* 39.3 (2005) 44–57.

Bloom, Harold, *The Western Canon*. London: Macmillan, 1995.

Bodkin, Maud. "Maud Bodkin on Archetypal patterns in Virginia Woolf's Work." Majumdar & McLaurin 324–329.

Booth, Alison. "Victoria in Anglo-American role model anthologies," *Remaking Queen Victoria*. Margaret Homan & Adrienne Munich, ed. CUP, 1997, 59–78.

Booth, Wayne C. *The Rhetoric of Fiction*. Chicago & London: U of Chicago P, 1961.

Brackman, Harold. "'Biography Yanked down out of Olympus': Beard, Woodward, and Debunking Biography," *Pacific Historical Review* 52.4 (1983): 403–27.

Bradbury, Malcolm. *The Modern British Novel*. London: Penguin Books, 2001.

Bradley, John L.. "Review of *Lytton Strachey: His Mind and Art by* C. R. Sanders." *Modern Language Review* 55 (1960): 461–62.

Broughton, Panthea Reid. "'Virginia is Anal': Speculations on VW's Writing RF and Reading Sigmund Freud," *Journal of Modern Literature* 14.1 (1987): 151–57.

Burra, Peter. "Flush." Majumdar & McLaurin. 320–23.

Butts, Mary. "Bloomsbury," ed. Camilla Bagg & Nathalie Blondel. *Modernism/Modernity* 5.2 (1998) 32–45.

Carlyle, Thomas. *On Heroes, Hero-Worship and the Heroic in History*. London: Chapman and Hall, 1897.

Chamberlin, William Henry. "Prophet and Psychologist," *Russian Review* 7.2 (1948): 34–40.

Clayworth, Anya. "Inventing the Victorians : Wilde Style: The Plays and Prose of Oscar Wilde," *English Literature in Transition* (1880-1920) (*Univ. of North Carolina, Greensboro*) 45:3 (2002:3): 334-337.

Coetzee, J. M. "Confession and Double Thoughts: Tolstoy, Rousseau, Dostoevsky," *Comparative Literature* 37.3 (1985): 193-232.

Cooley, Elizabeth. "Revolutionizing Biography: *Orlando*, *Roger Fry*, and the Tradition," *South Atlantic Review*, 55.2 (1990): 71-83.

Cook, Edward. "The Art of Biography." *National Review* April, 1914: 259-284.

Crey, C. The Early Years of His Royal Highness the Prince Consort, NY. 1867a.

Cyson, H. E. "The Technique of Debunking," *Twentieth Century*, CLVII (March, 1955) 255-56.

Dunn, Waldo H.. *English Biography*. London: J. M. Dent and Sons, 1916.

Edel, Leon. "Transference: The Biographer's Dilemma." *Biography: An Interdisciplinary Quarterly*. 7.4 (Fall) 1984: 283-291.

---. *Writing Lives: Principia Biographica*. 1959. NY & London: W. W. Norton & Company, 1984.

Ellmann, Richard. "Two Faces of Edwardians," *Golden Codgers: Biographical Speculations*. 1960. NY: OUP, 1976. 113-131.

Eysteinsson, Astradur. *The Concept of Modernism*, Ithaca and London: Cornell UP, 1990.

Feldman, Robert S. *Understanding Psychology*. 4th ed. NY: McGraw-Hill, 1996.

Ferns, John. *Lytton Strachey*. Boston: Twayne Publishers, 1988.

Fish, Stanley. "Just Published: Minutiae Without Meaning," *The New York Times*, September 7, 1999, p. A23.

Freud, Sigmund. *The Standard Edition of the Complete Psychological Works*, ed. James Strachey, 24 vols. London: The Hogarth Press and the Institute of Psycho-Analysis, 1953-74. (简写 S.E.)

---. 1914. "On Narcissism: An Introduction," *S.E.*, 1957. Vol.14: 73-102.

Fry, Roger. *Vision and Design*. 1920. ed. & intro. J. B. Bullen. London: OUP, 1981.

Fueloep-Miller, Rene. "Dostoevsky's Literary Reputation," *Russian Review* 10.1 (1951): 46-54.

Garnett, David. Great *Friends: Portraits of 17 Writers*, London: MacMillan, 1979.

Garraty, John A. *The Nature of Biography*. 1957. NY: Vintage Books, 1964.

--- *The Nature of Biography*, London: Jonathan Cape, 1957.

Gillespie, Diane F. "Introduction", *Roger Fry*, 1940; by Virginia Woolf. Ed. Diane F. Gillespie, London: Blackwell Publishers, 1995, xi.

Gittings, Robert. *The Nature of Biography*, Seattle: U of Washington Press, 1978.

Gordon, George, *The Lives of Authors*. London: Chatto and Windus, 1950.

Gosse, Edmund.. "The Agony of the Victorian Age," *Some Diversions of a Man of Letters*. New York: Scribner's, 1919. 313–36.

---. "The Custom of Biography," *Anglo-Saxon Review* VIII (1901): 195–208.

---. "The Ethics of Biography," *Biography as an Art*. Ed. James L. Clifford. 1903. NY & Toronto: OPU, 1962. 113–119.

---. *Father and Son*. 1907. Ed. Peter Abbs with intro. London: Penguin, 1986.

Griffith, Michael A.. "Review of *Lytton Strachey by* John Ferns," *Modern Language Review*, 85.4 (1990): 930–31.

Gray, Charlotte. "The New Biography," *Queen's Quarterly* (Canada) 108.2 (2001): 243–258.

Hall, Catherine, & Keith McClelland and Jane Rendall, *Defining the Victorian Nation*. Cambridge: CUP, 2000.

Hart, Francis R. "Notes for an Anatomy of Modern Autobiography," *New Literary History*, 1970, 485–511. Also see, *New Directions in Literary History*, ed. Ralph Cohen. Baltimore: Johns Hopkins UP, 1974.

Herdman, John. " 'The Emergence and Development of the Double Theme' and 'The Russian Double,'." *The Double in Nineteenth-Century Fiction*. London: The Macmillan Press Ltd, 1990. 11–20.

Herz, Judith Scherer. "Bloomsbury Group," The Johns Hopkins UP, 1997. June 2, 2004 <http://www.press.jhu.edu/books/hopkins_guide_to_literary_theory/fiction_theory_and_criticism-_3.html>

Higonnet, Margaret R.. "Review of *A War Imagined: The First World War and English Culture* by Samuel Hynes," *The journal of Modern History*, 65.3 (1993): 606–608.

Hoberman, Ruth. *Modernizing Lives: Experiments in English Biographies*, 1918–1939. Carbondal and Edwardsville: S Illinois UP, 1987.

Holmes, Richard. "Biography: Inventing the Truth." *The Art of Literary Biography*. Ed. John Batchelor. Oxford: Clarendon, 1995. 15–45.

Holroyd, Michael. "On the Border-line Between the New and the Old." Law and Hughes 28–43.

---. *Lytton Strachey and the Bloomsbury Group: His Work, Their Influence*. 1967. London: Penguin Books, 1971.

---. *Lytton Strachey: A Critical Biography*. London: Vintage, 1994.

Homan, Margaret & Adrienne Munich, ed. *Remaking Queen Victoria*. Cambridge: CUP, 1997.

Honan, Park. *Authors' Lives: On Literary Biography and the Arts of Language*. NY: St. Martin's, 1990.

Houghton, Walter E. *The Victorian Frame of Mind: 1830–1870*. NY: Yale UP, 1975.

Hughes, Kathryn. "Telling Truths." *New Statesman*. 6 Nov. 2000. <http://www.lexis-nexis.co.uk>

Huxley, Thomas. *Evolution and Ethics*. London, 1893. Mar. 21, 2003.
　<http://www.blackmask.com/books102c/thxtwentdex.htm>

Hynes, Samuel. *A War Imagined*. London: The Bodley Head, 1990.

Jay, Martin. ed. with intro. *An Unmastered Past: The Autobiographical Reflections of Leo Lowenthal*. Berkeley, Los Angeles: U of California P, 1987.

Johnson, Samuel. *The Art of Biography*. 24 Feb. 04
　<http://www.ourcivilisation.com/smartboard/shop/johnsons/biogrphy.htm>

Johnstone, John Keith. *The Bloomsbury Group*. London: Secker & Warburg, 1954.

Jones, H. M. "Contemporary Methods in Biography," *English Journal*, 21 (1932) 113–22.

Jourdain, Margaret. "The Victorian Spirit," *International Journal of Ethics*, 29.3 (1919): 364–73.

Kallich, Martin. *The Psychological Milieu of Lytton Strachey*. NY: Bookman Associates, 1961.

Kanevskaya, Marina. "Smerdiakov and Ivan: Dostoevsky's The *Brothers Karamazov*," *Russian Review* 61.3 (2002): 358–76.

Kaplan, Justin. "A Culture of Biography," *The Literary Biography: Problems and Solutions*, ed. Dale Salwak. London: Macmillan, 1996: 1–11.

———. "Biography," *Microsoft Encarta Reference Library* 2004, CD-ROM (Microsoft Corporation, 1993–2003).

Kendall, Paul Murray. *The Art of Biography*. London: George Allen & Unwin Ltd, 1965.

Keynes, John Maynard. *Two Memoirs*. Intro. David Garnett. London: Hart-Davis, 1949.

———. *A Tract on Monetary Reform, in Collected Writings*, Vol. IV. Basingstoke and London: Macmillan, 1971.

Kovalesky, Genevieve. "Abstract", *A 'New Biography' of Her Own: Virginia Woolf and the Nineteenth* Century, PhD dissertation. The University of Iowa, 2001. AAT 3018587.
　<http://wwwlib.umi.com/dissertations/>

Landor, Walter Savage. "Queen Elizabeth, Cecil, Duke of Anjou, and De la Motte Fenelon," Imaginary Conversations (1824–29), *The Works of Walter Savage Landor*, vol. I. London, 1846.

Law, Joe and Linda K. Hughes. ed. *Biographical Passages: Essays on Victorian and Modernist Biography*. Columbia: U of Missouri P, 2000.

Leavell, Linda. "Intruduction." *South Central Review* 23.3 (2006): 1–4.

Lee, Hermione. *Virginia Woolf*. London: Chatto & Windus, 1996.

Lee, Sidney. *Principles of Biography*. Cambridge: CUP, 1911.

Levenson, Michael H., *A Genealogy of Modernism: A Study of English Literary Doctrine*

*1908–1922.*Cambridge：CUP，1984.

Levy, Pau.l "Review of *Lives and Letters*：A string quartet in four movements", *Guardian* [London]July 20, 2002：27. <http://www.lexis−nexis.co.uk>

Macleod, Glen. "The Visual Arts," *The Cambridge Companion to Modernism*. Ed. Michael Levenson. Cambridge：CUP, 1999. 194–216.

Marcus, Laura. *Auto/biographical Discourse*：*Theory*，*criticism*，*practice*. Manchester and NY：Manchester UP, 1994.

–––. "Woolf's Feminism and Feminism's Woolf", *The Cambridge Companion to Virginia Woolf*. Eds. Sue Roe & Susan Sellers. Cambridge：CUP, 2000：209–244.

Majumdar, Robin and Allen McLaurin. *Virginia Woolf*：*The Critical Heritage*. London/Boston：Routledge and Kegan Paul, 1975.

Maurois, André. *Aspects of Biography*. London：CUP, 1929.

May, Derwent. *Critical Times*：*The History of the Times Literary Supplement*. London：HarperCollins, 2001.

McClelland, Keith. "England's Greatness, the Working Man," *Defining the Victorian Nation*. Ed. Catherine Hall, & Keith McClelland, and Jane Rendall. Cambridge：CUP, 2000. 71–119.

McIntyre, Ian. "One is not amusing, the other a delight," *Times September* 4, 2002：Features, 2, 15.

McNeillie, Andrew. "Bloomsbury", *The Cambridge Companion to Virginia Woolf*. Ed. Sue Roe & Susan Sellers. Cambridge：CUP, 2000. 1–28.

Mepham, John. *Virginia Woolf*：*A Literary Life*. London：MacMillan, 1991.

Moore, G. E. *Prinicipia Ethica*. 1903. Ed. & intro. Thomas Baldwin. Beijing：China Social Sciences Publishing House, from English ed. by CUP, 1993.

Mullen, Alexandra. "Heroes, Humbugs, and Hypocrites." *Hudson Review* 56.3 (2003)：549–56.

Mullen, Richard. "America's greatest biographer：Douglas Southall Freeman." *Contemporary Review* 282 (Apr 2003)：236–238. < http://lion.chadwyck.co.uk/lion_ref_all/ >

Murav, Harriet. "Fedor Mikhailovich Dostoevsky." *Russian Novelists in the Age of Tolstoy and Dostoevsky*. Ed. J. Alexander Ogden and Judith E. Kalb. *Dictionary of Literary Biography* Vol. 238. Detroit：Gale Group, 2001. *Literature Resource Center*. *Gale*. Hawaii State Public Library System. 4 Feb. 2009

<http://go.galegroup.com/ps/start.do? p=LitRC&u=hawaiistatepub>.

Nadel, Ira B. *Biography*：*Fiction*，*Fact and Form*. London：MacMillan, 1984.

Nehamas, Alexander. *The Art of Living*：*Socratic Reflections from Plato to Foucault*.

London/ Berkeley/Los Angeles: U of California Press, 1998.

Nicolson, Harold. *The Development of English Biography*. 1927. London: Hogarth, 1933.

———. *Tennyson*. London: Constable, 1923.

———. *Some People*.1927. London: Constable and Company Ltd, 1934. (7th pr.)

Novarr, David.*The Lines of Life: Theories of Biography*, 1880 – 1970.*Indiana: Purdue* UP, 1986.

———. *The Making of Wlaton's Lives*. Ithaca: Cornell UP, 1958.

Parton, James and Horace Creeley, ed. *Eminent Women of the Age: Being Narratives of the Lives and Deeds of the Most Prominent Women of the Present Generation*. Hartford, Conn.: S. M. Betts, 1869.

Pope, Alexander. "An Essay on Man." 1733. *The Norton Anthology of English Literature*, vol. 1, ed. M. H. Abrams, 5th ed. NY/ London: W. W. Norton & Company, 1986. 2264–2271.

Pound, "A Few Don'ts," *Literary Essays of Ezra Pound*. ed. T.S. Eliot. London: Faber & Faber, 1954. 4–5.

Roe, Sue & Sellers, Susan. ed. *The Cambridge Companion to Virginia Woolf*. Cambridge: CUP, 2000.

Rosati, Salvatore."Virginia Woolf in Italy." Majumdar & McLaurin 316– 319.

Rose, Phyllis. *Woman of Letters: A Life of Virginia Woolf*. NY: OUP, 1978.

Roston, Murray. *The Search for Selfhood in Modern Literature*. Hampshire: Palgrave, 2001.

Runyan, William McKinley. *Life Histories and Psychobiography*. NY: OUP, 1982.

Ruskin, John. *Modern Painters*, vol. III. NY: 1881.

Rustin, Susanna. "Book Review: *Woolf in Four Sets of Clothing*." *Financial Times* (London),October 7, 2000, Saturday London Edition 1, 5.

Sanders, Charles Richard, *Lytton Strachey: his mind and art*. New Haven: Yale University Press, 1957.

Sarup, Madan. *An Introductory Guide to Post –Structuralist and Postmodernism*. NY: Harvester Wheatsheaf, 1993.

Seaman, L. C. B. *Victorian England: Aspects of England & Imperial History* 1837–1901. London: Methuen, 1973.

Schoenbaum, Samuel. *Shakespeare's Lives*. Oxford: Clarendon Press, 1970.

Smiles, Samuel. *Self Help with Illustrations of Conduct and Perseverance*. 1859. Intro. Asa Briggs. London: John Murray, 1958.

Spurr, Barry. *Literary –Critical Analysis of the Complete Prose Works of Lytton Strachey* (1880–1932): *A Re–Assessment of his Achievement and Career*. Lewiston/Queenston/ Lampeter: Edwin Mellen P, 1994.

Strachey, Lytton. *Characters and Commentaries*. London: Chatto and Windus, 1936.

———. *Elizabeth and* Essex: A Tragic History. 1928. NY: Blue Ribbon Books, 1932. (12th pr.)

———. *Eminent Victorians*. 1918. London: Chatto & Windus, 1945. (20th pr.)

———."A New History of Rome."*Spectator*, 102 (2 Jan. 1909): 20–21.

———. *Queen Victoria*. 1921. London: Chatto & Windus, 1937. (12th pr.)

Stratford, Jenny. "Eminent Victorians." *British Museum Quarterly* 32.3/4 (1968): 93–6.

Watson, Nicola J. "Gloriana Victoriana: Victoria and the Cultural Memory of Elizabeth I." *Remaking Queen Victoria*. Ed. Margaret Homans & Adrienne Munich. Cambridge: OUP, 1997. 79–104.

Whittemore, Reed. "Biography and Literature." *The Sewanee Review* 100.3 (1992): 382–96.

Whitworth, Michael. "Virginia Woolf and Modernism." *The Cambridge Companion to Virginia Woolf*. Ed. Sue Roe & Susan Sellers. CUP, 2000. 146–163.

Wilson, Edmund. *The Shores of Light*. NY: Farrar, Straus, & Young, 1952.

Winslow, Donald J. *Life–writing: A Glossary of Terms in Biography, Autobiography, and Related Forms*. Hawaii: U of Hawai'i P, 1995.

Woolf, Virginia. "The Art of Biography," 1927. *Collected Essays*, Vol. IV. Ed. Leonard Woolf. London: Chatto & Windus, 1967. 221–228.

———. *Collected Essays*, vol. I, London: Hogarth Press, 1966.

———. *Flush: A Biography*. 1933. NY and London: HBJ Book, 1961.

———. *Letters*. Ed. Nigel Nicolson and Joanne Trautmann, vol. 5. NY: Harcourt Brace Jovanovich, 1979.

———. *Mr. Bennett and Mrs. Brown*. London: Hogarth, 1928.

———. "The Lives of the Obscure,"*The Common Reader*. Harmondsworth: Penguin, 1938.

———. "Modern Fiction," (1925). Ed. Japan: Hiroshima Prefectural Women's University, 2004. 3 Mar, 2004 <http://www.hirojo-u.ac.jp/~english/modern_fiction.doc>.

———. *Moments of Being*. Ed. & intro. Jeanne Schulkind. NY: Harcourt Brace Jovanovich, 1976.

———. "The Narrow Bridge of Art,"1927. *Granite and Rainbow*. London: Hogarth, 1958. 11–23.

———. "The New Biography," 1927. *Collected Essays*, vol. IV. Ed. Leonard Woolf. London: Chatto & Windus, 1967. 229–235.

———. *Orlando: A Biography*. 1928. London: Grafton Books, 1977.

——— *Roger Fry*. 1940. London: Penguin Books, 1979.

——— *Three Guineas*. 1938. New York: Harcourt, Brace and World, 1966.

Yeats, William Butler. *The Poems*, 2nd ed. Ed. Richard J. Finneran. New York: Charles

Scribner's Sons, 1997.

Zwerdling, Alex. "Mastering the Memoir: Woolf and the Family Legacy." *Modernism/modernity* 10.1（2003）: 165–188.

"*Vanity Fair*." Computing Safetynet Pty Ltd. Australia. Mar. 3, 2004

<http://www.antiquarianprintgallery.com.au/vfback.htm>.

T,S.爱略特:"传统与个人才能,"（1917）《新批评文集》,赵毅衡编选。南昌:百花文艺出版社,2001 年。第 26–36 页。

M.H.艾布拉姆斯:《镜与灯:浪漫主义文论及批评传统》,郦稚牛等译。北京:北京大学出版社,1989 年。

巴赫金《小说理论》,白春仁、晓河译。石家庄:河北教育出版社,1998 年。

克莱夫·贝尔:《艺术》,薛华译。南京:江苏教育出版社,2005 年。

艾勒克·博埃默:《殖民与后殖民文学》(1995),盛宁、韩敏中译。辽宁教育出版社、牛津大学出版社,1998 年。

马尔科姆·布雷德伯里、詹姆斯·麦克法兰编:《现代主义》(1976),胡家峦等译。上海外语教育出版社,1992 年。

斯·茨威格:《文武之道》,黄明嘉、刘泽圭译。桂林:漓江出版社,2000 年。

陈思红:"心理描写:陀思妥耶夫斯基研究中的重要课题,"《北京大学学报》(外国语言文学专刊)1999 年,第 158—162 页

戴从容:《乔伊斯小说文本的形式实验》(博士论文),南京大学中文系,2001 年。

保罗·德曼:《解构之图》,李自修等译。北京:中国社会科学出版社,1998 年。

福柯:《福柯集》,杜小真主编。上海:远东出版社,1998 年。

米歇尔·福科:《疯癫与文明》(1972),刘北成、杨远婴译。北京:三联书店,1999 年。

埃里希·弗洛姆:《弗洛伊德思想的贡献与局限》,申荷永译。长沙:湖南人民出版社,1986 年。

---:《在幻想锁链的彼岸:我所理解的马克思和弗洛伊德》,张燕译,赵鑫珊校。长沙:湖南人民出版社,1986 年版。

弗洛伊德:《爱情心理学》,林克明译。北京:作家出版社,1986 年。

---.《精神分析引论新讲》,苏晓离、刘福堂译。合肥:安徽文艺出版社,1987 年。

---.《论创造力与无意识》,孙恺祥译,罗达仁校。北京:中国展望出版社,1986 年。

---.《论宗教》.(精神分析经典译丛,孙名之主编)北京:国际文化出版公司,2001 年。

    "图腾与塔布,"王献华译。

    "摩西与一神教,"张敦福译。

---."论自恋,"《弗洛伊德文集 3:性学三论与论潜意识》,车文博主编。长春:长春出版

社,2004年。

耿占春:《隐喻》。北京:东方出版社,1993年。

黑格尔:《美学》(下),朱光潜译。商务印书馆,1997年。

海登·怀特:《后现代历史叙事学》,陈永国、张万娟译。北京:中国社会科学出版社,2003年。

卡莱尔:《英雄与英雄崇拜》(1841),张峰、吕霞译。上海:三联书店,1988年。

H.M.卡伦:《艺术与自由》,张超金等译。北京:工人出版社,1989年。

埃里克·卡姆:"巴黎的反叛、保守和反动(1905 – 1925),"《现代主义》(1976),马尔科姆·布雷德伯里、詹姆斯·麦克法兰编;胡家峦等译。上海:上海外语教育出版社,1992年。第138 – 147页。

本涅狄托·克罗齐:"美学,"道格拉斯安斯利译。《文学批评理论:从柏拉图到现在》,拉曼·塞尔登编,刘象愚、陈永国等译;北京:北京大学出版社,2000年。第267–270页。

[俄]德·谢·利哈乔夫:《俄罗斯思考》,何宏江等译。北京:军事谊文出版社,2002年。

菲力普·勒热纳:"为自传定义",孙亭亭译。《国外文学》,2000年第1期。第3页。

梁遇春:"史特雷奇,"吴福辉注,《传记文学通讯》(福州会议专集)。中外传记文学研究会/北京大学世界传记中心,2001年,总第三期。第53~72页。

埃米尔·路德维希:《尼罗河:生命之河》,石云龙译。北京:国际文化出版公司,1999年。

陆建德:《破碎思想体系的残编》。北京:北京大学出版社,2001年。

陆扬:《精神分析文论》,王岳川主编。济南:山东教育出版社,1998年。

----:"精神分析与原型批评,"《二十世纪西方文论选》(上卷),朱立元、李钧主编。北京:高等教育出版社,2002年。

戴维·洛奇:"现代主义小说的语言:隐喻与转喻,"《现代主义》,[英]马尔科姆·布雷德伯里、詹姆斯·麦克法兰编(1976),胡家峦等译。上海:上海外语教育出版社,1992年:第450–464页。

摩尔:《伦理学原理》,长河译。商务印书馆,1983年。

普列汉诺夫:《论艺术:没有地址的信》,曹葆华译。三联书店,1964年。

马尔科姆·琼斯:《巴赫金之后的陀思妥耶夫斯基:陀思妥耶夫斯基幻想现实主义解读》,赵亚莉、陈红薇、魏玉杰译。长春:吉林人民出版社,2004年。

爱德华·W·萨义德:《东方学》,王宇根译。北京:三联书店,1999年。

利顿·斯特拉奇:《维多利亚时代四名人传》,逢珍译。广州:花城出版社,2003年。

陀思妥耶夫斯基:《白痴》,臧仲伦译。南京:译林出版社,1994年(2002年第8次印刷)。

王佐良、周珏良主编:《英国二十世纪文学史》。北京:外语教学与研究出版社,1994年。

雷内·韦勒克:《近代文学批评史》第三卷,杨自伍译。上海译文出版社,1991年。

弗吉尼亚·伍尔夫:《奥兰多》(1928),林燕译。北京:人民文学出版社,2003年。

吴翔:"艺术的实现,还是传记的失落?"《传记文学研究》,中国中外传记文学研究会编。

长沙:湖南文艺出版社,1997 年。第 250-261 页。

杨正润:《传记文学史纲》。南京:江苏教育出版社,1994 年。

---:"传记诗的开拓者:评里翁·艾德尔,"《当代外国文学》,2003 年第 4 期。第 100-108 页。

保罗·约翰逊:《现代:从 1919 年到 2000 年的世界》(上、下),李建波等译。南京:江苏人民出版社,2001 年。

赵白生:《传记文学理论》。北京:北京大学出版社,2003 年。

索引

后 记

　　这部论著是我的博士论文。回顾多年前在做论文的日日夜夜里，我常常生出对导师杨正润先生深切的感激之情。是老师为我选择了传记的研究方向，使我得以日夜与大师同行，在经典和名著里摸爬滚打，在思想与表述上与大家对话。然而正当我的论文工程开始了一半的时候，我读到牛津大学 A.O.J. 考克舒特（A.O.J. Cockshut）教授的一段话。他警告他的学生，谁试图总结 1900 年至 1940 年的英国传记，他遇到的困难将会远大于研究 19 世纪英国传记。而他说这番话时，这位教授刚刚完成《传记中的真实：19 世纪的传记艺术》（*Truth to Life: The Art of Biography in the Nineteenth Century*）的书稿。（Hoberman ix）我不禁为自己捏一把汗，即使我只是取了位于 1900 年到 1940 年当中的一段"新传记"（1918—1938）作研究，我也真是初生牛犊不怕虎啊！回头看，时间已过半，身后宛若悬崖万丈，没了退路。

　　本选题到了结束的时候，有一个问题不免跳到我的面前：带着我的中国文化背景，我所讨论的英国"新传记"具有多大程度的"真实性"？这不是一个故弄玄虚的问题，也不是在论文结束时突然暗示我所使用的材料纯属虚构，或部分虚构，对于这些，论文所附的注释与参考文献可证明材料的翔实性；也不是说，问题的回答全要看这里的"真实性如何界定",那样未免使问题流于学术八股,而使简单问题复杂化。我使用传记研究的术语,将问题聚焦于"真实性",源于对传记研究相关性(relevancy)的考虑。萨义德在《东方学》中写道:

> 20世纪早期,东方学主要通过两种方式将东方呈现于西方的面前。其一是借助现代学术及其在众多专业领域、大学、专业研究会、探险组织和地理组织、出版界的具体运行机制所产生的传播力。所有这些,如我们所见,都建立在前辈拓荒学者、旅行家和诗人们的赫赫权威的基础之上,这些人的努力一经积淀和凝聚即形成了一个典型的东方;对这一东方系统的——或正统的——理论表述即形成我们一直在讨论的那种隐伏的东方学。就任何意欲对东方的重要性进行表述的人而言,隐伏的东方学为他提供了一种清晰表述的能力(enunciative capacity),这一能力可以被使用,或者说,被唤醒,并且被转化为可以用于具体情境的明确话语。(萨义德 282)

也许我应该庆幸在我言说英国"新传记"的过程中,我没有一个对应的西方学前文本的文化积淀。因此在我的研究过程中,表述能力在一天天成长,但少有某种带有本文化定式的阐释在大脑深处被唤醒、并被转化的体验。同时,我也没有英国本土文化的前文本,对于英国的了解不过是浮光掠影、凤毛麟角。也许罗兰·巴特的理论可以在这种场合被用来做挡雨棚——在研究中紧扣"文本!文本!文本!"的方向,把研究的目光只落在"新传记"的文本之上。但是传记研究一如传记实践,离不开文学与历史的背景。孤立地看文本,如同哲学家 G.E.穆尔所使用的比喻,犹如把一个活人的手切下放到一边观察,那只变成标本的手,其功能不复原来。而且那样一来,文本的本体意义也随之消失,因为文本存在的前提是其中交织着许多其他文本,包括文学的、历史的、文化的、社会的、政治的等等。所以在开始研究之前,对于"新传记"我必须至少了解以下诸方面的知识:

"新传记":内容与性质

心理传记、揭丑传记

传记与小说:

事实与虚构

传记与艺术:

小说艺术、戏剧艺术、绘画艺术对"新传记"的影响

后印象派

第一次世界大战的影响

布鲁斯伯里文化圈

维多利亚时代及其价值观

卡莱尔、罗斯金、斯迈尔斯、锡德尼·李、高斯、库克

伊丽莎白女王在维多利亚时代

达尔文、赫胥黎

维多利亚时代传统传记

爱德华时期的文学与社会

穆尔伦理学

罗杰·弗莱的美学思想

陀思妥耶夫斯基小说的心理描写

弗洛伊德心理分析及对 20 世纪初英国人的影响

西方传记传统

特俄弗拉斯图斯(Theophrastus,古希腊)、普鲁塔克(古罗马)、

约翰生、圣勃夫（法国）

英国和西方文学传统

《皆大欢喜》、《疯狂的奥兰多》（意大利）、维多利亚时代的作家、爱德华时期的作家等等

不消说，在这样的知识积累中建立起的大厦是一个内容庞大的构架。但是我的条件却是有限的，知识储备不足，资料不全，时间不够，各种不利因素时时都在威胁着课题的完成，困难之大可想而知。

所以当大厦终于竣工的时候，这里面凝聚的心血如同上述列表中所涉及的诸多项目一样反映了一个庞大集体的力量。排在这个集体的第一位是我的博士论文指导老师杨正润先生，他不仅指引了我的研究方向，更为重要的是他为我的论文修改数稿，其间的悉心指导、谆谆教诲和他高屋建瓴式的思维模式令我永远受益，终生难忘；第二位是我曾经的硕士导师剑桥大学继续教育学院的约翰·德鲁（Dr. John Drew）博士，我在剑桥大学访学期间他同我的多次讨论帮助我理解了对"新传记"产生重要影响的 20 世纪初英国历史和文化氛围；第三位是美国东伊利诺伊大学英语系露丝·霍伯曼教授（Prof. Ruth Hoberman），她给我寄来她对"新传记"研究的论著，而这部著作是目前英语世界里最完整的"新传记"研究成果，为我的论文提供了关键性的资料帮助。我的朋友们和同学们是我作论文期间的益友，曹莉、昂智慧、赵琨、何玉蔚都曾激发了我思想的火花。我的母亲和我的家人是我能够专心研究，顺利完成论文的后勤保障……

正如伍尔夫所说，在一件完成品中，要感谢的人是太长的一个名单，以致无法一一列出。在此，我向所有无私帮助过我的人致以深深的敬意，和衷心的感谢。

在本书付梓之时，我还要对为本书提供了出版资助的南京国际关系学院表示特别感谢，感谢学院各级领导和同事在本书写作过程中给予的各种帮助和大力支持。另外，感谢责任编辑孔庆萍主任，她的诚信准则和一丝不苟的认真精神给人留下难忘的印象……

作者

2009 年 5 月 18 日